仮借なき時代

上

ヴィクトル・セルジュ 著
角山元保 訳

仮借なき時代　上巻

目次

下巻　目次

Victor Serge
Les Années sans pardon
François Maspero, 1971.

第一部　密偵《スパイ》

少しは気の利いた死を迎えるだけの余裕が俺にあるのかな？

……そんなことなど気に掛けたこともない奴が地核の白熱火床を発見したのさ。

午前七時頃、Dは自分でスーツケースをふたつ、タクシーに積みこんだ。朝の目覚めの懶《ものう》い白さに染まったパリのこの通りは、まだうつらうつらとまどろんでいた。牛乳配達のほか人っこ一人通るものはなかった。石とアスファルトのうえに朝の爽やかさがみなぎっていた。ゴミ箱のゴミもきれいに片付けられていた。Dは何の不安も覚えなかった。北駅までタクシーを走らせ、ビュッフェで、注文したコーヒーを待たされイライラしたが、うまくもないコーヒーを飲むと、別のタクシーにそそくさとふたつのスーツケースを積み込み、イエナ広場にむかった。尾行《つけ》られていないことを確信すると、柔らかな光に浸されたこの広い広場は役者のいない舞台みたいに見えてきた。考えてみれば、こんなところならいつまでも暮らしていたいものだ……。八時前だと、パリは富裕な界隈でも、すっかり寛いで見える。静閑なパリは人間の叡知が作り上げた作品以外のなにものでもない。Dはドライバーの集まるビストロで正真正銘のコーヒーと暖かなクロワッサンをふたつ注文したが、ふと例の若い死刑囚のことを思い出さずにはいられなかった。その若者はこの世の名残にクロワッサンを食べたいと言ったのだが、あまりに早朝だったので、結局口にできなかった、若者は青ざめた顔で「俺はついてるぜ！」といい、首をはねられたのだった……。三台目のタクシーを電話で呼ぶ前に、Dはこんなふうにいくら用心を重ねても、たとえそれが当を得たものであれ、実際のところ半狂人の遊びにすぎないように思えてきた。中継点を、おそらく道標を撒き散らし、危険を招く道筋を教えているだけだ。北駅やイエナ広場の辺りで、それと気付かずに、見られているかもしれない。誰かがタクシーのナンバーを書き留めたかもしれない。タクシーを乗り換える小細工はかえって注意を引くかもしれない。今度は、ロシュシュアール通りのホテルに直接向かった。ここはブルジョワ風の建物で、セールスマン、地味な旅行客、賢明な不倫カップル、ナイトクラブで働くもの静かな音楽家たちの定宿らしかった。ドアマンが「これはこれは、ランベルティ様」と言った。「ブリュノ・バチスティ、です」と、Dは早く新しい人物になり変われるように、毅然として訂正した。

「十七号室、でございますね?」ドアマンは気にもとめずに尋ねた。部屋に入ると、確かに閉めたと思いながらも、スーツケースの鍵を確かめた。九時に、Dは《自宅》に戻った。門番女は「おはようございます、マリネスコさん、ご旅行だとばかり思っておりました……」と挨拶した。(わたしがスーツケースを持って出るのを見てたんだな、この魔女め)「そうなんだ、六週間ほど旅行に出るつもりです……」(一生帰りませんよ、マダム!)「それはよろしゅうございますこと、マリネスコさん」門番はお愛想に言った。

アルマンド嬢は十時にやってきた。忌まわしいほど時間厳守で、腕時計を見て通りで歩調を緩めたり、踊り場で三十秒待ってから入ってきたりする女なのだ。半開きのドアから事務所に入ってくると、恭しく頭を下げながら、押し殺した声で「マリネスコさん……」と、いつも一言つぶやくのだった。色気がない、というよりむしろ醜いといった方がいい彼女は、ピンク色の顔色をし、中間色の服をまとい、抜け目のない子供のような顔に大きな派手な眼鏡をかけていた。Dはこっそりと彼女を観察する。彼女は彼について何を知っているだろう？　彼を金持ちだと思っている（実際はいつも無一物なのに）。彼女は金持ちを尊敬していた。切手収集家、愛書家、古美術愛好家、気がむけば汽車なり車なりで冬のイギリスを駆け回り、旧いサイドボードを買って返る人……。芸術家の庇護者。日頃彼女は電話に応答し、手紙を書き、時には銀行に行き、また神経質な小男で、香水プンプンたる大使館員のソガ氏、骨董屋のシクスト・ムージャン氏、切手収集協会のケール氏、また時にはとても画家には見えないアラン氏などの応対に当たるのだった。切手のことに通じ始めた彼女は自分でも多少収集していたが、それも経済観念からフランス植民地のものに限っていた。切手収集は立派な事業だし、イギリス国王も名うての収集家だって言うじゃない。Dは探偵を雇ってアルマンド嬢を尾行させていた。彼女は土曜日の夜、きまってデュポワ氏、教育省の役人であるデュポワ氏と外出した。二人は映画を見に行くのだ。デユポワ氏の門番はアルマンド嬢のことを《あのとても不幸な目にあってきたけど善良な方のフィアンセ……》と呼んでいた。他人の不幸となると自分のこと以上に勘ぐってみるDは、デュポワ氏を尾行させた。エヴァリスト・デュポワ、四十七才、イヴリに自宅を持ち、離婚歴あり……。同氏は競馬を好むも手がたく、国営宝くじを買い、右翼の新聞を講読、金曜日ごとにサン・ソォヴール通りの淫売屋に通う。取り立ててどうということない男。

「君は婚約したのかね」とDはアルマンド嬢にたずねる。

彼女は思わず飛び上がったりはしなかった。そんな敏捷な反応はできなかったのだろう、だが指がかすかに震えた。

「マリネスコさん、どうしてご存知ですの？」

秘書の顔色が当惑のため赤らむのが見て取れた。

「うん、偶然だよ。ある土曜、婚約者と腕を組んでるところを見たもんだから……」

「まだ、決まったわけじゃないんです」と、彼女は慎重に言う。

大丈夫、怪しいことはない！（だがこれは理性的確信というわけではない……）

「六週間ほど、留守をすることになる。郵便物はムージャン氏に廻してください……」

三日以内に、誰かがバケツで溺れる鼠みたいな顔をするとすれば、それは間違いなくムージャン氏だ！　Dはこんな貧弱なユーモアのセンスしかないのを悲しんだ。シクスト・ムージャン氏という臆病で卑屈な悪党の不安を想像したら、愉快なはずなのに。

「ソガ氏から電話がきたら、わたしはストラスブールにいると伝えてください……」

《ストラスブール》とは、暗号で《緊急事態》を意味した。

アルマンド嬢は瞬きひとつしなかった。だれも何も気付いていない？〈彼ら〉がわたしに対する内偵を始めようとはしなかったなどとは信じられない！　しかし信じられないことが時として真実だからこそ、戦いがあるのだ。秘書は小さな文字でカレンダーに走り書きした。《ソガ氏、伝言——ストラスブール》　メモを好まないDは微笑みながらこう言う。

「君は自分の記憶力を信じてないみたいだね」

「そんなことありませんわ。でも、おかしなことに、エダンブール〔エジンバラ〕、アンブール〔ハンブルグ〕、ストラスブール、ミュルーズ、なんて地名がこんぐらがっちゃうんです」

Dの予期せぬ返事だった。一瞬、喉が干上がった。ミュルーズとは、五人だけに通じる暗号で、《用心！》を意味した。

「……なぜかね？」

「なぜって、わかりませんけど……。今も、思わずミュルーズって書きそうになってしまいましたわ」

「ことによると、ミュルーズにも行くことになるかな」と、Dは冗談めかして言った。

彼はとても芸術愛好家とは思えないような、石のように冷たく厳しい視線を彼女に注いだ。秘書はこんな視線をめったに浴びたことはなかった。アルマンド嬢は無理に微笑もうとした。Dは素早く作戦を練る。

「これは入口の小さな戸棚の右下の引き出しの鍵だ。フーヴル氏のファイルを取ってきれくれたまえ。チューリヒのフーヴル氏だよ。スイスのコレクションだ……。ファイルは整理してないから、探してくれたまえ」

「かしこまりました」

　彼女は当然、タイプライターの傍にハンドバッグを置いていった。Dはかつて文書検閲局で身につけた沈着な手際で、ハンドバッグを開いた。《貴方をお慕いするエヴァリストより》とサインの入った気送速達便（かつてパリで使われていた、郵便局を気送管でつなぎ圧縮空気で手紙を輸送する通信手段）にざっと目を通す。手帳をめくる。ひとつの電話番号に目がとまる。どきっとする。X 一一-四七。問題の数字は一一-七四だ。数字が逆だ！　脳が弾けるような勢いで、疑いが確信に変わった。アルマンド嬢は戻ってくるとハンドバッグに目を注いだ。（これで二人とも正体が知れるわけだ！）　Dはフーヴル氏の一通の手紙を手にとり、ポケットに入れる。「ファイルを戻しておいてくれたまえ」　彼は戸棚の鍵束を受けとったのに、秘書はそれを貸してくれともいわない。これで完全に正体が知れたな、とDは考えた。こうなると、すべてが一変した。最初のタクシーは家のすぐ近くにとまっていた、空車で、運転手はいかにも待ってましたとばかりに身を乗り出していた……。俺が出掛けるとすぐ、彼女は一一-七四か、この近くのどこかに、おそらくこの家から電話した……。アルマンド嬢は困惑していた、躊躇か不安を乗り越えようとしているのは明らかだった。

「どうかしたかね?」Dは素っ気なくきいた。

彼女は、マリネスコさんがお留守の間、できれば、三日ほど休暇をいただきたい、というのも、デュポワ氏の伯母、田舎の伯母さんのちょっとした財産のことで……、と説明した。公証人の手紙がハンドバッグから取り出された。

「けっこうです」Dはきっぱり言った。

自分を疑わなくてはならなくなること、疑いを疑ってかからなくてはならなくなること、これが最悪だ。Dはその手紙の封筒に一一-四七の電話番号を認めた。ほっとして、彼はミュルーズの件を忘れた。「それはともかく、ここ六ヵ月分の賞与として、五百フラン受けとってください……」金の受けとり方で、その人の腐れ加減がわかるというものだ。アルマンド嬢の眼鏡の奥の目は汚れがなかった。

魔術師がちょっとしたトリックを信じるように、彼は秘密とか、暗号、策略、沈黙、仮面、非の打ちどころない演技とかを信じていた。だが、秘密は売られること、暗号は解読されること、策略は裏をかかれること、沈黙は破られ、仮面は素顔以上に見破られやすいこと、カーボン紙の電報は大使館の屑箱から拾い集められること、完全な演技などないことも知っていた。彼はその永続性、枝のように張りめぐらしたその下部組織、その財力、その能力、その忠誠心から、さらには、時に不本意に、時に計算上、敵方がもたらす情報から、組織が絶対に過たないことを信じていた。だが、〈組織〉から心が離れ始めた日から、彼は〈組織〉から弾きだされたように感じ始めていた。重くのしかかるこの力は、彼の心を窒息させるようなものになっていた。

彼の心が〈組織〉から離れ始めたのは、あの〈犯罪〉が暴露された日にさかのぼる。あの〈犯罪〉は、ちょうど投光機によって突如照らしだされた海上の艦隊のように、長い間ひそかにすすめられた末、突如露見したのだった。ある夜、絨毯に広げられた新聞を前に、彼は声もたてず、心のうちで叫び声をあげた。「もう我慢できない！　何もかもおしまいだ！」それ以来、休息時間以外演技に明け暮れたこの愚かしいほど快適なアパルトマンで、彼の興味を引くものはなにもなくなった。休息時間だけは、チェスボードを前に、肘掛椅子に身を置き、チェスの詰め手問題を解くのだった。とはいえ、彼はどの問題も簡単に解いた。すべてあらかじめ知っている問題ばかりであったから、少し考えれば解ける内容空疎な問題ばかりだったから。あるいは、夜、柔らかなベッドの上で、柔らかな照明の下、レモン水を手元に置き、物理の本を読んだものだった。というのも、原子の構造こそ宇宙の唯一の問題であり、それが解けた暁には新たな絶望の時代がやってくるに違いないのだから。こうした精神的遊びは彼の心に安らぎを与えてくれても、緊張を解いてはくれはしなかった。大動乱に向かいつつある世界、異変につぐ異変へと向かいつつある世界の力学を知っているものにとって、心身ともの安らぎなど存在しない。

彼は秘書にそっと別れを告げた。「よいご旅行を、マリネスコさん。あとのことはお任せください。きれいな街ですってね、ストラスブールは……」かすかな微笑みが彼の皺が寄った顔に浮かんだが、笑いながら抜け目のない冗談に紛らせた。「きれいな街って？　ミュルーズのことかね？」アルマンド嬢は少し気を悪くしたようだった。「子供扱いはよしてくださいます」「そんなことはないよ」と彼は心から言った。「戻ってきたら、結婚式の日取りが聞けるんだろうね」「そうなると思います」と秘書は言った。彼女の目が一瞬キラッと輝いた。Dは心苦しくなった。（帰ってきたら、だと。戻るつもりはないのに……）

《これまで何度俺は帰ることのない旅立ちをしたことだろうか！　今度だって……》踊り場で彼は深々と溜息をついた。この虚しさへの旅立ち、この喜びのない、しかも苦悶さえ混じった安堵、その瞬間吸い込む一息に比べれば、海の空気さえ甘いといえよう……。Dはこの時までに任務をすべて終わらせ、追跡が始まるまでに四十八時間以上の猶予を得たことを喜んだ。エレベーターは動いていた。階段を降り始めたDはふと足を止め、耳をすました。誰かが重く静かな足取りで階段を昇ってくる。聞き覚えのある足音……。

その誰かはエレベーターが下まで降りてくるのを待てなかったわけだ。Dは手摺りからそっと身を乗り出す、二階下の手摺りにシクスト・ムージャンの脂ぎった手が見えた。逃亡者は条件反射的に一瞬のうちに反応する。Dは素早く五階まで爪先立ちで駆け上がった。的を射抜く矢のように正確な推理があれこれと頭のなかを巡った。思考は命にかかわる場合、数瞬のうちに正確に働くものだ。心臓は予期せぬことに慣れていれば、早鐘を打ったりしない。《四十八時間の猶予だって？　一時間の猶予さえないじゃないか。危険を避けるには十二〜十四時間遅れをとったのかもしれない。このムージャンは誰かに派遣されたから来たのだ。俺の伝言は、昨日送ったのだから、早くても明後日の朝にしかアムステルダムに着かないはずだ。俺の情報を途中で盗む組織があるとは知らなかった。もう上部の信用を失っていたのか、俺をオランダに呼んでおきながら、〈特使〉は俺に嘘をついたのか、〈特使〉は留守の間、送られてくる書類を誰かに開封する許可を与えていたのか、彼のところに送られてくる書類を黙って開けたら死を覚悟しなくてはならないのだから……》ムージャン氏は四階でドアのベルを鳴らしていた。エレベーターのシューシューという機械音のほか、辺りはしんと静まり返っていた。シクスト・ムージャンという遣り手のならず者の短い息遣いがDに聞きとれた。ドアは開き、ムージャンが入ると、また閉まった。おそらく下の通りには、尾行の網が張りめぐらされ、目に見えぬ罠が仕掛けられているのだろう。Dはズボンのポケットからブロウニング式拳銃を取り出し、オーバーのポケットに移した。馬鹿げた用心だと思いながら。彼はエレベーターに乗った。マホガニー色のエレベーターで、彼はわざと鏡に背を向けた。かつて〈秘密の監獄〉のエレベーターで付き添った二重スパイの姿を思い出し、嫌な気分になった。洒落男のようにチョビ髭を生やした奴だった、顔をひきつらせていたっけ、すぐに銃殺されちまった。何年も忘却の淵に沈んでいたあの男のさえない顔が、自嘲気味だが不安だらけの考えに取って代った。妄想にも近い疑念が〈特使〉クランツを襲ったとしたら？　彼より上部の特務員のだれかが、すでに彼の通信を盗んでいたら……。いまは妄想の時代だ、俺は妄想を打ち砕いてやる！　そんなことを考えながら、Dは通りに飛び出し、左右に目を配った。

灰色のシトロエンが十五番地の前にとまっていた。人は乗ってない。若い男がゆっくりと自転車をこぎだす。ハンドルに小さな黄色の荷物をぶら下げている。なにかの合図かもしれない。《こっちを見たら、それは……。こっちに目を向けない。だがもう俺の姿を認めたのかも、それによく仕込まれた奴かも……》若い女が、真向いで、歩調をゆるめ、ハンドバッグになにかを探している。手鏡で通りを見ようというわけか。一台の緑色の小型トラックがセーヴル通りの角を曲がり、少しでも近道をしたいかのように急カーヴを切った……。何もかも普段通りにも見えるし、怪しいとも思える。Dは故意に誰も乗っていないシトロエンの方に向かった。

メトロの階段では誰も尾行てくるものはなかった。一等の車室で彼に目を向けるものもいなかった。サン・ラザールのメトロの出口は急に方向を変えたり、間違えて引き返す振りをするにはお誂えの場所だ……。Dは何度かそうしようかと思った。ブロンドの女が厚かましくピンク色の歯茎を剥き出した笑顔を彼に向けた。「いや、駄目だ、ごめん」Dは苛立たしげな声で言った。一瞬後、彼は衿をたてたオーバーのボタンが掛け違いになっているのを笑われたことに気付いた。彼は煙草に火をつけ、鉄道駅に入った。なぜか、駅というのは予期せぬ出会いが待ち構えているものだ。実際、新聞売りの屋台から急に飛び出してきたかのように、人込みの中からアランが飛び出してきた。

「やあ!」驚いたように、明るい声でアランが言った。

すっきりした顔、知的というより利発な感じの目。何でもやり遂げるようなたくましい身の動き。Dは、いまではなんとか友情と呼べる程度ではあったが、彼が好きだった。自発性に富み、慎重で私心のない模範的スパイ。この仕事、生活のすべてを捧げるこの献身的な仕事に彼が入った当初、ずいぶん面倒を見てやったものだ。いまではそれほど危険のない仕事、下級官僚や海軍工場や造船所に潜む党活動家との連絡程度の仕事にしか彼を使わなかった。Dはときどきアラン夫妻を招いてレストランで食事をした。絵画や教養のこと、最近の出来事について話したものだった。アランは自分からあれこれ質問した。Dはそれとなく、いろいろ教えてやった。おそらくそれは、教養はあるものの、まだほんの青二才に過ぎないこの若者よりも彼にとって楽しいことだった。

「調子はどう？」Dは訊く。

「順調です。十日もしたらおもしろい品物が手に入るんです。きっと喜んでもらえると思うな」

《俺もまだ青臭いな》とDは思った。《歴史の試練があったればこそ、なんとか一人前にはなれたが。二十五才の時は、俺も彼みたいだった。ただし彼ほど若い娘好みの美男子じゃなかったが……》

「ちょっと付合ってくれないか、アラン。せっかく会えたんだから」

二人はローム通りをウロップ〔ヨーロッパ〕広場まで上っていった。「ここにしよう」とDが言った。鉄道線路を跨いだこの高架の交差点は、お互い無縁ではあるが切り離すことのできない何本もの幹線線路をひとつにまとめているかのようだ。降り始めた霧雨に煙って、この交差点はいかにもその名にふさわしかった。駅からはいく筋もの白い蒸気がゆっくりとたちのぼっていた。青白くくすんだパリの街は平穏だった。二人は足を止めた。

「もう会えないかもしれないよ、アラン。なんとか君を探しだすつもりだけどね。指示は出すようにする」

Dはこの若者の褐色の目に不安の影が射すのを見逃さなかった。

「そう、そういうことなんだ。これでお別れということにしよう」

「わかりませんね」と、アランが言った。「いいですか、あなたは僕のことを信用してくれている。ですから、なにか一言ぐらい言ってくれてもいいでしょうに。何があったんです？　なにか危険が？　あなたは……」

恐怖がアランの心をよぎった。あの特別な恐怖、Dがもっともよく知っている恐怖（恐怖にもいろいろあるのだ！）──的確に見抜くという恐怖、不可解なものをわかってしまい、それと真正面から向かい合わなくてはならないという恐怖……。

「要注意人物？　違うね。わたしは変わってないよ。それじゃ、これで。わたしはもうおしまいだ。それだけのこと」

「そんなことがあるわけない！」若者は呟くように言った。

彼の唇は他にもなにか言ったようだったが、喉の奥に呑み込まれた。

「辞めたんだ」と、Dはあっさり言った。「君は誰か他の者と仕事を続けたらいい」

……自分はこの若者を試している、彼を生体解剖している。挑発的なことを言ってみて、この若者の忠誠心を試している。Dは──奇妙なことだが、というのもそんな感情は彼のうちでは消えていたのだから──自分が理解してもらいたがっていることに気付く。この若者、自分が魂を鍛え上げたこの青年が、自分が去っていく、もうこれまでと思い諦めたからには、取り返しのつかない事態が生じ、結局断罪を招くことになるということを理解できないはずがない……。人の良心なんてのは、大きな大義のための戦いにあってはまったく二次的なものにすぎない。ところがどうだ、良心が何より大事なものとなっている。自分の生活を捨て、秘密情報局を《捨てよう》としている……。もうごめんだ。俺は、たった一人、赤心に、忠実に、二十年遮二無二働いてきた。いまははっきり言う、俺はもうごめんだ。俺がここまで辿り着くには、口に言い表わせないほど嫌なことがあったんだ。

Dは皮製のシガレットケースを開く。自転車が何台も広場を横切っていく、まるで蚊のようだ、人の姿をした蚊だ。彼らは俺が抱えている問題を知らない。機関車が広場の下で蒸気を吐く。この霧雨とともに秋が骨の髄に入り込んでくる。アランは無帽だ。

「風邪をひくぞ、アラン」と、Dは優しく言う。「ここで別れよう。さようなら」

だが彼はじっと凝視める。若者の顔が蒼白になった。気分が悪くなったか機嫌を損ねたかのようだ。女だったら、《わたしが愛してるのは別な人なの、さあ、もう行って！ なんでそんなに黙りこくってるのよ》と叫びだしたことだろう。アランは不透明な空間を透かしてDを見ている。アランの顔が醜くなる。突然くたびれ果てた老人の顔になる、まるで顔の肉がこそげ落ち、下の頭蓋骨が剥き出しになったかのようだ。生きている振りをしている死人の顔。

「辞めたんじゃないんだ！　逃げてるんだ、追われてるんだ、終わりだ、逃亡は裏切りなんだからな、もう終わりだ」

「あなたがこんなことになるなんて思ってもみなかった」アランは呟く。

声の調子が変わった。失望の、いや軽蔑の色さえ帯びている。侮辱の響きさえある。アランの頬に少し赤みが戻ってくる。彼は口ごもるように言う。

「……あなたは僕なんかよりずっとわかっていると思っていたのに……」

〈……ぼろ衣は自然に綻びるものだ……。外からみれば忌まわしいと思えることが起こっても、それは必ず必然性に答えている、そういうものなんだ――〈党〉はこの上なく確かな人の手に導かれているのだから、一切の行為に超然としていられる。僕たちは疑い始めたら、負けだ、終わりだ。殺されるものは裏切り者だから殺されるわけだ。それを教えてくれたのは他ならぬあなたではないですか！　……Dの耳には、こんな言葉がまるで機械によって鋼に彫り込まれるように、はっきり聞こえていた。Dは心のうちで頑なに否《ノン》と答えるほかない。解放、正当化しがたい解放のノンをもって答えるほかない。彼はかすかに首を横に振る。確信をこめた微笑は唇を歪めさせた。《この若者は俺が彼にとってどんな男だったか、切れぎれに語った俺の過去を、俺という人間のことを覚えていてくれるだろうか？》

アランは手の遣り場に困っている。右手はレインコートのボタンをこね回している。どうしていいかわからないのだ。彼の腕をとり、彼の目に毅然たる視線を注ぎ、《落ち着きたまえ。わたしは全然変わちゃいないよ。わたしは何もかもわかっている、自分で判断した結果なんだ。わたしは変わったりしないよ、だからこそいま起こっている事態が我慢できないんだ。なんと多くの死者、なんと多くの虚偽、心の奥底に注がれるなんと多くの毒、わたしたちの心にだ。変な言い方をしてごめんよ……》と言ってやること。それは造作もないことだ。でも、自分はそうしてやれない。人はつい軽はずみなことをしてしまいがちなものだ……。

「ボタンがとれちゃうぞ、アラン」

困惑したアランは馬鹿みたいな笑顔を浮かべる。

「あなたは……」

言いかけたまま、アランは黙り込む。駆け出したいのを堪えるように、アランは早足でその場を立ち去る。《裏切り者》という言葉を言えなかったのだ。言いかねたのだろうか、信じられなかったのだろうか？　その言葉は信じられないほど暗い奥行を持っていることを予感したのだろうか。《俺にはどうでもいいことだ》と、Dは自分に答えた。《いい青年だ。きっと彼もいつかわかるだろう、その時には手遅れになっているだろうが。その前に骨抜きにされているかも。やみくもに信じ、忠勤を励み、懲役を食らい、何年も刑務所の中庭を歩き回ることになるタイプなんだ。その内に情報部は奴らの始末に困り、消すことになるだろう。それなりの罰を加え、奴らの沈黙を確信しなくてはならないのだから。やがて奴らはアルゼンチンにもメキシコにもいけないことになる。奴らが往くのは死の世界、虚無の世界だ。間違いない。アラン、おまえは俺と知合ったばかりに……》

《しかし、距離を置くとしよう。この別れを俺は望んではいなかった。でも、アランは今では敵だ。高ぶった気持ちを抑え、共感を装えなかったことをいつか後悔するかもしれない。俺に対する理解を装えば、少なくも俺との接触は保てただろうに。彼の若さ、彼の不安を信じてやることもできたろう、だがそうすれば、彼は俺を罠に誘い込むことになろう。掟、それはこの世の誰をも信じてはならないということだ。信じるに値するものはすべて死んでしまったのだから。泥を塗られたか殺されたかしてしまったのだから。しかも、俺たち自身がそうしてきたのだ……》

Dはウロップ広場に絶望的な眼差しを向けた。霧雨がしとしとと降っていた。

森に行くような天候ではなかったが、気掛かりな三時の約束まで時間を潰さなくてはならなかった。食欲もなかった。心理と生理の間には直接的関係があるらしい。木々や水や人気《ひとけ》のない場所が見たかった。理想をいえば、若芽が吹いた雑木林の向こうに遥か山々が聳え、小鳥たちが飛び交い、穏やかな風が吹きわたり、ぽかぽかと太陽が照っているようなひらけた景色、悲しみに沈んだ心にさえ快活な爽やかさを吹き込んでくれる（囚われの身でなければの話だが）シベリアの或る景色が見たかった。あそこなら、数時間歩けば、止まったままで動かないような、あのイルチシ川に出られる、ひたすら茫漠とひらけた景色を目にできる……。「森まで行ってくれ、急がなくていいからね……」

古い車は少し左に傾《かし》いでいた。Dは不潔な鞣し革の座席で体のバランスをとった。両側の窓ガラスを下げ、雨に湿る空気を吸い込んだ……。森は灰褐色で、少し奥まったところは灰色がかった薄紫色で、落葉が敷きつめていた。《哀亡の光景だ、今の俺にはお誂え向きだな》アスファルトの遊歩道、木立と木立の合間につくられた空き地、空と泥を溶け合わせた池のなめらかな水面、それらが生きているとも死んでいるともいえぬ懶さに包まれ、流れ去っていく。「スピードを落としてくれないかね……」

Dは座席に体をあずける。この遊歩道にも似た未来。何も望まず、何も待たず、何も恐れない。なにものにも、自分自身にさえ属さない。もうなにものにも固執しない。もはや、あの恐るべき集団の考える一分子、ひたぶるで、明晰で、自分が何をしているか理解することさえ止めてしまうほどに意志を張り詰めていた一分子であるのは終わりだ。俺はこれほどまでに駄目になったのだろうか？　俺は知識人好みの小説の登場人物に成り下がったのだ。何もかも俺から離れていく、何もかも。高圧的な思想、〈党〉、〈国家〉、建設途上の新世界、戦線の塹壕（この凍えた森にも似た）で苦闘している男も女も。塹壕に蹲《うずくま》る戦士は疲れ果てながらも、勇を奮って執拗に戦っている、希望のために、しかも偽りの希望のために！　唯一の世界の首都ともいえるパリの通りという通りは、建築の足場とガラス張りの大きな開口部のある不細工な四角い建物の下で、よろめいている。建物のコンクリでしつらえた仕切りの中には、栄養不良のものたちが、異常な運命にとらわれ、ひしめいている（しかもお役所の書類によれば寄生者の四十パーセントになる）。拷問の首都！　マイクロ写真研究所、特殊訓練の学校、地下鉄の車両が通るたびにゆれる秘密監獄の地下独房、暗号のキャビネット、中央権力。死刑執行の場、おそらくコンクリででき、合理化され、水できれいに洗い落とされる地下室、そこに無数の男たちが不意に、すべて、信念や仕事や理性や、なにもかもが虚しいという感にとらわれ、降りていったのだ……。赤旗……。赤旗、社会主義に目覚めた人間の理念の若い芽、これを埃も汚物も血もすっかり蔽い尽くすことはできまい……。分析をはねつける西欧諸都市の魅力。飢えも、恐怖も、疲労の極限までやりぬくことも、禁欲的で冷徹な熱中（それだけが日常生活に意味を与えているのだが）も知らない、無意識的な世界が持つ魅力か。みみっちくも良識的で、心地よくも官能的で、日に日をついで黙示録の中に雪崩込んでいく世界、そんな世界を生き延びさせてやっているんだという自負……。いまだ目に見えないがやがて新聞の大見出しにデカデカと出るような大惨事に体をはって取り組んでいるという苦い喜び。幼稚な地図に水彩絵具で色分けした国々を、情報、偽情報、卑劣な行為、偉業、統計、石油、金属、通達などの網のなかに取り込もうとするあの巨大な陰謀……。われわれは、いかに惨めとはいえ、誰よりも先見の明を持ち、科学的非人間性の鎧をまとってはいるが誰よりも人間的であり、それ故誰よりも危険と背中合わせであり、誰よりも世界の将来を信じているという確信。それ故疑うなど糞食らえと思っていたこと。ああ、そうしたことすべてが俺から離れていく、何が俺に残るのか、俺の何が残るというのか？　何の取り柄もない景色の中をくたびれたタクシーで運ばれていくこのやたら理屈っぽい半老人……。このまま戻ったほうがよくはないか？　〝さあ、同志よ、あの連中と同じように俺を銃殺してくれ！〟少なくもそれが歴史の論理にかなっていよう。（歴史に身を捧げた時代だったら……、とことんやりぬくこと……、太陽を消す必要があるなら、太陽を消そうじゃないか！　必然性、魔力ある言葉……）戻るのもよかろう、だが共犯者になるのは？　これは必然性とはいえないのではないか？　それに、大きな機械が狂ってしまったら、機械の頭脳的歯車が錆ついてしまったら、社会的歯車が腐ってしまったら？　あの〈おやじさん〉はなんと言っていたっけ？　〝指導権はわれわれの手を離れていく、われわれは自分自身さえコントロールできなくなっている……〟頭がこんぐらがってきた。歴史はおそらく、四十に近い唯物論的公式で理解できると思っていたが、それほど生易しくはないのだろう。……彼らは遅からずわたしを消すだろう。三つの観点から、そうするにちがいない。1　わたしは破壊的思想（日本の警察なら〝危険思想〟というだろうが）の持ち主だ。2　彼らは仕事を続ける。3　俺はもうおしまい……。だが、彼らが続ける仕事とはなにか、どんな深淵に向かっていくのか？

これまでの日々夜々を脈絡もなく思い返す。迫害を受けた者たちの顔を思い浮べる。写真で念入りに調べた顔だ、というのも、組織は彼らを監視し、彼らのなかに熱心なスパイを潜り込ませていたし、そっと彼らの侘しい住まいを訪ねることもあったし、そこの引き出しの書類をのぞき、私信を写真に撮ることもあったからだ。しかも彼らはそんなことなど思ってもいなかった、ただひたすら取るに足りない仕事に打ち込み、タイプ印刷した報告書を作成し、パンフレット出版のための小銭を掻き集め、時にカフェ・ヴォルテールの二階で三十人（その内三人は秘密スパイだった）の聴衆を前に、正当な理論を開陳していた……。《彼らに合流するのか？　彼らを信じない俺が彼らに信じてもらえるだろうか？　俺にはもはや個の力しか信じられない。真理、それは形而上学的な詩情をはぎとられ、頭脳の中にしか存在しない。あまりにも速やかに消されてしまった頭脳はひとつやふたつではない！　そうなれば、もはや真理などない。権力は彼らに、俺に、否と言う、俺たちは何もできない。俺たちは激流に流されていくだけだ》

Dは解放感がもたらす深い喜びでないまでも、頭痛が治まった後のほっとした気分を味わえるものと思っていた。十分用心していたのに、彼は思わず大声で怒り狂ったように独りごちた、「でも、俺は間違ってない！」運転手が振り返った。

「なにか言いました？」

「いや、何も。もう一度ぐるっと回ってくれ。まだ早いんでね」

何に早いというんだ。何もかも否定するしかない。否、否、否。権力にも否。俺は取るに足らん男だ、でも、お前らがお前らの理性を失っても、俺は俺の理性を失うものか。最良の者たちを消すことは最悪の罪、最悪の愚考だ。権力が自らに背き、やみくもに自己破壊を始めているのだ、権力に背く俺は正しいんだ。権力が生き延びるとしたら、俺は滅びるしかない。そうなれば、俺が間違っていて、権力が正しいことになる……。自らを貪り食っていながら、これまでにない自己喪失に悩みながら、権力は生き永らえるのだろうか？　生き永らえても、権力が自己否定し、その顔や目的を変えたら？　その時は、権力を否定した俺が忠実だということになる、しかし、これは純粋に観念論だ、現実的には無意味だ。

拷問の後処刑された多くの者たち、彼らの名前、顔立ち、卑小さ、偏執、性向、旅行、職歴、愛読書、高潔さを彼は知っていたが、思い出さないようにした。立ち直れないほどの疲労を覚えるような気がしたからだ。記憶の門口から押し返された彼らは、彼の心のうちで無名の《軍団》となり、闇の《数字》になっていた……。《俺たちは〝鉄の軍団〟だと、エリートの軍団だと信じていた。それがなんだ！　俺たちの矜持はこっぴどく踏み躙られてしまった……》闇の〈数字〉は注意深い情報チェックの結果であり、その時の状況の難易や反抗や情実の程度により変わっていた。とはいえ、ともかく五ケタの数だ。なんと多くの犠牲者だ。

〝良心〟とはなにか？　原始的タブーから大新聞に至るまで、頭に叩き込まれた信仰の残滓ではないか？　心理学者はこの染みついた刻印にうまい言葉をみつけだした。超自我、と彼らは言う……。もはや俺には心の拠り所とすべきは良心しかない。しかも、それがなんであるかわからないでいる。破壊的な効率、権力、物質的現実に挑戦する、どこかしら心の奥底から吹き出してくる無効な抗議、とでも言おうか。心の内に点される光、天啓か？　俺はまるで信仰者のように振る舞っている。他にしようがない。ルターのあの言葉。悪魔の顔目掛けてインク壷を投げつけたあのドイツの幻視者は、ただ、〝神よ、我を助けたまえ！〟と言い加えた。だが、何が助けにきてくれるのか、俺を？

大新聞には良心などない（彼は慎重な仲介者を通じて大新聞にしばしば金を支払っていたから、それを知っていた）、そして小新聞などは存在しない。大作家は俺の言うことなど信じまい。俺の言うことを信じてくれそうな者も俺のことは理解できないだろう。理解すべきなのは俺のことなんかじゃない、病める権力という、考える人間の消滅という悪夢なのだ。それに作家は他の主題、もっと当たり障りのない、もっと売れそうな主題を選ぼう……。俺は何も言わない、何も言うまい。もし六ヵ月してパラグアイかカリフォルニアかで平穏な暮らしが送れるようになったら、心理学の書籍を取り寄せ、良心、超自我、エゴ、疑惑、疑惑による強迫観念を理解しようとし、さらに最良の者たちと肩を並べ、彼らに取って代るために彼らを殺す必要を急激に感じる心理、を学習しよう……。こうしたことに関する俺の考えはきっと遅れていよう。それに社会心理学はいまだないに等しい。こうした知識なしでは生きていけないような時代はまだ来ていないが、機械製造の知識などより重要だ。破局にはそんな知識など必要ない。人間に服従を叩き込む心理学は、〈文部省〉最高機関、〈厚生省〉精神医学局、〈軍〉の士気高揚部、〈政治局〉、〈国家〉(……自らの幹部を消滅させている〈国家〉)幹部維持の任を負う長寿研究所にはまだ十分役に立っている。それにこれらの公的機関は、総体的に言えば、破局の準備に躍起になっている。閉じた輪、悪循環。

Dはヌーィイの小さなカフェの前で車を止めさせた。白大理石のテーブルにつくと、ハムとワインを注文した。欝状態が去りつつあった。欝状態とは、見知らぬ演出家が演出する、暗い思いと光と本能との不思議な心中の舞踏なんだ。心理学と精神的〈X〉。運転手は、カウンターで飲みながら、兎の白ワイン料理について、店の主人と談じていた。Dは不意にこの二人の男に友情に似たものを覚えた。《突拍子もない思い込みなども沢山だ！　堂々巡りの鎖は切れた。今や過度の神経疲労の結果を乗り越えること。いいか、矜持をもて、お前は強い男ではなかったか》（これは自己暗示にすぎないが、ときどき自分に言い聞かせるのがよい……）彼は前日〈特使〉に送ったメッセージを心のうちで読み返した。平凡を心がけた二十行ほどのメッセージ、しかし、次のような簡潔さと真摯さが入り交じった一節もあった。

《……現在進みつつある事態をわたしはまったく認めることができませんので、疑惑と非難を持ったまま義務を果たすことは不可能です。あなたは、わたしの絶対的献身をご存知です。わたしはそれを行為によって何度となく実証してきました。わたしは決定的に身を引き、私的生活に引きこもることにいたします。ただ、わたしたちの大義に反することは何ひとつ言わず、何ひとつ行なわないことをお約束します……》銀行口座、日常業務、配下の諜報員との関係に関する簡潔な報告が続く。Dは認めない、疑惑、非難という単語（その内のひとつで十分だろう……）が、《献身》とこの約束を帳消しにしていることに気付いた。それらは数々の問題をもたらすに違いない。それらは〈党〉、制度、〈組織〉を批判している。集団を批判するものは、その無謀さを示しただけで、アウトローになるほかない。《いずれにせよ、わたしは消されることを恐れたことはありません》だが今や、迫りくる危険は確かなものになっていたし、その危険の質は屈辱的に低下していた。集団のために受け入れる危険は正当化を求めない。自分自身のために冒す危険なのか？　彼はぶっきらぼうに独りごちた、「自分のためだけに生きるのはオナニーみたいに不毛だな」

「……白ワインにタップリ漬けて」と、運転手が言っている。「別に、狐色になるまで玉葱を炒めて……にんにく一かけら、ナツメグ……」もたついた別の声がさらに調理に注釈を加え、最後に舌打ちをして結んだ、「これで出来上がり、でさぁ。間違いない」「兎の赤ワイン煮は、どうするね？」と、Dがうれしそうに口を挟む。上機嫌の亭主が、「そいつはですな」と始める。Dはぼんやりとその説明を聞いていた。この連中と友達になり、日曜でもスュレンヌ〔パリ西郊外。セーヌ川左岸、ブーローニュの森に接す〕に招待し、一緒にボルドーワインでも飲んだら楽しいだろうな！　Dは勘定を済ますと、また気が滅入ってきた。ナディーヌとの厄介な約束の時間が近付いていた。

「今日はセックス抜きだよ」洒落たティーサロンで二人きりになると、Dは微笑みながら言った。

魅力的な二重瞼、物欲しげに口を尖らす仕草、真っ赤な口紅に浮き出る唇、挑発的とも内気ともとれる、正面からそっと盗み見るような眼差し、最果てのステップに住む全くあどけない田舎娘がサン・トノレ通りの高級美容院から出てきたといった風情。ナディーヌは唇ではなく、頬を彼の方に差し出す。機嫌を損ねている。

「元気かね、ナディーヌ？　君がパリに戻ってきたのを誰も知らないだろうね。僕の指示に完全に、か・ん・ぜ・んに従っただろうね？」

「ええ、その通りよ。何を考えてるの？」

その言い方には苛立ちがうかがえた。

「とても重要なことなんだ」

「いつもそうじゃなくて？　サーシャ、子供扱いはよしてくれない」

彼は言いやめなかった。

「君が考える以上に重要なことなんだ。誰にも電話しなかっただろうね？」

ウェイトレスが注文をとった。レモンティーとケーキ。ウェイトレスは彼らがどういう仲なのか、初めて会った二人か、恋人同志か、夫婦なのかわからなかった。やむなく彼女は、前々日のケーキにのった粉砂糖のようにたっぷり未練を残しながら、少額の小切手でけりをつける別れ話をしている二人なんだと結論した。

ひどく厄介な立場になると、Ｄは筋肉が微妙に緊張し、肌に悪寒が走るのを覚えるのだった。まるで力という力が集中し、体力が充溢し、次になにかをしでかそうとするかのように。そんなとき、彼の瞳孔は収縮するのだった。彼のことをよくわかっている（そう信じていた）ナディーヌはこう言った。

「そんな目をしないで、サーシャ。用心に用心を重ねたつもりよ。シルヴィアに電話したけど、どうってことないでしょ？」

「そうか」

街頭の綱渡り曲芸師は、太鼓の音でも十メートルの所から落ちたりしないが、オレンジの皮にはつまずいてしまうのだ。脛骨骨折、名人もそれまで。なんてことを。

「どうしてシルヴィアに電話したんだ？」

ナディーヌは目を丸くした。

「シルヴィアまで疑わなくちゃならないの？　それとも、シルヴィアが監視されているとでも？

どうかしちゃったんじゃない、サーシャ」

彼はレモンティーのレモンを噛み砕いていた。いざという場合に捜査官の目の前で噛み砕くため、シアン化合物を髪の毛の中に張りつけて旅行したことがあった。それも二度も、中国と、ドイツと……。

「どうやってきた？　車でか？」

「ポルト・マイヨーでタクシーを乗り換えて……」

「そうか。ねえ、ナディーヌ、善し悪しはともかく、わかってほしいんだ。僕は二人でアメリカに逃げる準備をしてきた。あらゆる事態を想定した。ただ君がシルヴィアに電話することは計算に入ってなかった……。ナディーヌ、僕は手を切ったんだ……」

ナディーヌは考えこむ。切れぎれのイメージと支離滅裂な言葉が浮かんでくるだけだ。イメージは不愉快なものになると、ちぎれて消えていく。口をついて出てくる言葉は途中で途切れる。大事なことは困惑を隠すかのように舌足らずにしか言えない。自分に関することは一切心の中のノートに印されていて、消えることはない。アメリカ行き、そんなのはどういうことない、これまでもずいぶん旅行したわ！　手を切ったという言葉が炸裂弾のように心を射抜いた。ナディーヌはセマンの獅子鼻をちらっと思い浮べた、彼は銃殺された。エルザの神経質そうな白い項を飾る高価な模造真珠の首輪が目に浮かぶ、エルザ、行方不明。エミーの青みがかった深い眼窩、自分の目に似ていたがずっと魅力的なその目が羨ましかった、お菓子、パリモードの服、手袋、のっぺりした色男が好きだったエミー、彼女も行方不明。肥満体のクラウス、旧将校式に踵をあわせ、身を屈めて手に接吻する挨拶をするクラウス、二度も勲章をもらい、元徒刑囚だったでぶのクラウス、彼も知らぬ間に消えていた。プルーヤノフ夫妻、将来を約束されていると思われていた若い夫婦、二人揃って社交好きで、四ヵ国語を話し、正式にイギリス国籍をとったのに、確かめようのない噂によれば、銃殺されたとのこと。禿頭のアレクシス、あの恐ろしいプロエスチ事件の男、拷問を受けたが、六ヵ月前に出獄し、英雄になった男。逮捕されたときにあのアレクシスは自殺したというが、犬のように撃ち殺された可能性がある。というのも、彼はやたら大声で吠えたてる癖があったのだから(アパルトマンでは騒ぎはご法度だ、騒ぎが起こった場合、怒声よりは銃声の方がずっと面倒が少ない)。ナディーヌは亡霊たちを追い払った。他のいくつもの亡霊が浮かび出ようと記憶の縁にさまよい揺れていた。むかつくような臭気が暗い穴からナディーヌの鼻孔に上ってくる。

「どうしてそんな決心をしたの、サーシャ?」

「よくよく考えてのことだ。もし待ったとしても、いずれは同じことになる。クラウス、アレクシス、エミー、のようにね、わかるだろ。彼らは影響力がなかったのに……」

シルヴィアとの電話の会話が不安とともに思い出される。《そう、ニースから戻ってきたの、もうすぐ、サーシャと会うわ。明日、十一時に〈トロワ・カルチィエ〉に行くわ、……レーヨン製よ、シルヴィエット、ピンクとガーネットの二色、そうよ、襟が深くえぐれてるの……》シルヴィアの夫、いろんなアドレスやパスポート、引き出すお金、いろんな思いが悪い方へ悪い方へかみ合わさって、ナディーヌはパニックの表情を浮かべ、最悪な思いに落ち込んだ。《彼が殺されるなら、わたしも殺される？　わたしは巻き込まれただけ。それにわたしたちはあまりお金を持ってない……》

「大丈夫か」とDが言う。「落ち着くんだ」

彼は、極悪人だがどこか憎めない銀行家を演じるスクリーンの俳優みたいに、曖昧なつくり笑いを浮かべた。

「お前の手袋、とっても素敵だよ」

そのバカみたいな口調と台詞は全く場違いな感じだった。というのも、一組のカップル、海軍将校とグレーハウント犬みたいにすらりとした栗色の髪の女が入ってきたのだった……。まるで絵に書いたような将校、誂えたってこうはいくまい。Dはナディーヌがあまりの偶然の積み重なりのため、わけのわからない反応を示すのではないかと恐れた。十年来、彼はこの女を愛してきた。自分より若く、エゴイストで、思慮分別があり、任務は器用にこなし、二人きりになると表面上はロマンチックで、時には酔ったように声もたてずに笑い、未開人のように純朴な眼差しをむけ、ひたすら愛に溺れ、猫のような身のこなしをするこの女……。彼女は彼を崇拝し、思いやりのある、しかもくすぐるような官能を与えながらも、同志として飾らない振舞いをしてきた。二人の間には何ら憶測はなかった。

思いがけず冷静さを取り戻したナディーヌは、リカーを注文するためウェイトレスを呼んだ。

「なにか飲んだら、サーシャ」

「いや、結構だ」

ナディーヌの新たな表情がDを不安にさせた。

「シルヴィアのことだけど」と、彼女はまるで夢でも見ているように言った。「いけなかったわ。馬鹿なことをしてしまって、ごめんなさい。早く手をうてば、なんとかなると思うけど。それはわたしに任せておいて。あなたがしたことは取り返しのつかないことよ。間違いを冒したと思うわ。でも、わたしにはわかる、首を絞められる思いだったのね。わたしにはそれはそれでいいの」

この超然たる態度、この瀬戸際での冷静さはどこから来たのか？　それにこの、涙を堪えるような厳しい表情は？

「サーシャ、わたしたち長い付き合いよね。わたしがあなたを深く愛していることはわかってるわね。いつでもあなたのことを理解できるわけではないけど、ときどきは本当によく理解できるの。だけど、姿を隠す、いまからどこかへ逃げるといわれても……、ちょっと困る」

「ちょっと困るって、どういうこと？」彼は注意深く訊いた。

彼女は、テーブルクロスに置かれた彼の手を指で軽く触れる。

「……わたし、ある人を愛しているの、あなたとは全く違う人。わたし、とても幸せだった。隠しておくつもりじゃなかったけど、あなたを苦しめたくもなかった。わたしたち、このままでいましょう……あなたさえよかったら。あなたなしのわたしなんて、考えられないの、サーシャ。でも、わたしはある人を愛している。それでも、あなたのものでいたい。わかってほしいの……。いま、いま急に……」

男と女の関係は自由なんだ、さもないと不健全になる。男も女も性欲の要求する役割を果たすにせよ、性欲を乗り越えられるのは理性だけだ。性欲の要求から解放されたとき、知性と意志の行為のために生きることができる。人間という機関は、心理学者や道徳家たちがブレーキと呼ぶなんらかの抑制機構を必要としている。性欲の抑圧も性欲の解放も人間を卑小にする。嫉妬はいまでは廃れた風俗の遺物だ。男による女の支配、私物化を許していた風俗の。精神衛生、肉体衛生……。カップルとは、戦いつつも相互理解にもとづく、自由な二人の結びつきである……。わかってる、わかってる、青年サークルの講演者たちがくどくど繰り返したから、骨の髄までしみ込んだ御説……。少なくも数秒前まで、Dはそれを信じていた。人は植物標本のように干涸びた、偏狭な概念を頼って生きているものだ。Dはショックのあまり、こうした古めかしい紋切型の考えにしがみつこうとした。〈どうも、まずいことになったな〉もう四時だ、無駄にする時間はない。

「誰なんだ？　仲間の誰かか？」

二番目の質問は最初の質問をはぐらかすためにしたにすぎなかった。結局、どうだっていいじゃないか？　ナディーヌ、君にとってもまずいことになったな。苦しむがいい。（彼は皮肉な笑いを浮かべそうになった）僕らは二人とも追い詰められているんだ。いざとなれば彼女が裏切るかも知れないという考えが胸をよぎった。女性に多くを求めてはならない、女性は何千年来服従を強いられてきたのだ。

「誰なんだ？」

「言うわけにはいかないわ。ごめんなさい。言えない。できるだけのことはするわ。一緒に逃げてもいい。でもわたし……」

抑えきれない怒りがこみあげてきた。誰なんだ？

「用心のためにも誰だか知る必要がある」

「言えないわ。でも、あのことなら、心配はいらないから安心して……」

《あのこと》とは肉体関係のことか、と彼は苦々しい思いで考える。ナディーヌの端正な体、わずかに盛り上がったセックス、髪よりも明るい陰毛……が目に浮かぶ。《きれいだ、顔と同じくらい魅力的だ》と言ったことがあった。それらのイメージを追い払わなくては。ナディーヌの困惑ぶりがあまりにも稚いので、彼は自分が本能のなすままになっている、本能に操られていると感じて、恥ずかしくなった。

「わかったよ、ナディーヌ。それは僕には関係ないこととしよう。実際、心配するまでもないことだ。ただ用心には用心を重ねたいだけだ。お別れの挨拶はしないこと。誰にも手紙も連絡もしないこと」

（それはずいぶん無作法なことになるだろうな、と彼は思った）

「僕らはとても危険な立場に立っているんだ、わかるね。君の新しいパスポートも準備したし、ビザも取った。船室も予約した。文字通り僕の指示に従えばいいんだ。七日に乗船する。さあ、いこう」

冷静を装うのは彼には辛いことだった。ティーセットをひっくり返し、例の海軍将校に喧嘩を吹っかけ、顔に一発食らわせたら、どんなに愉快だろう！　彼はアムステルダム通りまで彼女を車で送った。彼女はそこの瀟洒なペンション（もう目をつけられているかもしれない）に住んでいたが、少し離れたところで車を止めた。今晩そこを引き払うことになる。「旅行に出るって言うんだよ。戻ってくるように見せ掛けるために、きちんと片付けておくんだ。姿を隠したと思わせないため、後日ロンドンから手紙を投函するとしよう。写真には気をつけて、えっ、僕は九時から待っている。尾行にはくれぐれも用心して。尾行されたら、おしまいだから……」二人はこうした言葉を耳にしながら、手も触れずに並んで座ったまま、霧に包まれたような沈黙を守っていた。Ｄは心の中でこう問うていた、《誰なんだ？　仲間の誰かか？　電車か海岸かペンションで偶然知り合った男か？　俺たちは束の間の逢瀬を楽しみ、すぐに別れなくてはならないようなやくざな生活を送ってきたんだ……。もうこんなことにとらわれるのはごめんだ。どうでもいいじゃないか。もう結構。済んだことだ。……それにしても誰なんだ？》ナディーヌが彼の手を取った。

「わたし、あなたを苦しめちゃったかしら？　思ってもみなかった……」

思ってもみない、だと……！

「どうかな。大丈夫。気になったのは、何より君の軽率な行動さ。どうにかなるだろう……。じゃ、後で」

車はペンションの前まで来た。壁を背にした新聞売りが気になった。《いつもここにいたかな？

――そんなことはない……、覚えてるかぎり、彼はもう少し下ったところ、洋品店の近くにいた……》

「じゃあね、サーシャ。あまり気に病まないで」

ナディーヌは頬を差し出す。彼はそこに冷たい口づけをした。ナディーヌは車を降りた。

9

……それは〈世界の屋根〉〔ヒマラヤ山脈〕を歩き回った翌日のことだった。新疆《シンキャン》のある村でのこと、もっとも、不毛なステップの一遇で、ひとつの井戸の周囲に乾かした泥でつくった数軒のぼろ家が建っているところを村と呼べればの話だが。わたしは〈命の屋根〉＝死、の縁をさまよっていた。瀕死のわたしの目には、アジア大陸の丸裸の山頂のような単調な光景ばかりが映るのだった。アストラカンの帽子を被り、三角形の顔をし、腫れぼったい切れ長な瞼の奥に不可解な瞳を宿した見知らぬ小柄な黄色人が、遺蹟の陰から日本軍の小銃でわたしを撃ったのだった。わたしは遺蹟が好きだった。電報解読、報告書の暗号化を終え、ターバンを巻き、縞模様の衣装をまとい、堂々としていて、狡猾で、垢まみれの老人や、脂ぎり、ホモで、やたら微笑をばらまき、用心深くて正体を見せない若い有力者との儀式的会見を終えると、また、お茶、やたら長たらしい挨拶、お互い守りもしない約束の後、さらに、裏切りや待ち伏せの可能性、山径を辿る仲間の隊の行程について何時間も考え抜いた後、爽やかな夕暮れの訪れとともに、わたしは焼いた粘土でできた低い家を出るのだった。まず、ンガに会いにいく。彼は水の番をしてる。水場に置かれた、新鮮な水が一杯入った甕の表面には、無数の水滴が浮かび出ている。ンガが自分で井戸から汲み上げたこの水にはだれも近付いてはならない。この地方の者なら誰でも、わけのわからない病気のため数週間で人間を死に至らしめる無味無臭の毒をあれこれ知っているのだ。粘膜は青くなり、歯は浮き、睡魔に襲われ、骨という骨が痛みだす……。ンガはわたしには全く忠実だった。領主の男色用に作られた美青年風の体を白い衣装で包んでいる。彼は笛で切ない音を奏でる、オスレ〔羊の趾骨でするお手玉〕をしては、うまくできると娘みたいにゲラゲラ笑う。拷問でできた彼の傷をわたしは治してやり、膿やシラミを取りのぞいてやり、恐怖心から解放してやったのだった。彼は奴隷ででもあるかのように、わたしを愛している、もの言わぬ彼の目がそう言っている。〈熊の国から来た逞しい白人〉が彼の愛撫を求めないことに彼は驚いているに違いない。二人が通じあえる言葉は僅かだ。わたしは彼に訊ねる、

「水は新鮮で澄んでるかい、忠実なンガよ？」

彼の歌うような声がいつも重々しくこう繰り返す、

「水は賢い者、バラ、許嫁《いいなずけ》の渇きをいやす」

そのせいとはいえないが、この水はわたしの渇きをいやしてくれる。それにこの水は雪解け水の味がする。わたしは皮肉っぽくこう言い足す、「同じ水が有毒植物、梅毒に冒された娘、裏切り者、拷問を加える者の渇きをいやす」と。この四つはわたしが常々用心しているものだ。

ンガの華奢な手が届くところ、缶詰の入った箱の上に、半月形短刀と拳銃がある。

狭い小径に沿って行く、径は一様にオーカー色で、夕日に赤く染まる。古びた低い壁、ところど

ころ、向かいの壁に面した戸口。昔々血の雨で洗われ、いまは白茶けた砂だらけの世界。暑い時期には、ざらざらの空気が喉を打つ。風が起こると、砂は鞭のように目を打ち、歯の間に食い込み、衣服を通して肌に張りつく。小径は急に下って、水の涸れた急流の河床に出る。乾き切った大地から養分を吸い上げ、刺で身を守った、痩せ細ったサボテンが紫色を帯びた石ころの間から不意に姿を現わす。石ころの下には蠍が潜んでいる。蜥蜴はなにかの災禍で絶滅してしまったか、災禍が近づいたのを感じて逃げ出してしまったかしたのだろう。しかも今年は〈トカゲ年〉だというのに！地平線の上には驚くほど澄み切った空が広がる。時に、寒い日など、遥か彼方の馬上の人の服装まで肉眼でくっきり見えることがある……。わたしは遺蹟に向う。ティムールのいかなる祖先、いかなる後裔が、己れの偉大さを誇示すべく、いまは無きオアシスに斬首の山を築いたことだろうか？遊牧文明は耕作地と耕作民、さらに彼らの文化を破壊し、ただの放牧地にしてしまう……。芒洋と遺蹟が広がる一帯は、血腥い熱気をはらみ、未だに焼け付くように暑い。都市か、要塞か、墓地か？　墓地がもっとも時の流れに逆らう、墓地は盛事を忍ばせるとともに、時を超え人々に死について語って止まない。青と赤茶の石でできた壁の断片は、まるで砂漠ができる以前からあるようだ。遺蹟は重苦しいこごもった声で、目覚めたまま見る夢の世界の言葉を話しかけてくる。わたしの夜の夢の中に遺蹟が現われる、ヨーロッパのポプラの木々がそれを囲み、近代建築がゆっくりゆっくりと立ち現われ、柱廊が両側に開け、その向こうに川の流れが現れ始める。翼が生えたような足取りでヴァレンチーヌが黒い大理石の階段を降りてくる、影に包まれたように和らかな笑顔、機関銃のタッタッタッという音が彼女の微笑みを切り裂く、わたしは目をさます。なんどこんな夢を見たことだろう……。心理学用語では、欲望成就の夢というらしい、きっと、見い出せない正確なレミニッセンスを探しに、わたしは遺蹟にやってくるのだろう。砂から半ば姿を現わした四角い戸口が、その空間に対する気がかりを駆り立てる。そこをくぐってみたくなる、でも腹ばいにならなくてはならない、蛇や蠍がいるかもしれない、わたしの命はわたしのものではないんだ、わたしは子供に還る。この戸口の向こうに何があるというんだ、つまずきながらそこを迂回する。思わず笑ってしまう、まるで精神錯乱に陥ったり、恐怖に取りつかれたかのように、あるいはわかってみればまるきり馬鹿馬鹿しいことに気付いた時のように。これらの遺蹟はセルジュークトルコ時代やモンゴル朝より前のものだろうか、あるいはもっと新しいのだろうか。時間とは、歳月とはなんだろう？もし手元に考古学の書があったら、それを一ページ一ページひき千切っては、遺蹟に吹きわたる風に飛ばす痛快さを味わうだろうに。

日課になったこうした散歩から戻ってくる途中のことだった、モンゴル人かトルコ人が撃った弾丸がわたしの胸をかすめた。狙撃兵は追われる狐のように振り返り振り返り、急流の河床を逃げていった。わたしは苦痛も怒りも覚えなかった。狙撃兵を撃つこともできたろうが、そうしたくなかった。擦り傷をハンカチで抑えただけだった。ンガが華奢な手で包帯をしてくれた。ついで、両手をあわせ、傷口の下に当て、心臓の鼓動を探った。「大丈夫、頑丈な心臓さ！」と、わたしは言った。というのもこの心臓が自慢だったし、ンガの娘のような目がうれしいと同時に、その目の恭謙さに不快を感じたからだった。わたしは疲労感に打ちのめされた。その日は焼け付くような暑さだった。心臓に置かれたふたつの手に冷気を感じながら、わたしは眠りに落ちた。

長いこと眠ったに違いない。目をさますこともなかった。眠りの中で、熱に浮かされ、さまざまな幻覚を見た。狂気に満ちたもうひとつの世界がわたしをうかがっていた。それはすばらしい世界だった。暑気は古びた煉瓦を圧し、白い部屋のなかに忍び込んでいた。太陽、砂漠、発熱が、まるで静かに燃える火刑の薪の上にいるように、ベッドに横たわるわたしを焼いていた。時折、爽やかな気持ちや純粋な喜びや友情や無私の愛情や、何とも言えない未経験な感情にわたしは浸った。これまでの思い出を丁寧に辿ってみたとしても、これほどの幸せ、これほどの静安を覚えはしなかったろう。むしろ、苦い思い、辛い高揚、労苦、飢え、卑劣な行為、危険、きれぎれの切ない瞬間を覚えるばかりだったろう。顔立ちは記憶が薄れているものの、いまは亡き無数の親しい人々（彼らは一般にわたしより優秀だった）、一夜の、あるいは一季節だけの女たち、それに初めて愛した女だったのに、わたしの投獄中に裏切った女、さらに、貞節だったのに、飢餓の冬にチフスで死んでしまった女……彼女には、雪道を五百キロ歩いて戻ったが死に目に会えなかった、身の回りのものは何もかもなくなっていた、近所の人たちが、死の床のベッドのシーツから、ベッドの板から、残っていた四冊の本から、歯ブラシまで何もかも持っていってしまった。髭むくじゃらの男たち、罪悪感に顔を強ばらせている女たち、爪を噛む子供たちを集め、こう言ってやった。「同志よ、君たちは何も盗んじゃいない。自分たちのものを取っていっただけだ。死者の財産は生者の、何よりも貧しい生者のものだ。わたしたちはかつがつ生きているのだから。わたしたちは未来の人類のために生きるのだから……」わたしはうまく言えなかった。数人が近づいきて握手をすると、こう言った――「ありがとう、同志、やさしい、人間的な言葉を。返してもらいたいものがあったら……」わたしは「なにもない！」と言った。その時、rien《なにもない》という言葉の深い意味がわかった。一切の言葉は、たとえうまく言えなかったとしても、人間的なのだと思えた。同時に、もうなにもないんだ、と思った。非人間的な死に対し、癒しがたい怒りを覚えた。《生死とはこういうものか！》わたしは心のうちで繰り返した。《ヴァレンチーヌ、お前はどこにいるんだ？》教会の歌がなつかしくなった、無の世界、虚無のなかに息づく生きものの世界が。わたしは理性を失った。大きな辞書で死の項を探した。『アンシロペディア』は《生命機能の停止、生体組織の崩壊……》とうたっている。辞書のこうした項目は印刷された文字にすぎなかった。唯物論者であるわたしは恥を忍んで永遠の項を開いた。これまた死んだ文字の羅列……。こんなことが、心の裡から、思い出が定着するニューロンの襞の中から浮かんできたことだった。それにしても、熱に浮かされていた日々は不思議なほど明るく、過去がよみがえり、信仰とは無縁な自然な生命の復活と、光やまっとうな考えやせせらぎや心地よい暗闇やの乱舞とで満たされる日々だった。わたしが望めば、ヴァレンチーヌはすぐに姿を現わし、現実にはありえぬ程二人はつよく結ばれ、一体となり、幸福な、静かな、本当に静かな揺らめきになっていた。錯乱はわたしから生の重みを取りのぞいてくれた。どのくらいそれが続いたのかわからないが、もはや時間の中にはいなかった。ふと周囲の現実を認めることもあった、だがそれは怪しげで、脆いものだった。項の下にある秘密文書の入ったカバンを手で探る。水は澄んでいるか、と訊く、返答が耳に届く、《賢い者、バラ、許嫁の……》死のうとしているんだと感じるが、心は平静だ。わたしはンガに訊く、「飛行機は通ったか」「七つ」と、彼の白い指が告げる。作戦計画にはそれで十分だ。ンガはわたしの上に鏡をかざす。わたしは平然と胸の傷を見る、大きく広がり、バラ色になった……、バラ、許嫁、賢い者——化膿した傷、腐った肉の花、わたしをむしばむ醜悪な花……。いや、わたしをむしばむんじゃない、誰かを、バラを、許嫁を、死を、生の世界を、永遠を、『アンシクロペディア』をむしばむんだ！《なんと奇妙な幸せだろう》とわたしはつぶやく、そして瞼を閉じ、錯乱を呼び返す。

再び目を開ける。おそらくもう目を開いていたのだろう。今や終わろうとしている虚しいもうひとつの現実に戻る努力を自分に課しただけなのだ。緑の筋が走る低い天井……。包帯の入った洗面器。壁の細長い蜘蛛の巣……。女中が入ってきた、ずんぐりした体、耳のうえに巻いた編み髪、頬に垂れる銀の輪っか。彼女は部屋を動き回る、視線がなにかに釘づけだ、何に？　蜘蛛の巣がじっと彼女を見つめている。ンガを呼ぼうとするが、身動きもできず、声も出せない。何も恐れることも望むこともないのに、何に、なぜ、不安を感じてるのか。女中はわたしのカバンをそぅっと、そぅっと戸口の方に運ぶ、中には貴重品、紅茶、砂糖、マッチ、煙草、石鹸、『共産党宣言』の校訂版……。《泥棒！　泥棒！　悪党め！》と叫ぶが、このデブには何も聞こえない。脳が勝手に叫んでいるだけで、その叫びは無だと悟る。思考も意志も無の世界に属すのだろうか。耳の下の拳銃、わたしの脳はそれをつかむ、でも手のない脳は無だ。無の世界にいるのだ。女中はカバンを戸外に押しやる前にちらっとわたしを盗み見る。その小さな瞳はすばしこく、野鼠のそれのように鋭い。わたしの怒りは萎える。そのカバンを持っていけ、ムナジロテンみたいに悪賢い女よ、こっそり持ち出すがいい、巣のなかで暖ったかに冬を越すためなら。蜘蛛の巣も何もみてなかったよ。わたしは子供の頃の風景に戻っていく。真っすぐ生えた葦、父はそこにボートを隠し、マガモを待ち伏せている。

アントンが遺蹟から現われた、金糸の刺繍が入った絹の白服をまとい、まるで彩色挿絵に出てくるペルシャの王子みたいだ。彼の乗馬の蹄がこの死の世界をあまりに軽く打つので、天馬かと思うほどだ。天馬に跨がるアントン！　わたしは笑ってしまう。そんなこと、あり得ることだと思ってるのか、俺もありえないと思うね、アントン。突然彼の様子が変わる。のっぺりした顔、菱形のおかしな眼鏡、白衣を着て、手には注射器を持っている。ンガが燃え立つように真っ赤なものを両手

で持っている、とらえた小鳥を持つように——あれ、俺の心臓を取出しやがったな！　違う、小さなビンだ。アントンが言う、

「なに、助かるさ。ずいぶん心配させやがって、バカものが！　しっかりしろよ。やれやれってとこだ。顔に一発食らいたいか？」

「俺にはもう顔なんてないよ……。一体どうしたんだ？　どこから出てきたんだ？」

「どこかから戻ってきたのはお前だよ。四日前に飛行機を降りたんだ。冷たいコーヒーでも飲め。司令官からのメッセージを持ってきた。お前さん、勲章もらったよ」

「そんなもの、いらん」

「そういうなよ。お前の仕事が遅れてるぞ」

わたしはまだふたつの現実の狭間にいた。仕事が遅れている、という言葉に完全に目が醒めた。敏腕なアントン。「で、マニアは？」と、私は力なく訊ねた。「マニアは君と別れてから三度目の結婚を最近したよ。目に見えて醜くなった。あれはラクダ〔嫌な奴〕だ。もう少しコーヒーを飲め」

大学時代、アントンが好きだった。二人はよく議論を戦わせた。彼は生物学的マルクス主義、あるいはマルクス主義的、弁証法的生物学とかいうものを勝手にうちたてていた。彼は愛を信じるロマンチストをバカにしていた。「夫婦とは」と、それ以上は言わせないぞという口調でいうのだった。

「生理学的心理学的……それに社会的誤解に基づくくっつきにすぎない。女は大体、小鳥の脳味噌

しかないおしゃべりってとこだ……。十万年にわたる家庭内搾取の結果さ……」表面上は拗ねものだが、敬虔な信者といったタイプ。それがどうだ、前の政府の要人に可愛がられ、墓場まで彼らについて行くに違いない有様だった。彼自身、そう感じ取っていた。「われわれは」と、例の皮肉たっぷりな言葉で彼は言っていた。「ご立派に完成された巨大な悪魔的機構を樹立し、その上に横たわり惰眠をむさぼってきたのだ。額に赤い紙でできた月桂樹の小さな冠をいただいてな……、なんてこった！」彼についての思い出といえばそんなとこか。（いずれゆっくり思い出の整理をするとしよう。アントンは役に立つ思い出だけを取っておけばいいと言っていた。《いま現在に役立てるためしっかり思い出すこと……》アントンよ、お前の思い出の有効性とはなんなんだ？）

アントンよ、ナディーヌのことで不安に駆られたわたしは、いま君をこうして思い出す。ナディーヌは真っすぐで、激しく、本能的だ。彼女は、わたしとは意見が違うが、間違っていない。本能は、結局、間違えないから。われわれは誰も、巧妙に罠を仕掛けている。自分の仕掛けた罠にはまってから、あれっと思う……。

ナディーヌは暖炉の火を燃え上がらせた。心地よさが部屋中にひろがった。ナディーヌは手紙や写真やいくつかのパスポートを火に投じた。心の動転は廃墟の静かさに転じていた。ふたつの破綻がこんがらかって心に懸かっていた。ひとつはとるに足らないもので、もうひとつはまず考えられないようなものだったが、とるに足らないものの方がまるで生傷のように彼女を苛んだ。

《サーシャは考え抜いた末に決心したんだ、だって私たちは生き地獄にいたも同然だったんだから……》二年前から、ナディーヌは新聞を開くにも、手紙を受けとるにも、ひとつの名前を口にするにも、誰かのことを考えるにも、わけのわからない犯行声明に思わず疑いを差し挟むにも、償いようがない犯罪を心底認めるわけにはいかないという態度を見せるにも、恐怖心を感じないではいられなかった。さまざまな陰謀が魔女の乱舞さながらくるくる回転していた……。最初彼女はみんなと同じように信じていた、やがて信じがたいことを信じたいと思った、ついで信じているふりをした、そして、夜、クッションを顔に当て嗚咽にむせぶようになった。サーシャは二人きりになるのを恐れるようになった。彼女には彼が心のわだかまりを抱え込んで孤独でいるのがわかった。サーシャは彼女をモン・サンミシェル、ニース、カンヌ、アンチーブ、ジュアン・レ・パンに行かせた、《少し神経を休めておいで。こうした面倒には僕独りで立ち向かう方が楽だから……》という口実で。ナディーヌは海辺でプルーストを、洞察力に満ちた小説を読もうと努めた。だが、あの登場人物たちの人生の目的は一体なんなんだろう？　彼女はアメリカ人女性やイギリス人ボクサー、いかにも雑誌に登場しそうな洒落れた出立ちの女漁りの殿方たちと浜辺を散歩してもみた。でも、彼らにも人生の目的がなかった、何の役にも立たない人たちだった。滑稽をこととしないかぎり、見るに耐えないさまだった。クレー射撃にも行ってみた。わざわざ白のフランネルを身にまとい、次々に飛び出してくる的を射るなんて、何たる堕落か！　ゾラの小説を手に、小さな漁港にいるときだけ、心が落ち着いた。

サーシャは自分の苦しみが彼女の瞳に映るのを見ないですむように、独りきりになった。《一体、どうなっているんだ？　消された人たちはみんな、確信に満ち、有能で、清廉な人たちだったではないか？　俺たちはどうなるのか？　もうわからない、もうなにかを信じるなんてできない……》彼はこう呟いただけだったが、その時の彼の表情がナディーヌには忘れられない。あれはジュアン・レ・パンでの悲しい夜のことだった。サーシャは彼女をパリから離れるように仕向けていた。「できるだけ仕事から離れていることだ。いまはとても難しいときなんだ」これはわかり過ぎるほどわかる。「僕は君を死なせたくない……」だからといってどうしたものか……。ときどきサーシャは電報をよこし、二、三日一緒に自然の中で過ごすことがあった。事態は悪化していたに違いない。それというのも、ジュアン・レ・パンでの夜、彼は緊張を解かず、彼女が裸でそばに横たわったときも、新しい香水にも白い七宝のイヤリングにも、マッサージとシャワーで硬さを取り戻した乳房にさえも気付かなかった。二人は愛し合う代わりに、冷たい、切れ切れの会話をそれとなく交わしただけだった。「いや、気分が悪いわけじゃないよ、大丈夫……」「じゃ、わたしを見て、サーシャ、そんな目をしないで。愛してる？」ナディーヌは彼が見ようともしない胸を曝け出しているのが恥ずかしかった。「昨日、また三人消えたのがわかったんだ……」彼は三人の名前をあげた。「処刑されたの？」「そうなんだ、詳しいことは知りたくないだろ？」「でも、どうして、どうしてなの？　こんなこと、いつまで続くの？」なぜ、という質問が無駄なことだとわかっているだけに、恥ずかしくなって、彼女はシーツを肩のところまで引き上げた。彼はクッションに煙草をもみ消した、射ち抜かれたような黒い穴が開き、彼はそれを皮肉っぽい笑いを浮かべて見つめた。「なぜって、わかるだろうが。彼らは古参で、よく知られていて、焼きの入った連中だったからだ。彼らが目障りになったからだ、俺と同じくらい何もかも知っていたからだ……」彼はウイスキーを喇叭飲みした。二人の体は寄り添うだけで燃え上がらなかった。ナディーヌは身震いを抑えこんだ。二人は求め会わなかった。サーシャは天井を見つめたまま物思いに沈んだ。ナディーヌは考えた（せめて、考えたと思っていた）――「で、あなたは？　わたしたちは？」彼は答えた、「俺たちも同じことだろう。雪崩は始まった、俺たちはその道筋にいるんだ。逃れられない」ナディーヌは身震いを露わにした。「逃げなくちゃ、サーシャ、どこでもいい、逃げるのよ」長い間をおいてサーシャが高ぶった声で言った、「バカなこと言うのはよせ。逃げるだと、それは裏切ることなんだ。俺が裏切る？　つまらん命を惜しんで？　そんなことしてどうなるっていうんだ？　俺たちが嫌悪しているこの旧態依然の世界はどうなる？　ウイスキーをとってくれ」二人は眠れないまま、睡眠薬を飲んだ……。いま、あのジュアン・レ・パンの絵はがきが火にくべられていく。

もうひとつの破綻、いま述べたのに比べれば軽いとはいえ、これも生傷を引っ掻くものだった。明日はもう会えない、あの若々しい深い瞳、あのきっと結んだ唇、スポーツマンタイプのあの体、あのぎこちないが敏捷な手、快活な体質ゆえに優しさを表そうにもついぶっきらぼうになってしまう、あのニュアンスに乏しいが溌剌とした声、それらにもう再び触れられない……。彼の方にそれほど問題があるわけではない、外見と変わらぬ実生活。次々と打ち捨てられ否定されていくプランに基づいて打ち建てられつつある世界で、彼が黒幕としてそれほど立ち働いているわけでもない。好きな男に身を任すのは簡単だ、セックスには愛なんて必要じゃあない、快楽の瞬間をシャンパンのごとく飲み干せ、と本には書いてある。とはいえ、わたしは本気で彼を愛してはいない、一人前の男だと思っているこの坊やを愛してはいない、一週間も一緒に暮らしていれば彼の愚かしいほどの無邪気さにうんざりしてしまうだろう……。こんなことをしていてどうなるというのか？　露天市のようにそっけない愛の形、か。わたしたちは露天市にお誂え向きじゃないんだ、むしろトンネルの中を用心深く進んでいくのがお似合いなんだ！　こんな男を追い求めたって、身を切るような痛みが残るだけのこと。ほら、腕の傷がまだ疼いている。ナディーヌの目に涙があふれてきた。手元にある彼のものといえば、乱暴に書いたＴ一文字のサインが入った、大きな文字の短信二通しかなかった。仕方ない。ナディーヌはそれに唇をあてると、火にくべた。必要なものを手提げ鞄に詰めこんでいると、錠の掛ったドアをノックするものがあった。不気味なトン、トン、トンという音にふと我に返ったナディーヌは、雌猫のように素早くドアに近寄ると、耳を押しあてた。

「はい……、なに？」

「マダム、電話がかかっているんですけど」

危険の輪が突然狭まり、息の根を止めようとしている。

「いないと言って。出掛けて、帰りは遅くなる、と」

「はい、マダム、そういたします」

まずい、ひどくまずい……。ついつい心配事に気をとられてしまって、立場を忘れていた。ナディーヌは滅多に着たことのない服を着た、これなら通りであまり目につかないだろう。巻き毛の上にトック帽をかぶり、耳をそばだてたまま、ほとんど鏡も見ずに口紅を引いた。部屋はまるで監獄の独房にも思えた。廊下の端でまた電話が甲高い音をたてた。女中が答える声が聞こえた、「奥様はまだお帰りではありません。夜中はすぎると思います。ムッスィュ」この《ムッスィュ》という言葉が黒い文字となって耳の奥で唸りをたてた。誰だろう？　電話をしてくるなんて、誰だろう？　サーシャか？　それほど重要な用件があるのだろうか。この電話を知っているのは他にいないし……。シルヴィアからか？　追跡が始まったのか？　逃げなければ、という思いがまるで山肌を洗う雨水のようにナディーヌの四肢に広がった。鏡にちらっと目をやると、厳しい表情をした痩せ顔が、逃亡の緊張に張り詰めた顔が映った。ナディーヌはベルで女中を呼んだ。

「あの方はもう四度も電話を掛けてきたんですよ。そのたびに同じことを、奥様に言われた通り、繰り返してご返事しました」

女中は南フランス生まれの可愛いい娘だが、底を見せない目付きをしている。あの長い睫毛の下からそれとなく監視しているのではないか？　使用人を買収するなんて、朝飯前のことだ。ナディーヌは歪んだ笑みを浮かべた。なにか挑発的で自然なことを言って、この沈黙を破り、娘の注意をそらさなくては。ナディーヌはくだけた調子を装ったが、声は上ずっていた。

「あなた、恋人はいたの、セリーヌ？　いなかったの。じゃあ、持ったらいいわ。そうすればわかるから。わたしの恋人からなの。わたし、振っちゃった。わかる？　いろいろあってね」

「……そうですか」

「わたし、旅にでるから……」

「わかっております、奥さま。お辛いんでしょうね、奥さま」

ナディーヌはハンドバッグを開き、女中の手に札を握らせた。

「他言無用よ。だれにも関わりのないことだから」

「わかっております、奥さま」

息が詰まりそう、自分が何をしているのかもわからない。エレベーターだ。どこに降りてきたのだろう。廊下の薄暗がりで独りきりになって初めて、あの部屋、燃やした書類、電話、セリーヌ、二人の幻聴のような会話が消えていった。ナディーヌは一歩踏み出したが立ち止まり、通りにじっと目をやった。戸口の正面に花、それも菊の、花売り娘が歩道に花篭を置いていた。バスが一台通り過ぎ、カップルが通り過ぎ、数人の若者が荒々しく口論しつつ——そう聞こえた——通り過ぎた。歩道は濡れていた。ネオンサインがひとつ、一秒おきに赤と黄色の光を交互に繰り返していた。通りは、ここに飛び込み、紛れ込め、と呼び掛けていた。

ナディーヌはしっかりした早足で歩いた、すぐにタクシーを止めたくなかった。まず現状把握。靴屋のショーウィンドウの前で立ち止まる、振り返らずにガラスに映る背後をうかがう。誰もつけてないようだ。でも、夜の九時とはいえ、パリの通りは人通りが多い。半ば安心して、ナディーヌは角を曲がった。誰かが角から飛び出してきて、危うくぶつかりそうになった。「失礼……。あら、アランじゃない？　アランじゃない！」

アランは彼女の腕をとると手首をしっかり握った。彼の手は暖かかった。

「あれ、なんてついてるんだ」とナディーヌには不自然とも思える声で言った。「偶然だね！　急いでる？」

優しい口調で言おうとしているのだが、どこかぎこちない。率直を装っているが、彼の口をついてでてくると、いつもとても明るく聞こえるあの親しい言葉遣いではない。ナディーヌは考えた。素早く考えること、愚直を気取ること。彼がもう知ってるなんてことはありえない。シルヴィアとも通じていない。でも、ムージャンやBやRとは。BもRもこんなにすぐには知ってるはずがない。事件は、彼らを恐怖の淵に落としこんだり、やる気を削いだりしないために、隠されているはずだ。ナディーヌの耳に再び電話の音が鳴り響く。心の底の心配に答えるように、彼女は《この人がわたしの恋人》と心のうちで呟く。

「あなた、電話くれた？」

「いや、電話番号、知らないよ」と彼は答えるが、ナディーヌには嘘をついているのがわかった。ということは、知っているということだ。隠れて、自分が出てくるのを待っていたんだ。誰か他に、彼がバーから電話してる間も通りを見張っていたものがいるんだ。手首を強くつかんでいる手に、ナディーヌは不安を感じた。最初の横道に入ったのがいけなかった、この道は人通りも少ないし、暗いし、行き止まりは薄暗い広場になっていて、一方は人が住んでいそうもない屋敷の鉄格子でふさがれている。車がそうっと近づいて来る気配に、ナディーヌは振り返った。黒い車がすぐ後ろに近づいて来た。

「渡りましょう」と、ナディーヌは言った。「それにこの手、放して。わたし、気が立ってるの。通りで近づくのは禁止されてるんじゃない？　規則違反よ」

手首が自由になり、少しは気が楽になった。向かい側から、二人の女性と一人の男が近づいてきた。車道を渡ることにアランは反対しなかった。車道は両側通行なので、黒い車は渡った側の歩道に沿って走ることはできない。恐怖がナディーヌの体と心に募った。不気味な車の存在が筋肉の決断を促した。筋肉は脳より早く考えるものだ。ナディーヌは、かつて、十三才の時、ある川の浅瀬を守るパルチザンに交じって戦ったことがあった。対岸の騎兵たちが川を渡れば、死と拷問が蹂躙することは目に見えていた。大きな鎌、鞭打ち。あの遥か遠い日にも、ナディーヌは捕らえられれば強姦され、鞭打たれ、おそらく縛り首にされることはわかっていた。それまでにも、女や同じ年位の子供が下着姿で木にぶら下げられ、汚れてはいるがきらきら光る肌を剥出しにし、腫れあがった舌や紫色に変色した胸を蝿の餌食にしている姿を見たことがあった。川辺で、葦の茂みに隠れ、湿った草に腹ばいになり、子供のナディーヌは目の前の土手に浮き出た大きなシルエットに慎重に狙いをつけた。そのケンタウロスが玩具が壊れるようにばらばらになり、人が落ち、馬が驚いて水の中で後ろ足立ちになったとき、彼女は嬉々としてその敵をこう呪ったのだった、《お前になんか犯されてたまるもんか、大悪魔め！》こうした経験は将来大いに役に立つものだ。ハンドバッグには模造ブローニング拳銃が入っていた。彼女は指先でハンドバッグの口をそれとなく開いた。（見られたら、それはそれ！）乳製品屋の陳列棚から心地よい光が歩道に流れていた。ナディーヌはその光の手前で立ち止まった。例の車は通り過ぎようとしていた。薄暗いビストロが現われた。人の声が溢れているようだ。奥のホールでは、調子っ外れのコーラスがシャンソンのリフレインを繰り返していた、くだらないが、飲みすぎたワインのように重苦しい喜びの響きがあるシャンソンの。

白い服着た可愛い女、
白い服着た
白い服着た
おぉ、おぉ、可愛い女！

「楽しそうだな」とアランが呟く、哀しげな皮肉笑いを浮かべながら。
ナディーヌは一度も彼に抱かれたことがないかの如く、彼が赤の他人になったように感じた。敵なんだ。声のぎこちなさを隠しごまかそうと、わざと演技をしてみる。
「ねぇ、いけないわ、あなた。人目があってよ。明日だって会えるのよ」

「明日どころか、もう会えないってことは、わかってるだろうに。君の夫は裏切ったんだ」その後の短い会話はまるで下手な芝居のやりとりさながらだった。「変なこといわないで！　どうしてそんなこと言うの？」「今朝、彼の口から直接聞いたんだ」「何を言ってんのよ、そんなこと、信じられない……」「信じられない、僕の言うこと？　彼には会ったの？」「いいえ」こう嘘をついて、ナディーヌは心が咎めた。「会ってない？　じゃあ、まだ知らないんだね？　いいかい、ナディーヌ、よく聞くんだ、こっちをむいて、僕だって信じられないくらいなんだ、天と地が一遍に揺れだしたみたいなんだ。あの彼が、だ。幽霊の悪戯だと信じたいよ。僕はムージャンのとこに駆けつけた、彼は僕より早く知っていた。君の夫は裏切ったんだ。君は彼の後を追ってはならない」白い服着た可愛い女、白い服着た、白い服着たのリフレインが、アランの悲嘆にくれた声にかぶった。「この人のために苦しむことはない」とナディーヌは考えた。アランのこめかみを両手で抱え、何も知らず、何もわからず、疑ってみようとさえしない子供……」アランのこめかみを両手で抱え、瞼に口づけし、「かわいそうな子、大変なことになったわね、落ち着くのよ、思い込みはいけないわ、サーシャは裏切ったりしない、あなた以上に、死んでいった人たち以上に苦しんでいるのよ、彼の良心が叫び声をあげているの……。良心の呵責なの」と言ってやれたら。涙に目を曇らせているアランをじっと見た。

「アラン、あなた、いい人ね」

ふと、例の黒い車が向こう側に止まったのが目に入る。誰も降りてこない。幸い、通りには人通りがあり、ずっと向こうには短マントをまとった無表情な警官の姿もある。ナディーヌははっとわれに返る。暗記したメッセージを伝えるような口調になる。アランには、一緒に働いていただけに、彼女のこの癖がよくわかる。

「あなたの言うこと信じられないわ、アラン。根も葉もない話よ。自分で確かめてみるわ、……その馬鹿な噂。きっと、サーシャをおとしめようとする策略だわ。明日、会いましょう。もう行って。落ち着くのよ」

彼もまたその黒い車を長いこと見ていた（実際にはほんの一瞬のことだった）。彼は振り返り、警官の姿を認め、通行人の数を数える。その内の何人かは示し合わせた合図を待っているのだろう。ビストロのドアが開き、まだ宴会の浮かれ気分を漂わせた数組のカップルが出てきた。渋いワインレッドの絹に蔽われた女の大きな胸に男の手がおかれている。《白い服着た、白い服着た、かわいいひーと》ナディーヌはこの瞬間を逃さず、叫ぶように言った。

「行って！」

踵を返すと、彼女はできるだけ小走りにその場を離れた。追いかけてくる早足の足音が数を増す。敷石を打つ女性のヒールの音が聞こえる、彼女はハンドバッグの中の模造ブローニングをまさぐる、無駄な抵抗……、でも何もしないよりはまし、せめて音をたてるだろうから……。ただの宴会から出てきたカップルだった。男は壁にぶつかりながらよろよろ歩いている、女の項にキスしながら。のっぺりした青白い顔がいくつか、街頭の光に浮かび出た。ナディーヌと目が会う。奴らだ、間違いない！　ブローニングを見て彼らは身を引く。ナディーヌは警官のところまで来て、一瞬立ち止まる。ここなら、彼らとてむやみなことはしないだろう。のっぺりした顔がためらっている。ナディーヌはほっとして笑いそうになったがその笑いを噛み殺す。ウラルの川辺で唸りをたてた弾丸があの騎兵を打ち倒したときに浮かべた笑いに似た笑いを。暗い水溜まりに投じられた石のように、ひとつの不安が走る。これが偽警官だとしたら？　簡単な工作だ。警官は人のよさそうな酒好きらしい赤ら顔をしている、でも、それだからといって。

この通りは前の通りより照明もあり、人通りもある。バスが発車しようとする。ナディーヌはステップに飛び乗る。小さな手提げ鞄とハンドバッグが邪魔で、バランスを失い、デッキのチェーンをつかもうとする。誰かが肘をつかまえ、持ち上げてくれる。「お嬢さん、お顔に似合わないことなさいますね。いけませんな……」その人のお世辞笑いがふっと消えた。ナディーヌが黒い財布でなく、模造ブローニングを手にしていること、それに青い目が不安で緊張していることに気付いたのだ。男はそっとささやく、「その玩具をハンドバッグにおしまいなさい」ナディーヌはバッグの口をしめると、どっと笑った。「いやはや、恋人にそれほどのぼせ上がってるんですかな、お嬢さん。きっと手におえない男なんでしょう？」髭をあたった大きな顎、褐色の瞳、金色の縞模様のネクタイ。「いいえ、でも女は時にかっとなりますのよ。でももう済んだこと」と彼女はさらりと言ってのける。バスはル・アーヴル広場の光の中を抜けていく。

ロシュシュアール通りのホテルで、ナディーヌはドアマンに言った、「わたし、マダム・ノエミ・バチスティですけど」ドアマンは大勢の客を迎え入れていたが、不愉快にも、横目づかいでナディーヌを睨むと「十七号室、四階の左側です、エレベーターをお使いください、マダム」と言った。ナディーヌは超然たる態度を装ったが、ひそかに周囲をうかがう視線にはそれとない妖気があった。《蓮っぱな女のくせして。この嘘つきめが》とドアマンのゴブファン氏は思った、《あの手の女に間違いない。俺の目に狂いがあってたまるものか。してみると、バチスティ氏は寝取られ男ということだ》

サーシャがドアを開けてくれた、彼はドアに鍵を掛けていた。

「どうしてこんな安ホテルに宿をとったの、サーシャ？　あのドアマン、結核病みの密告者みたいだわ、きっとそうよ、それにもぐりのヒモかもしれないわ」

サーシャはナディーヌを静かに抱きしめながら笑っていた。

「世の中には小悪党がワサワサいるものさ。気にしないに限る。ここはね、まあ清潔だし、それに高価くない。この界隈は、夜でも、人通りが多いしね。僕を探すとしたら、まず左岸かエトワル広場の方だろうからね」

ナディーヌの顔が流水を通して見るかのように歪んだ。

「どうでもいいけど、あのドアマン、気に入らないわ。それにドアというドアの向こうにいる女たちのあの笑い声。いやらしいことが罷り通っていてよ……」

「色事がね」と、肩をすくめながら、サーシャが言う。

ナディーヌは彼から身を放すと、ふたつ並んだベッドのひとつにハンドバッグを投げ出したが、あまり乱暴だったので、口が開き、ブローニングが黄色いベッドカバーに転がりでた。サーシャはそれを拾うとハンドバッグに戻しながら、青い鋼鉄部に残る指紋に気付いた。

「これで、一芝居打ったようだね？　なにがあったの？」

「恐かったわ。いいえ、本当は恐くなんてなかった。今の方が恐いわ。階下の葬儀人夫みたいなヒモ野郎のいやらしい顔、それに廊下の擦り切れた絨毯……」

「ヒモ、はあってるかもね」とサーシャは穏やかに言った、「でも、葬儀人夫、は違うな。大げさだよ」

ナディーヌは両手で強く顔を蔽い、あの暗い通り、黒い車、闇から浮かびでた敵意に充ちた顔、あの時の恐怖を拭い消そうとした。大きく開かれた彼女の目が、濁った青色を帯び、再びのぞいた。

「……あの人たち、歌ってた、《ピンクの服着た》、ちがう、《白い服着た、白い服着た可愛い女》って。もう終わりだと思った、わたしはもう終わりだって……」

気を落ち着けて、さらにこう言った。

「……もうあなたに会えないだろうな、って。ああ、その方がよかったかも……」

ナイトテーブルのふたつの電灯は、敵意に充ちた薄暗がりの中にほのかな安らぎを広げていた。サーシャは天井灯をつけた。チューリップ型のピンクの笠のなかに貧血気味の電光が三つ灯った。部屋には光というより黄色がかったピンク色の靄が立ちこめた。ナディーヌは一方のベッドに座ったまま顔を背けていた。首筋の動脈が脈を打っているのが見えた。髪もかすかに震えていた。彼は背を向けたまま鏡に映るナディーヌを見ていた。肩を落とし、片腕を捩るようにして、開いた片手を刺し子蒲団の上に置いている……。その首、その肩、その腕、その手に、彼はナディーヌの恐怖を、恐怖よりもっと険悪なものを読み取った。わけのわからない怒りを覚えたが、それを呑み込むと、確固とした口調で言った。

「いいかな、ナディーヌ、ぼくたちはいま、何も恐れることはないんだ……。誰かに出会ったのか」

(彼はふと心配になった)「いいかい、ぼくらは古くからの知り合いじゃないか、何でも打ち明けてくれていいんだよ、ナディーヌ」

「ホテルを変えましょう、ホテルを変えてほしいの。今夜はもう遅すぎる?」

「あとを尾行られたのか?」

「いいえ」

「明日君の言うようにするよ。どうして信じてくれないの？　僕は不用心かい？」

闘いにおいてもっとも用心しなくてはならないのは、パニックだ。神経は動物的恐怖の、何百万年にもわたって積み上げられた人間の恐怖の痕跡を留めている。神経が意志のいうことを聞かない瞬間が起きるものだ。もう自分がわからなくなることがあるのだ。

「夜食はすませたかい、ナディーヌ？　なにか運ばせようか」

「いいえ。夜食なんてどうでもいいわ」

Dはドアを確かめにいく。古めかしい錠、華奢な内側からの差し金、薄い板は肩の一撃で開いてしまうだろう……。ナディーヌは信じられないといったように、訊く、「本当にここで寝るの？　あなた、寝られて？」「寝られるさ」彼女を窓辺に連れてゆき、窓を開ける。ところどころ街灯の光の輪が浮かんだ、人気ない通りが見えた。上空では、靄った空がほんのり照り輝き、色さまざまな戦慄がそこに交錯していた。ナディーヌはうれしそうに通りに身を乗り出した。Dは思わず自分に腹がたった。夜、部屋の灯りを消さないうちは、窓は開けるものではない。彼は部屋の灯りを消した。十五メートルほど下の戸口の凹みは監視するにはもってこいの場所だった。一台の車がベージュ色の屋根を見せて、這うように走っている、ホテルの入り口がほのぐらい光に浮かんでいる。Dはナディーヌの腰を抱いた。

「恐いわ」とナディーヌが言った、「わたし、バカだった。下を見てみて。落ちたら、あっという間に何もかもおしまい……」

「どうしてそんなこと考えるんだ、ナディーヌ？　君らしくないぞ。僕らは戦うんだ、僕はやめない、僕らは間違ってないのはわかってるだろうに。それに、あっという間に終わってしまうことなんかなにもないさ。せめて考えてもみなよ、救急車、病院、輸血、注射、取調べ、脊椎骨折による全身マヒ……。馬鹿なことはいわないこと」

「そうだわね。簡単には終わらないわね。煙草、頂戴……。あなたの言う通りだわ」

落ち着きと冷静さが戻ってきた。

「アランに会ったの。ムージャンはもう知っているわ。みんな、あなたを探してる」

彼女は詳しく話した。（アラン、アランという名前にDの心は傷ついた。一体誰なんだ？　アランか？　その仮定はありえまい。でも、なんでありえない？　それぞれ自由な人間だ。彼はにやっとした。とことんやってみよう……）Dは静かな口調で言った。

「数日は遅れをとってしまったってことだ。ロンドンに行くと見せ掛けるよう、いろいろ手は打ったんだ……」

「彼らはあなたの手になんか乗らないわ……」

その通り。

「閉めましょう、寒くなってきたわ」

彼の裡に不安が募ってきた、泥水が川の土手を乗り越えるように。ナイトテーブルのシェード付きのふたつの小電灯をつける、その光がこの部屋にはふさわしいと思えた。メイドがコンソメ、冷たい鶏料理、紅茶を持ってやってきた。愛らしい顔立ちだ。「あなた、イタリア人じゃなくって？」と、ナディーヌが愛想よく訊く。「はい、マダム、わかります？」「わたしたち、ピエモンテのものよ」と、マダム・ノエミ・バチスティが真顔で言った。

「あまり、ピエモンテなんて言わない方がいいな、何しろ付け焼刃のイタリア語だから」と、Dがふざけて言った。「ソレントのこと、覚えてるかい？」

「ええ」と、ナディーヌは言い、目を輝かせた。

「二人で人生をやり直そう、ナディーヌ」

（《二人の人生は終わったんだよ》と言うほうが正確だったろう）

「僕がつけた名前、ノエミって、いいだろう？　素朴な名前だ。ソレントで水浴びしている君の姿、目に浮かぶなぁ……。またいつか……」

（ともかく、彼の言うことを認めてやってもいい。ただし、そこまで行き着かなくてはならないが）

冬、雪化粧したソレントの金色斑の紺色ほど心落ち着く景色はないだろう、そんな思いが二人の胸をよぎった。二人は同時に、それぞれにその思いを押し殺した。

「あなたにはまだまだ力が残ってるわ、サーシャ」と、ナディーヌは悲しげに言った。

(何の役にもたたないには、有り余るほどだ……)

「僕は常々思ってるんだが、人間というのは、意志だ」

彼女は澄んだ眼差しで彼の意見に同意した。でも、本当に心からそう思っているのだろうか。ただ彼女を元気づけるため、自分を元気づけるために言っただけではないだろうか。意志、今や、そんなのは取るに足りないものだ、彼の意志だってもう何にもならなくなっていた、まして二人を救ってくれるなんて……。落胆と紙一重の勇気の力をえて、落ち着きを取り戻しながらも、彼は彼で、意志とは時に無力な体に羽織った鎧にすぎないのじゃないかと思っていた。鎧の下で絶望が深まる。意志がものをいうには、究極目的が必要だ。

「なんだか、この部屋が気に入ってきたわ。通りは静かだし、大通りの空の輝きは水に映る花模様みたい」

彼はその不正確な表現を訂正するのを差し控えた。パリの夜空の輝きは商業主義の火花の反映にすぎない、花も湖もない、売らんがために、下卑た快楽を買わせせんがために無理にも神経に入りこもうとする電光、それだけのものだ！ ホテルは眠ったように静かだった。エレベーターの軋む音も稀になり、どこかのドアが閉まり、トイレの水を流す音がやけに耳につく。それらの物音には沈黙の気配がある、さまざまな生活が一日のサイクルを終えようとしていることを感じさせる。人間が確かに同じ世界にいると感じられるのは、疲労と眠りの中だけである。寝顔はすべて悲しいまでに似通っている、時には死者の顔かと見まごう。誰であれ、眠る人の額の中では、夢が本源的な欲望のアラベスク模様を揺らめかしている。だが、それらの夢は和解を知らない。

「明日はなにもないから、ゆっくり眠っていられるよ、ナディーヌ」

ゆっくり眠る、その願望が彼の胸のうちで反響した。二人は並んだベッドに横になった。ナディーヌは白い両腕をあげると、項の下で組み合わせる。「そばにきて、サーシャ」孤独の寒さが体内を走ったのだ。二人は愛の高揚のないまま一緒になり、肉体の心地よさに身を任す。きつく抱き合っていると、同じ暖かな波動が二人を安堵の岸辺に導いてくれる。《考えないこと、何も考えないこと》と、Dは自分に言い聞かせる。うまく、考えないで済みそうだ。ナディーヌの半月型の瞼が閉じている。と、ナディーヌが体を強ばらせ、瞳を大きく開く、その瞳に影が走る。「ねぇ、ドアのとこのあの物音……」Dはすぐさま我に返り、鏡に映るドアをじっと見つめる。拳銃を手元に引き寄せる。ホテルの玄関のベルがジィーと鳴り、止まる。かみ殺したような足音が階段に消える。「なんでもない」と彼が言った、「恐がることはないよ」もうひとつの鏡に怯えた顔が映っている。大きなうねりが再び彼の心を襲った。明るく微笑んでみせる、ナディーヌの顔から恐怖に近い不安が消える。

激しい感情の吐露も一体感も喜びもない、ごく当たり前な世界が、生きていることに、歯痛や身に迫った恐怖に苦しまないことに喜びを感じるような世界が戻ってきた。「ナディーヌ、冷静でいることだ……。神経症的な恐怖感にとらわれては駄目だ。僕らはいやというほど危険を切り抜けてきたじゃないか……」いやというほどの危険、でも、あらゆる生きがい、思想、主義、祖国、危難の中での一体感、未来のための目に見えない闘い、新しい世界、そういった生きがいを全部断ち切られ、しかも毒グモの巣を張りめぐらして迫ってくる今の危険とは比ぶべくもない！　すべてが崩れ去り、危険だけが、もはや正当性を持たないゆえに貧相な、重苦しい危険だけが、残った。「でも、やっぱり、恐いわ。考え方を変えなくちゃ……」Dはナディーヌの指の線、卵形の爪の光沢にじっと見入った。ナディーヌは眉のうえの一粒の真珠のような涙を拭っていた。……誰なんだろう？　愚かしい嫉妬に彼は恥ずかしくなった。古い道徳から解放された人間というのは、俺の中でなんと弱いことか！　ナディーヌは、横にじっと寝ている彼が自分から離れていくように感じた。

「離れないで」と、彼女は請うように言った。

反対のことを考えながら、彼は機械的にこう言っている自分の声を聞いた。

「アランに会ったからってどうということないよ……」

「アランの名前はわたしの前で、できたら、口にしないで、サーシャ。あの人、大嫌い」

彼には漠然とだが、よくわかった。「彼をそんなに嫌うには及ばないよ、ナディーヌ」

眠りに就く前に、Dは廊下を探ってみた。磨いてもらうために隣のドアの前に出してあった二足の靴が彼の注意を引いた。灰色の蛇皮で、踵がクレープゴム底の男物の靴。女のは、甲高で形がくずれていて、いつも町を歩き回っている肥満体の女のものだと一目見てわかる。《哀れな連中だ》と、眠っているカップルのふたつのいびきを聞きながら、Dは思った。部屋に戻り、街灯の灯る通りに目をやる。何も変わったことはない。ナディーヌはクッションに顔を埋め、乱れた髪を見せて眠っている、子供みたいな静かな寝顔。《君の罪じゃないんだ、ナディーヌ……。本能に罪はないんだ……》そうは言っても彼には辛かった、それに罪なんて言葉を使ったことに気が咎めた。ああ、言葉なんてどうだっていい！　弾をこめたブローニング銃がふたつ、ハンカチで蔽われていた。まるで贅沢な玩具といったところだ。だが目的を達成するにはこの上ない玩具、殺人や自殺といった大仕事を果たすために金属で作られた精巧な玩具。《自殺には不向きな石器に比べ、なんという進歩を遂げたものか！　遠い祖先は自殺など考えただろうか？　とすれば、自殺の他に逃れようのない高度な文明の獲得物ということか？　自殺の心理学を解くのは将来の分析家に任せよう。俺としては、分析家の先生よ、人は生れつき破壊と死の感覚を持っていると信じるほかない。生きていることの素晴らしさを感じるのは遠い将来のことだろう、多分、今のところ想像もつかない遠い将来……。この〈多分〉がわれわれの最大の正当化なのだ。そして、今のところ、この〈多分〉は自殺の十分な正当化ということ……》Dは灯りを消した。淡いレース模様の光がカーテンから部屋のなかに漏れていた。

ナディーヌは深い眠りのなかで、わけのわからぬ巨大な万力に締め付けられているのを感じた。形の定かでない触手が絡み合った蛇になり、彼女の体に冷たくのしかかり、船舶用の太いロープが首を締めつけた。狭苦しい独房に仕切られた黒い客車がぱくっと口を開ける。独房にはそれぞれ、いくつもの死体が冷たく横たわっている。少女に戻ったナディーヌは雪解けの中を、裸足で、焼きつくような氷水の冷たさに気力をかきたてられながら、歩いていた。教会の鐘が激しく鳴り響く。キリストがよみがえられた、よみがえられた！　金色の星を鏤めた教会の烈火の如く赤い丸屋根が、貧しい木造の家々の上空でぐらぐら揺れる。倒れてくる、落ちてくる！〈黒マリア〉が、独房に仕切られたあの客車が消えていく、ああ、わたしじゃなかったんだ、他の人たちだったんだ、よかった、わたしじゃない！　わたしは悪い子、悪いことばかり考える子。カラスの群れが木から木に飛び交う。《お前だ、お前が相手だ、お前の目を引き抜いてやる！》と、カラスが叫ぶ。《でもどうしてわたしが縛り首にならなくちゃいけないの？》目の前に現われた蒼白い恐い顔にむかって、ナディーヌは問う。その顔の唇がかすかに動く、《縛り首だと？　そうじゃない》絡み合った蛇がほどけ、消える。首のロープが切れる。ピストルの音がとどろき、濃紺の炎が立ち上り、色鮮やかな煙が立ち篭める。恐ろしいことに身動きひとつできない。《神さま、こんなことって、いいや、夢なんだ、悪い夢なんだ、目をさませばいいんだ……》ナディーヌは目を開けた。オートバイが通りで爆音をたてていた、腕時計は五時四十五分を指していた、定刻に行なわれるなら、ほぼ死刑執行の時間だ。外はまだ暗かった。ナディーヌは悪夢を思い出そうとしたが切れ切れの断片しか浮かんでこなかった。水差しを取ろうとする彼女の手が震えた。リネンのハンカチを人差し指の先で押しやると、小さなブローニングにじっと目を注いだ。指に二度力をこめれば、わたしたち二人とも解放されるんだ……。手が一層震えた。この世のありとあらゆる闇にもまして、自分のこののめり込んでゆく気持ちが恐かった。ブローニングの磁力に引き込まれないように、ハンカチ越しにそれを手に取った。それから、ベッドから身を乗り出し、もうひとつのベッド、サーシャのベッドの下の絨毯にそれを放った。ほっと安堵を覚え、鏡に映る自分の姿を眺めた。薄白い亡霊、死者たちが生き返ってこようとする、あの永久に凍り付いた薄明のなかにうごめく亡霊。いや、死者たちは生き返ってなんかこない、復活なんて、古い、今や死んだ信仰にすぎないんだから……。《もう復活なんてありえないんだ、科学的に証明されたこと……》反射的に彼女は枕元の電灯を灯した。サーシャは仰向けになって眠っている。広い額、薄い唇、青く腫れぼったい瞼、まるでサーシャじゃないみたい。世界から切り離されて。死んでるんだ。一瞬、ナディーヌはそう確信した。あの世の冷気が心にしみ込み、言いようのない平穏を感じた。わたしも死んだんだ。それでいいんだ、それだけのこと。

……サーシャが、なにもなかったように、目を開けた。なにかに気を奪われたような、見通すような、現実的な、苛立っているような目。

「どうしたんだ、ナディーヌ？」

「なんでもない、なんでもないの。聞こえたような気がして……」

「バイクだよ。こんな時間に音を立てやがって、しょうのない奴だ！　さあ、眠りなおそう、寝よう」

　そう言われると、ナディーヌは癪にさわってきた。でも腹立ちが優しい気持ちに変わっていった。

「愛してるわ」と彼女は子供みたいに言った。「あなたを、生きていることを、死を。おかしいわね……」

　彼は鸚鵡返しに言った。

「……おかしいね」

ゴブファン氏は、普通のお客にはただのドアマンだと思われていたが、実際にはかなり重要な役割をはたしていた。腎臓病持ちの経営者は、彼を信頼し、ホテルの管理を任せていた。廊下に面した小さな事務所で昼となく夜となく働き、郵便物を配ったり、部屋の鍵を掛けたり外したり、忙しく立ち働いているのは、なにより彼がこの仕事を好きだからだった。何ひとつ見逃してたまるか！アンヴェルス広場から七分、クリニャンクール通りとロシュシュアール大通りとの交差点から六分の位置にあるホテルとくれば、ルテチア〔パリの古名。パリ市の紋章には帆掛け船の絵があり、《漂えども沈まず》という句が書かれている〕さながら、逆巻く荒波のなかに碇をおろした帆船といった風情である。洗濯屋から戻ってきた寝具の洗濯代を二日も続けて確かめないでいようものなら、その怠慢のツケがどれほど高くつくか思い知ることになろう。食事のサーヴィスが始まる二時間前に調理場に顔を出さないでいたりしたら、あいつら、また食料をちょろまかしたな！となる。ちょろまかしも止むを得まい、まあ十パーセントまでは認めよう、というのも、少なくともここセーヌ県ではだれもが食っていかなくてはならないし、ホテルとしてもそれなりに利益をあげなくてはならないのだから。それにしても、ゴブファン氏はノルマンディ産バターの値段で小馬鹿にされることにはなんとしても我慢できなかっただろう。《俺は洋梨みたいに甘かぁないんだ》と言うのが口癖だった。事実、みんなはその言葉を額面通りに受けとっていた。

薄くなった髪を、黄色い頭に黒ぐろとポマードで撫で付け、削げた頬をしたゴブファン氏の容貌は、雅量ある聡明さを思わせるものであったが、どうしてどうして、その《ぬかりない》眼はむしろ第一級といえるものだった。掴みどころがなく、一点に止まらず、他の視線に出会うとすっと逸れてしまい、同時に四方八方に睨みを利かすその褐色の視線は、お客を下から横から斜めからねめまわし、手の甲、服装、咳払いの仕方、万年筆の持ち方、勘定書きの眺め方にそれとなくでるあのかすかな精神の輝きによって、お客を品定めするのであった。精神の輝きという表現は多少文学的に過ぎるであろうし、ゴブファン氏の語彙ではない。彼なら、《なんというか、ある種の香り、時にはかすかな匂い》とでも言うであろうが。彼はまず腹の出具合で人を見る。腹は雄弁だからだ。男色家の出っ腹は、バー〈笑う月〉の妖しげな女についつい靡いてしまうポン・ゼ・ショセ〔土木局〕の技師のそれとは間違えようがない。抜け目のないペテン師の肥満は、なんといおうが、両替商、抜け目の無さではこれまた人後に落ちないが、法律を後生大事にしている両替商のそれとは似ても似つかない。服の生地、感触、色、ボタン、磨耗度、手入れ具合等々は実に多くを語ってくれる。遠洋航海の船長が平服になり、スーツを着こなしてみたところで、白人女や黒人女などの売買に長けた粋な殿方と見間違えることなどありえない。カフスや袖口からのぞく手、男性の手の甲のうぶ毛、関節の皺やこぶ、指輪、これらは、まずもって人物について何も語ろうとしない身分証明書なんかよりずっと多くのことを語ってくれる……。ゴブファン氏は自分では熟達した心理学者だとは思ってなかったが、実のところ優れた心理学者だった。警察が用いる卑劣な手段、見せかけの愚かさ、秘密の仕掛けといった大きな輪郭からはみ出さないでなりうる限りでは、最高に優れた心理学者だった。彼の注意はカップル、変態、犯罪、出費に注がれた。正式な夫婦、《くたびれた》カップル――これはすぐに嗅ぎ分けられるが――は、奇妙な先天的欠陥、めずらしい宗教的慣行、金銭や下腹部の問題などが感じられないかぎり、彼の興味を引かない。そんなものは容易に見て取れる。不貞のカップルも、大体、興味の対象にはならない。（評判のよいホテルは特別の場合を除いて時間ぎめの客は受け入れない。ただし泊りとなれば、どんなカップルであろうとカップルはカップル、買った女を同伴する殿方は料金に四十スー増しでＯＫである、一般的に……）ところが隠れた犯罪、ありきたりで犯罪の匂いなどないような様相を呈しながら知らぬ間に実を結ぶ犯罪は、三面記事や裁判や世間の物議などとは無縁に、横行している。これこそが人間関係の実態であり、しばしば起こりながらも、稀にしか把握されない。彼のような観察者の目には、じっくりと究明するに価するものだ……。大きな犯罪を犯す者は、世間を騒がせないためにも、前以て嗅ぎださないといけない。たいした仕事もなく、客室の半分が空いているある晩、ゴブファン氏は本能の促すまま、丁寧この上ない口調で、四百フランはする可愛い麦藁帽を被った陽気な若い御婦人と亜麻色に髪を染めた痩身の殿方に、空き部屋はひとつもございませんので、とお断わりし、同業者のホテルを紹介した。「とてもよいホテルでございます、マダム、ムッスィュ。ここより近代的でございます」（翌々日の『プチ・パリジャン』紙には、ローヌ県のこの実業家の突然の怪死が報じられ、検察庁は同伴の女性を捜索中だと出ていた……。これはゴブファン氏の人生でも大満足を感じた日のひとつだった）また、自称公証人、だが商人的律儀さの固まりみたいな真面目な商店主に違いない肥満漢が、若い娘と見まごうようなゲイと一緒に来たのを断わったことがあった。その成り行きは、行き先のホテルでとんでもない騒動が持ち上がり、大金を積んでもみ消さなくてはならなかった。その時のゴブファン氏の満足は半分ぐらいだった。というのも、目先が利くのは自慢してよいが、そのせいで大金を懐にしそこなったのはまずかったな、そうでしょうが。

刑事バルージョは毎朝九時頃立ち寄り、余所者のカードにざっと目を通し、時にはさも大事そうに名前を控え、食堂でゴブファン氏とマール〔ブドウの絞り滓を蒸留した酒〕入りブラックコーヒーを飲むのだった。その時刻になると、レストランは仄白い朝日に浸っていた。二人のイギリス人がハムエッグをむしゃむしゃ食っている、老婦人はクロワッサンを食べている、彼女の前にはガブリエレ・ダヌンチィオの情熱的小説が開かれている。刑事バルージョはゴブファン氏に捜索・情報局、あるいは私立探偵社から回ってきた何枚かの写真を見せた。ゴブファン氏はあまり興味も示さず、その内の二枚を手に取った。「賞金は二千フランだ」と、バルージョ氏が言う、「しみったれな大金持ちさ……」こう言うと彼は溜息をついた。

ゴブファン氏は神経の高ぶりを隠した。そのため顔色が一層黄土色になった。一時二十分ごろ、どうしても話さずにいられなくなり、彼は食堂に上って行った。マダム・ノエミ・バチスティはテーブルを離れたところだった。十七号室に戻っていこうとしていた。ブリュノ・バチスティ氏はデザートの乾燥果物をかじりながら外国の新聞に目を通していた。食堂の反対側には、黒人が一人テーブルにつき、昼食を始めようとしていた。他にもどうということない人たち、ディジョンの仲買人らしい夫婦、自慰のため顔色が青ざめた彼らの娘がいた。躊躇いを裡に秘めたまま、ゴブファン氏はテーブルに近づいては給仕長よろしく軽く会釈しながら客の間を一巡した。

「バチスティ様、でいらっしゃいますね」と彼は言った、「お味はいかがでございますか？　今日はブルギニョン料理の日にあたりますので……」

Dは彼が近づいてくるのを見ていた。『ベルリン新聞』をたたんだ。

「えっ……、結構です、お宅の料理は。文句の付けようがないほどです。ありがとう」

こんな意味のないやりとりをしてもしょうがないと、二人とも感じた。なにかが二人の心に引っ掛かっていた。Dは《この不安な南京虫みたいな顔をした食わせ者は、一体何を考えているんだろう？》と思いながら、人のよさそうな、にこやかな表情を繕った。ゴブファン氏はもっと複雑な感情に揺さぶられ、お茶を濁すか想像もつかない危険を冒すかの瀬戸際に立たされていた。

「でも、まだコーヒーに手をおつけではありませんね、バチスティニ様……。（よく知っている人の名前を間違えるというのはなにかの手ではなかったか?）わたしどものマールの古酒はもうお召し上がりでございますか?」

「いいえ」

ゴブファン氏はウエートレスを呼んだ。「エロディ、マールの古酒をこの方に……、小グラスでなく小瓶で……」彼は白いテーブルクロスに被われたテーブルの間に浮かび漂っている。その彼のこけた頬に黄色い微笑みが浮かび漂っている。《わからんな。この南京虫、いやに親切だ……》と、Dは考える。折りよく、琥珀色の小瓶と小グラスが運ばれてきた。

「ご一緒にいただきましょう」とDは静かに言った。「まずは、乾杯といきましょう。お掛けください」

ゴブファン氏はこの誘いをひたすら待っていた。彼は漂うのをやめた。「よろしいでしょうか……」不透明なガラス玉みたいな瞳が食堂を見回す。誰にも背を向けないような位置に腰をおろす。「これがないと、食事も台無しで」と、彼は物思わしげに言う。「これはわたしの勝手な意見ですが、おわかりいただけると思います」三歩も離れてみれば、いやな食えない奴、だがこう五十センチほどに近づくと、ひ弱で気難しそうだ。狭い額に張り詰めた皮も生気がない。体と精神と両方の弱さが顔に出ている。一方、Dはいろんな角度から観察され、自分の知らないやり方で解読されているのがわかった。彼はわざとらしく腕時計に目をやった。「お急ぎですか、バチスティ様

……」とゴブファン氏。「いいえ、全然」とDは答えた。（ここで彼を放したら、正体を掴めない）

「ああ、わたし、困惑してるものですから」とゴブファン氏が言った。

Dはひどく驚いたようだった。

「なぜですかな？　もちろん、わたしには関係ないことでしょうが……。ただあなたがそうおっしゃるから……」

「外国の新聞はパリのより詳しい情報が載ってるんでしょうな？」とゴブファン氏が時間を稼ぐためか気まずさのせいか、訊く。

これはなにか意味があるぞ。危険が迫ると、Dはまったく、不気味なほど、冷静になる。

「そのせいで困惑してるわけではないでしょうな？」

ゴブファン氏の困惑した目が、一瞬、バチスティ氏の目に見入る。

「はい、たしかに、バチスティ様、あなたは正直なお方だ。よく存知あげなくてもそのことはわかります。それに、経験豊かなお方だ」

《ほうら、来たぞ。探りを入れてるな。尾行けられたってわけか。〈奴ら〉、どんな手を使ったのだろう……？》Dは固く握った拳をテーブルに伸ばした。きれいな、恐ろしい拳。

「お互い正直にいきたいものですな。経験となれば、たしかにわたしは経験豊かです。口には出せないような経験も……植民地での話ですが。でもおかげで思い切ったこともできる。ごろつきどもにはお気の毒ですがね！」

ゴブファン氏はこの、それとない威嚇をうれしそうに聞き入れた。

「わたしの思ってたとおりだ、バチスティ様、お近付きになれてうれしゅうございます。実はわたし、まったく困惑しておりまして、ご助言がほしいのです」

「はっきりおっしゃったらよろしい」とDも困惑して、ぶっきらぼうに言った。

「ある事件なんでして」

「見ての通り、わたしは探偵とは似ても似つきませんし、犯罪なんてどうでもいいことだと思ってまして。まあ、見るだけは随分見てきましたが。見るにとどめておくことですな。こんな助言しかできませんがご満足ですかな？」

「いいえ」

ゴブファン氏は袖口から、あるいは袖の隠しポケット、あるいはネクタイ、あるいは先がちょっと曲がってはいるが筋の通った鼻からか、一枚の写真を取り出すと、バチスティ氏の拳の方に人差し指で押しやった。演奏に酔い痴れているジャズマンのように玄人っぽく微笑んでいる一人の黒人の写真だった。

「殺人犯です」

まったく手慣れたやり方だった。Dは驚いた。まさに、これという時クラブのエースでなくスペードのエースを出すほうが手っ取り早い。

「ほう」と息をのみながらDは言った、「パリには人殺しがごまんといますからな。それで?」

〈《奴ら》は犯罪を種に俺を逮捕させようとしているのだろうか。犯罪をでっちあげて犯人引き渡しという手を考えてるのか。協定などないはずだ……。俺の知らない政治協定があるのか……。この黒人はだれかとグルになってるのだろう、かなりの金を積まれているのだろう……〉

ゴブファン氏は、効果があったのを見てとり(あるいはほっとしただけなのか)、多弁になり、うち解けた調子で耳元で囁いた。「クリシー広場の犯罪ですよ……、きっと御記憶でしょうが、ちょうど一週間前……」

〈ちょうど一週間前? 俺は誰と一緒にいたか覚えてない……。俺たちは〈世界の首都の犯罪〉にかかずらわっていたからな……〉

「若い彫刻家、ほら、特殊な趣味のある、良家の出で、両親は大金持ちの、思い出しましたか?」

「いいや」

「両手を縛られ、真っ裸で、喉をかっ切られているのを、アトリエで発見された……」

「ありましたっけ……」Dはこれは作り話ではないかと思いながらも記憶を探る。若者、全裸、両手を縛られ、彼は思い出した、いや覚えているような気がした。

「でも、うち明けた話、犯罪なんてわたしには関係ないことですから……」

この返事にはっきり込められた《そんな下世話な話はごめんだ》といった響きを、ゴブファン氏の執拗な注意力は聞き逃さなかった。話を続けようと決心したのか、自分の内面の緊張に耐えられなくなったのか、ゴブファン氏はいよいよ声をひそめた。

「真っすぐ前を見てみなさい。あれがその殺人犯です」

例の黒人が口を拭い、歯に爪楊枝をあてている。その視線がバチスティ氏の視線と交錯する。思わず、不安が走る。《罠だ》とDは思った、《グルなんだ、あの黒人とこのいかがわしい男は……。逮捕の現場に俺を立ち合わせる、しかも手違いで取り逃がす、俺は二進も三進も行かなくなる……》深い皺の刻まれた黒くて逞しそうなその顔は写真にそっくりだった。澄んだ白目と黒目がはっきり際立ち、紫色の唇をした黒人、その首から上は今にも切り落とされようとしているようにDには思えた。よく見るとその顔は赤銅色で、頬の辺りはむしろ白っぽい、鼻も細く、どうやら何代も前の混血らしい。

「写真の男の方が黒いようですな……」

「光のせいですよ。こっちの方が明るいですから。あの手をご覧なさい」

白いテーブルクロスの上で軽く結ばれている手はたしかに顔より黒く、手仕事で鍛えられた動物的力を感じさせるものだった。あの手はマンドリンも操れば、空中ブランコの綱も、研ぎ澄ました剃刀も巧みに操るだろう……。そうとも。

「ふむ、立派な手ですな。勝手な想像は慎まないと……」と、バチスティ氏が言った。ゴブファン氏は話し相手のしっかり握られている拳に目をやる。不快な不安が頭をもたげてくるのを感じた。

「率直な話、バチスティ様、どうお考えです？」

「そう言われても……。慎重のうえに慎重にならないといけません。間違いを冒すと厄介なことになりかねませんから……」

不意にテーブルから立ち上がり、このゲス密告者にこう言ってやる、《もういい加減にしろ。勘定書きをもってこい。おかげでせっかくの食事も台無しだ……》そんなことをしたらどうなる？

Dはこの会話の裏を探ってみる。

「少し考えてみる必要がありますな。他にこの手の写真はありませんか」

「少しなら。刑事はあまり置いていきたがりませんので……」

ゴブファン氏はモロッコ皮の古い財布を開く。まず一枚の女の写真を取り出す。華奢で、おそらくブロンドの髪、美人で、恐怖に襲われた動物みたいに見開いた目。ブラウスの上に白く数字が書かれている。

「客から金品を騙しとる手の売春婦です。常習犯です。よく知ってる女ですよ……。わたしがこいつをポケットに持っていることを知って以来、わたしにはおとなしくしています、おわかりですか？」

「いや、わかりませんな」

「この手の女は、うまく抑えておくことが肝心でして」と、ゴブファン氏は黄オリーブ色の歯を見せてにやついた。「ところで、これはご参考までに……。この方は、ほんの今朝……」

知らないうちに通りで撮られたインスタント写真に映っている自分。〈奴ら〉は張っていたんだ！　もう見つかっていたのか、誰に？　六ヵ月前、マドリードから戻るとき、髭剃り用ブラシの柄に隠して、アルカンタラ文書の六十枚の写真を持ち帰ったことがあったが……。「誰ですかな、これ？」Dは超然と言った。知らぬ間にグランブールヴァールで撮られたインスタント写真に映っている人物は、鼈甲縁の眼鏡をかけ、ソフト帽をかぶっているため顔の上半分が陰になっていたが、笑顔をつくり、オーバーの襟を立て、一台の車のそばに立っていた。遠景には薬局、後向きの二人の婦人……。この人物に向き合っている男の肩……。誰だろう？　写真の裏にはきちんとした字で、X――別名イゾレー、マルシアン――別名ゾンデロ・リバス、ファン――別名ステクランスキー、ブロニスロー……。（1　写真は、〈奴ら〉、仲間から出たに違いない。2　奴らはこれより新しい写真は持ってない。あるいは、もっと鮮明な写真は渡したくない。3　奴らはあのアパートを清算するために、マリネスコやクレマンを警察に売り渡すことは差し控えた……。ということは誰か他のもののスパイとして密告されたわけだ、誰のスパイとして？　4　写真が不鮮明。顔の下半分しかわからない……）

「詐欺師ですかな?」と、バチスティは訊いた。

「スパイ容疑の外国人で……。この手の大物がわたしどものような安ホテルに泊りにくるなんて考えられますかな。彼らが行くのは超高級ホテルに決まってます」

初めてゴブファン氏はバチスティ氏とまともに目をあわせた。

「そうですとも」と、バチスティ氏は明るい声で言った、「あなたはあの黒人のことも勘違いしてますよ」

「わたしの方は、こうしてお話しているうちに、その反対だという気がしてまいりました」とゴブファン氏が言った。

「失礼」と言うと、この正体不明の男はくすんだ黒の服に身を包んだ偽証人よろしく、丁寧な微笑みを残してその場を離れていった。

Dは不安の徴候を少しでも見せたくなかった。それで、バチスティ夫妻はホテルにとどまった。入り口のカウンターを過ぎると、玄関は広くなり、ごく質素なホールになっていた。絨毯を敷きつめ、籐の肘掛椅子が数脚置いてあった。丸テーブルには旅行雑誌が載っていた。この不愛想な場所からは通りを行く人の姿を見ることができたし、階段やエレベーターの往来、さらにゴブファン氏の挙動を観察できた。ここに人の姿がないことは滅多になかった。大柄な紳士が煙草を喫ったまま、新聞紙にこっくりこっくりしているなり、若者が鉛筆を手にクロスワードパズルを解いているなりしていた。ここに来るものは誰であれ、この広口壜の底にも似た一隅に関心があるわけではなく、あたかもここで永久に干涸びて行くのを待っているかのようだった。Dは新聞を読んでいる太っちょの向かいの肘掛椅子に座った。その太っちょが鼻をかんだ。ゴブファンが事務所で受話器を取った。「もしもし、フェリックス?　こちらゴブファン、ちょっきり五時二十五分にタクシーを一台頼む……」ごくありふれた注文だ、だが、五二五という数字が入っている、とDは気付いた。婦人の声が長々と響いた、同時にトラックのクラクションが鈍く鳴った。「五時半に車、お願いしたの、お忘れでないでしょうね?」「大丈夫です、間違いはございません、マダム」五時三十分か、五二五ではない、それにこの婦人は前もって車を頼んでいたわけだ。トラックのクラクションも聞こえなくなった。目の前のでぶが新聞をたたむ。立ち去りぎわにDをぎょろりと睨む。彼はカウンターに鍵を預けず、ゴブファンの前を素知らぬ顔で通り過ぎる。失礼な奴だ。《後をつけてみるか》とDは思った。ナディーヌが不意に現われ、彼はこの強迫観念から解放された。だがゴブファンがまた電話を手にした。「ねえ、行きましょうよ」とナディーヌが言った。Dは瞬きで合図する、ゆっくりとライターを取り出す、煙草に火を点けようとする。ゴブファンの方は電話でスチーブンソンとかいう人物を呼んでいた。もう著作権が消滅してしまった小説家の名前、『宝島』、そのスチーブンソンという男がミルトンという男に『失楽園』の件で連絡をとるのだ、そうに違いない。「イエス、サー、三時四十分にあなた宛の電報受けとりました……、イエス、サー……」一時間四十分も経ってから電報の受け取りを報せる？　わからないな、三時四十分、三四〇とは暗号で何を意味するか？　頭がこんぐらがってきたぞ、とDは思った。彼はホテルを出た。通りは人だらけで、誰が誰ともわからない。最前新聞を読んでいたでぶがスペイン人らしい女性と腕を組んでホテルの方に戻ってくる。《なんということもない、二人はこれからベッドを共にするわけだ、だから鍵を預けなかった……俺のことを報せるためにあの女を迎えにいったのでないとすれば……》二人連れは前屈みになったまま、まるで穴のなかに落ち込むようにホテルの入口に入っていった。……奴らの狙いは俺を逮捕させることではない。その場合は、いざとなればフランス官憲の保護を受けることもできよう。奴らは俺をなんとか見つけだそうとしているんだ、この方が困りものだ。もう俺を見つけだしたのだろうか？　なんとしてもわからないのはあのゴブファンだ。どうとったらいいものか、気持ちが振り子のように揺れ動く。「ナディーヌ、僕は『マタン』紙のバックナンバーを調べてみたいんだ」街の往来はいつもDをほっとさせてくれる、秘密の隠れ家にいるよりも無数の運命が行き交う街中にいるほうが安全で、孤独で、目につかないと思いこむのは間違いではあるが。おそらく大勢の男女が近くにいれば、直接的接触がやりやすく、格闘にもち込むことができそうな気がする。雑踏の中では、無数の偶然が孤立者に不利に働く事もある。孤立者は幸運に助けられることもあるが、完全無欠の大組織が相手となると、幸運よりは不運の方が勝る。大都市の大通りは、さまざまな罠が仕掛けられているにしても、Dには自発的行動をとりやすいように思えた。都会にいる孤立者は、たとえ見えない輪に取り巻かれていようとも、通りを曲がるごとに自分だけを頼るほかないし、人と出会うたびにジャングルの猛獣のように敏捷に生き抜かなくてはならない。茂みが目に入り次第逃げ込むのだ、とはいえ、狩人の狩りたてが鼠一匹逃がさないようなら、これも幻想にすぎないが。だが狩りたてが完全無比なことなどありえようか。獣が我を忘れるほど怯えないかぎり、助かる可能性はあるだろう。人間と獣の違いは、人間は我を忘れるほど怯えるはずがないという点にある。

ガラス張りで、くすんだ赤ペンキを塗った『マタン』紙の建物のなかでは、機械が低い唸りをあげていた。ブリュノ・バチスティは最近のバックナンバーからクリシー広場ではなくブランシュ広場の近くの通りで起こった事件の記事を難なく見つけだした。できの悪い写真入りで、大きなゴキブリが潰れたような姿が写っていた。腹ばいで、両腕を前に突き出し、両手首を縛られた若者の死体。記者は文学通でない三文記者なのだろう、被害者を《最近きわどい言動で世間の話題をさらっているイギリスの耽美主義者、オスカー・ワイルドの信奉者》だと説明していた……。バカ、薄バカめ！《謎の黒人ダンサー》に関する記事を読み、ゴブファン氏への疑いが晴れた。

「これですっきりしたよ、ナディーヌ。今晩は楽しくやろうか？」

「そうもいかないんじゃない」と明るい笑みを湛えてナディーヌは答えた、「あなたがそうしたければ、わたしはよくてよ」

逃亡生活以来読んでなかった三行広告に、習慣で、ざっと目を通す。ふと目が止まった呼び掛け広告に思わずドキリとする。「ジョスリーヌ、イヴの連絡を待つ。至急。死の悲しみに沈んでいる。愛している」

「ナディーヌ、これはダリアからの連絡だ……」

「サーシャ、彼女なら信用しても大丈夫だと思うわ……」

もう誰も信用できないんだ。誰も信用してくれないんだ。人と人をつなぐ絆のうちでももっとも素晴らしい、もっとも大切な絆、共通のひとつの目的に専心する人々をお互いに結びつける黄金と光と血で編まれた目に見えない綱、こうした絆を自分から断ち切ってしまったんだ、疑惑が募って、いつのまにか断ち切ってしまったのだ……。《何も信じてはならない。この世にもはや信頼などない。すべてが崩れ去ってしまった。かつて、僕らは信頼そのものだった。歴史の歩みを理解し、その道をともにすることを考えていた……。いまはなんなんだ？ なんてことだ……》

Dは口に出すのを差し控えた。朧げに聳えるサン・マルタン門の高い影が、いまは忘れられた数々の勝利を讃える凱旋門のように思えた。小さなビラが白っぽい染みのように人の背丈ほどのところで古びた石壁を翳っていた。辺りには、食いっぱぐれた人たちが屯していた、食い残しを、あるいはビフテキを求めて。必要とあらば溝でも浚うだろう。誇りなんか捨てることだ！ 婦人帽の売り子、花屋、お針子、彼女らの三分の一は、例え弟子や手伝いを求める貼紙を出していても、路上で客引きはしないまでも、連込み宿のお手伝いをしているんだ。高級家具屋のビラは自転車修理屋のそれと同様、嘘はないだろう。だが、自転車修理屋は自転車泥棒の目を引くだけだし、それにかわいい小娘が家具屋になんてなれるものか。レピュブリック広場の方に灯りがつきはじめ、灰色の夕闇に浮かぶ。じっと目を注ぎ、深呼吸する。Dは断ち切れた絆をいつに間にか取り戻そうとしてしまった自分を非難する。ダリアの呼び掛けは、もっとも豊かな、もっとも純粋な、もっとも遥かな過去の蓄えから彼の心のうちに立ち上ってきた。そうだ、残酷なことに被われていたとはいえ、純粋な蓄えというのもあるんだ。

「彼女に会ってる暇はないな」彼は申し訳を言うように大きな声で言った、「五日後にここを発とう」

「無理してでも会ってみたら？　サーシャ、こんなふうに別れるなんてできないでしょうに。彼女のこと、何も恐れることないわ」

五日間、その間多くのページがめくられるであろう。魔法のように輝くパリのネオンサインが、そのすべては商売目的、その多くはやりきれない下司商売が目的なのだが、それでも甘美な詩情を醸し出している。カフェクレームを出すあれらのプチ・バー、そこに集う魅力的な人々、小便をする男たちのズボンの裾がのぞいている、舗道の縁のあれらの金属製の共同便所（さあ、飲め、市民諸君、小便をたれろ、市民諸君、人生は素晴らしい、何を思い悩むことがあろうか？　大通りでそう叫ぶがいい！）、時計屋、靴屋、本屋のあれらのショーウィンドウ、あれらの碌でもない食い物、下腹部のことをほのめかした、ふざけ切ったあれらのカラーの絵はがき、それらは卑俗で高慢で、やたら居心地のいい文明を語っている。そこでは人は投げ遣り、自由、気の緩みの限りを尽くしている……。だが危険極まりないんだ、気の緩みは……。世界にふたつとないパリの魅力のひとつは、ここで狂暴な力、あの権力、組織された冷酷さが大手をふるうのを見逃していることだ。それとは別なパリの栄華が、尚早にも腐敗の中に芽吹いている（あらゆる社会的栄華には腐敗が生む腐植土がつきものだ）。人間的な、かつてないほど人間的な生活という試みは、高い代償を支払わなくてはならない。……七階建ての建物のどの階にも、壁で仕切られた、ドラマチックな、栄養たっぷりな、やたら官能的な、時には微妙な感情が交錯する、奇妙に霊的な生活がひしめいている。豪勢を気取ってはいるが照明の暗いレピュブリック広場では、フランス語もイーディッシュも聞こえてくるし、屋根付きのテラスに並ぶ娼婦たちは平民でありながら、情事をなりわいにする奴隷であることに代わりはない。ブロンズの飾りがついたマリアンヌ〔共和制の表象〕の石像は、ぼんやり、ぽつんと、まるで装飾にすぎないかのように、なすすべもなく立ち、行き交う人は、そこには目も向けず、横丁の小路に歩を運んでいた。どうだってかまうもんか！　これはこれ、あれはあれ。共和主義かどうかなんて……。

　あと何日かしたら、これももっと切実で、もっと取り返しがつかない映像に重ね焼きされた過去になるであろう。〈救世主の塔〉と〈犬の塔〉……。スモーリヌィ女子学院の灰色の瀟洒な僧院と凡庸な列柱……。パリはどちらになるのだろう？　われわれの塔はどちらになるのだろう？

「左岸にいってみよう、ナディーヌ、いいだろ？　あまりふさぎ込まないことだ。シャンパンをおごるよ」

　ふさぎ込んでいるのは彼の方だった。ダリアからの呼び掛けは彼の心のうちで、一度切れ、うまく縫い合わせられないままになっていた血管を再び開いてしまっていた。記憶の血管、どんな心の外科医だって、これを閉じるすべを知るまい。

心高まる思いが、何よりも強い新たな信念が、幸福以上に望ましい行動が、古い出来事以上に実在感のある思想が、自我よりも生き生きした世界がありうるとは、最初は驚き以外のなにものでもなかった。ぼろ切れに身を包んだ軍隊の兵站部は労働者・農民大隊の軍服を、否、ありあわせの衣服を求めていた。（スリ、詐欺師、泥棒、徒刑囚、ヒモから成る大隊であり、他の大隊とてこれに劣らず劣悪であることも忘れないでおこう）地域コミッサールはやたら巻き舌のrを響かせ、目玉、肩、腰といわず、元軽業師らしく肉体のあらゆる可動部分を動かしながら、がなりたてていた。「六ヵ月の訓練で、この出来損ないどもをなんとかいっぱしの兵にしてみせる。中には歴戦の勇者になるのも生まれるさ……。俺のところには、優秀な下士官が四人、サーカスの犬みたいに訓練された旧体制の大尉が一人いるが、キュロット〔半ズボン〕が足りない。勇気や士官や地形図がなくても、それにまあ、弾薬がなくても、革命のために華々しく戦うことはできるさ。そんなものは敵のところにあるから、頂戴すればすむことだ。ところが、尻を隠す布切れがないとなると、戦う気にもなれんのさ。キュロットが救いの第一条件というわけだ」一人の物知りが外国の例を出して反論する、「フランス革命の時はサン・キュロット〔キュロット無しの意。非貴族階級をさす〕が……」「でも、奴らはズボンをはいてたんだ！」当時、わたしは当地織物工場資材調達部門で働いていた。なんとか様になるキュロットよりズボンの方がずっと多くの生地が必要なので、わたしは仲に立ってがむしゃらに働いた。わたしは社会主義化した工場に駆けつけた。囲いと木々に囲まれ、明るい色を塗った小さな家々が立ち並ぶ広い田舎道はもの哀しげな郊外に通じていた。ステップが始まり、空が剥出しの地面に接していた。赤煉瓦造りの小工場は窓ガラスが破れ、うち捨てられたようだった。塀はあちこち裂けて大きな穴が開き、空き地になった中庭と遥か地平線の黒々した森が見渡せた。塀は毎晩消えていっていた、薪代わりに塀の板が剥がされていたのだから。半ば死んだような工場に、わたしは嫌悪に近いものを感じた。強力な微小菌が塀の板を蝕んでいるのを、総勢四百人の女性労働者の内、せいぜい百五十人がここで飢えと苦い無為の日々を送っているのをわたしは知っていた。この世に未練のない老婆たち、戦争未亡人、アンチキリストが蹂躙する世界のどこかの街道をこの時間彷徨っている行方不明兵士の母親たちだ。雌牛は売られ、犬は盗まれ、猫はカルムイク人〔モンゴル諸族の一派オイラート人のロシア名〕に殺され、これらの女たちは夢遊病に取りつかれたようにここにやってきては、ミシンと作業台の前に座り、膝の上で両手を握りあわせて不幸を嘆き合わなかったら、最後の生きがいさえ失ってしまったことだろうと、わたしには想像できた。なぜかやつれ果てた若い女性もいたが、彼女等は残った糸巻きや針や伝導ベルトの切れっぱしなどを盗み、身体検査を尻目に、股の間にそれらをかくして持ち出すのだった。この街の冬は極北のそれだった。配給食料はどこよりも乏しかった（どの街もそう思っていたのだ、それにおそらく、常識には反するとはいえ、全く以てその通りだったろう……）。社会的意識とてそれ相応に……。わたしは見捨てられた水車小屋にでも入るように工場に入った。工場長の事務所はかつての快適さを幻想させる態のものだった、机の緑色の被い布は剥がれ、長椅子は破れ、小さな椰子の木はこの冬に枯れはて……。若い娘がわたしを迎えるなり、こう言った。「どういう御用向きでしょうか。わたし、忙しいんですが、同志」その頃わたしは女性をじっと見つめる癖があった……。その娘は茶色のウールのスカート、皮ジャンバーを着、薄いウールのショールを頭と首に巻き、だぶだぶのブーツをはいていた。修道女のようだった。厚着をしてはいたが、彼女が華奢で清潔なのがわかった。無垢なひとだと感じた。青白い卵形の顔は頬がこけていたが、人を惹きつけるものがあった。青味がかった瞳、長い睫毛、きっと結んだ唇。美人なのか不美人なのか、一瞬迷った。「委員会の書記にお会いしたいのですが」「わたしがそうです」とダリアが答えた。「わたしが委員会そのものです。他の連中は怠け者のぐうたらばかりです……」わたしは使命を伝えた。地域経済委員会が兵站部の要請により、中央権力から付与された権限に基づき行なう監督ならびに緊急業務。意図的であるなしに拘らずサボタージュ行為は人民裁判に訴えること、特別処罰委員会に対する悪意ある言動はすべてチェックすべきこと……。「わかりました」とダリアは苛立ちを隠そうともせずに言った。「そちらからの命令や威嚇、書類や法廷があるからといって、パンツ一枚とて縫いあがるわけではないんです……。言っておきますけど、人を逮捕するのがお好きだとしても、わたし以外は誰でもちょろまかしてはいますが、ここではわたしを監獄にぶちこまないかぎり、誰一人逮捕させませんから。それはそうと、本題に入りましょう。生産は再開されています。手足を五分の四もがれた工場が稼働する程度に稼働しています。ご覧になってください」百五十四人の女工はなにか作っているようだった。わたしは奇妙な喜びに酔いながら、ミシンの唸りに聞き入った。作業場はストーブで暖房していた。燃料は隣接する作業場の門や床板だった。来週までに四百のキュロット、四百の上着と短コートを作り上げる約束が成立した。ダリアは腕白娘みたいな声で言い訳と挑戦を交えて言った。「三、四ヵ月はこの調子で作業できます。使ってない作業場の虫食いの板を燃やしています。これは違法です。国有企業管理委員会の許可を受けてません。わたしの責任でやっています。わたしはまた、製品の五分の一を農民に売っています、これで女工たちにジャガイモを支給できます。これも違法です。支給された材料の六〇パーセントを現物支給しています。これも違法です。一週間分の赤あるいは白ワインの配給を、妊婦、回復期の病人、四十五才以上の女工、十日間休まなかった女工、まあいわば、誰かれの別なく与えています。これも違法でしょう。特別処罰委員会議長にわたしを投獄しないよう、コニャックを送り届けています」「それは違法です」とわたしは言った、「徴発したワイン、アルコール類は公衆衛生局に届けなくてはいけません……。ところで、そうした液体燃料はどこで手に入れるのですかな?」「わたしの父のブルジョワ的地下貯蔵庫です」ダリアは顔を少し赤らめながら言った、「父は自由主義者ですが、何にもわかってないんです。避難してしまいました……」こんな風だった、一九一九年、飢餓とテロルが荒れ狂う時代、十七才の目をしたダリアは。わたしたち二人は操業中の作業場や、床の穴から一階のタイルが見える作業場を見て回った。わたしは《元大衆搾取資本家の娘の反革命的かつ悪質な破壊工作等に対するプロレタリア的告発》や《建造物違法行為証明書》を封緘してダリアの手元に届けさせた。

一九二二年、数知れぬ残虐な事件の後、わたしはフェオドシア〔ロシア、クリミア半島南部の港町〕でダリアに再会した。結核療養中のダリアは「覚えていて？　あの工場の床板みたいにぼろぼろの肺なの」と言った。だが、余命いくばくもない十ヵ月の虚弱児のような体に、必死になって生命の輝きを滾《たぎ》らせようとしていた。ダリアはいくつかの学校を、「ノートも本もなく、生徒は二倍、先生は半分になった」学校を管理していた。先生は神経をすり減らしていた。飢え、相次いだ二回のテロル。歳の割りには衰弱が進み、幼さの残る若い顔は醜くなり、鼻は細り、唇は色を失い、口は少し歪んでいた。彼女は愚かしいほど考えが偏狭になり、ヒステリーになっているようにわたしには思えた。ある爽やかな夜、うっとりするほど星が瞬く美しい浜辺で、彼女に感じ取れる苦渋の色を少しでも消してやろうとして、〈党〉の行動が間違っていないことを説得しようとしてみた……。彼女は黒いレースの切れ端を額に巻き、膝に手を置き、機嫌を損ねた少女のように蹲ったまま、それなくしてはわれわれが生きていけなかった思想を冷酷に引きちぎるかのように切れ切れに、訥々と次のようにわたしに応えた。

「理論的考察なんて聞きたくもないわ。ご立派な本からの引用なんてごめんだわ！　大量虐殺をわたしはこの目で見たの。彼らのも、味方のもね。彼らにはそれが似つかわしいのよ、人間の屑、酔っ払い士官の成れの果て……。でも、わたしたちって彼らと変わらないの、ただ、わたしたちって背くの。そう、随分背いたわ。海のあの岩を見て。あそこで、数珠つなぎにした士官たちをサーベルで突いて、断崖から突き落とした……。ブドウの房みたいに落ちていくのをわたしは見ていた、まるで大きな蟹みたいだった……。味方にも気の触れた人はわんさといた……。味方だって？　あの人たちとわたしのどこが共通なの？　で、あなたは？　答えなくていいわ。彼らと社会主義のどこが共通なの？　もう止して、さもないと、わたし行くわよ」

わたしは黙った。ダリアはわたしが肩を抱くのをそのまま許した。彼女の痩せているのが直に感じられた、わたしは彼女を引き寄せた、いとおしさがこみあげてきた、ただ彼女を暖めてやりたかっただけかもしれない、彼女は身をこわばらせた。「ほっといて、わたしはもう女じゃないの……」「君はいつまでたっても大きな子供なんだな、ダリア、不思議な子供だ……」とわたしは言った。彼女はわたしを強く押し退けたので、わたしは危うく転ぶところだった。「あなたこそ一人前の男になりなさい！　それに、その嫌らしい態度はもっと状況がよくなった時のためにとっておくことね」二人はこれまでどおり、いい同志のままだった。二人はフェオドシアの、ギリシャに似た荒涼たる丘を長いこと散歩した。太陽があの丸い岩に暖かな光を注いでいた、海は信じがたいほど深い青を帯び、地平線は緑に覆われた砂漠のようだった。大きな鳥たちが、その青い羽は海に劣らず刻々と色合を変えていたが、二人から遠からぬところで羽を休め、二人を眺めていた。「あなた、狩りはしないの?」とダリアが訊いた、「あれを撃ってみたくない?」彼女は子供っぽさを捨て去り、肺を治し、気力を回復した。

わたしはベルリンで、貿易使節団の晩餐会でまたダリアに再会した。彼女はエレガントで、健康色に輝き、若返っていた。一部の収監者に関わる秘密業務に携わっていた。ドイツ人やフランス人の家政婦を抱きこみ、自分は政治犯収監者の妻だと偽り、収監者たちと面会していた。ワイマール共和国の刑務所はドルがかなりモノをいう鷹揚な管理体制を布いていたのだ。「あの人物たちをどう思うね、ダリア」「立派だけど凡庸ね。いい人たちよ、だけど、あの人たち相手じゃ、大したことはできないわ」彼女のきれいな歯が笑っていた。二人は西欧が脆いという点では意見が一致した。エゴイズムの因習が根をはり、歴史の非情な試練をすっかり忘れ去り、金銭崇拝がはびこり、危険を恐れるあまり大破局に向かって盲目的に滑り込んでいく西欧……。事態がどう切迫し、行き詰まろうと、結局はなんとか生きていけるように納まるだろうという愚かな信仰……。「わたしたちは別よ」と、ダリアは言う、「こんな異常な不況は非人間的だって知ってるわ。それがわたしたちの方が優れているという証明だわ」中央ヨーロッパでの一年の投獄生活のおかげで、われわれが初期の難局時に味わった苦渋を、彼女は味わわずにすんだのだった。

さらに数年後、わたしたちはクルフュールステンダム〔ベルリンのもっとも繁華な大通り〕をアム・ツォ〔動物園〕に向かって、興奮、光、奢侈、真夜中の安易な快楽の只中を歩いた。稀に失業者も見かけたが、猪首の殿方や毛皮にくるまった大柄なご夫人といった裕福な人々の中に紛れ込んでいた。厚化粧の娼婦たちは（これだけは見るに値する存在であったが）まるで変態の若者のように不遜に構えていた。ダリアが突然わたしに訊いた、「失業者はわたしたちの元を離れ、ナチスに走ってるわ。スープやブーツを支給するから……。こんなことが続くとどうなると思う?」「黙示録みたいな殺戮に……」二人はパリ、ブリュッセル、リエージュ、シュツットガルト、バルセロナでも再会した……。ダリアは建築技師と結婚したが、彼は技術者たちのある事件に巻き込まれた。ダリアは離婚した。「いい人だけど、頑固者なの。建築についてわたしたちとは考え方が違うのよ。わたしたちのは戦線でコンクリートの防空壕を作るようなもんだから。あの人は道理とか正義は時に効用の犠牲にされる、ってことが絶対わからない人。それに、何百万もの農民を犠牲にしておきながら、技術者を後生大事にしているような顔をするなんて不可能だってこともね……」こんなにもののわかったダリアに会うことはうれしかった。その後、暗黒の歳月が続いていた。外国での特殊任務に従う二人は、何もかも知ることも感じることもできなかった。ただ二人にわかっていたのは、昨日までの荒地に新しい街がつぎつぎと生まれ、五年足らずの内に、自動車、アルミニウム、飛行機、化学などの工場が生まれようとしていることだった……。灰色の絹をまとったようなムーズ川の畔、職人階級の富を集めた宝石箱のような、どっしりした古色蒼然たるクルチゥス館〔ムーズ川畔の都市リエージュにある美術館〕の下で、ダリアはブリキ工業の副産物について熱っぽくわたしに語った。「生産が軌道に乗れば正義も戻ってくるわ。副産物の合理的活用は、イデオロギー上の間違いや司法の不正をなんだかんだ言うより、ずっと差し迫った重要性を持っているの。時とともに過ちを修正していけばいいのよ、ただし、薬品箱がないのは問題ね……。政治的名声が途中で不当におとしめられるのなんのってのは二次的な問題よ。あなたはどう思って?」わたしは疑問に苛まれていた。薬箱や溶鉱炉を造れば、人間のこと、今日の哀れな連中、明日の薬やレールを待ちながら軛の下で苦しみ、我慢の限界にきてる多くの連中のことを考えないでいいのだろうか? 目的は手段を正当化する、なんてのはとんでもないいかさまだ。適切な手段を通じて初めて目的が達成されるんだ。現在の人間を見殺しにして、明日の人間にとって価値ある何を為し得るというのか。それにわれわれはわれわれ自身をどうしようというのか。そうは考えながらも、少なくもうわべは何も疑っていないダリアに感謝した。

　仲間の血があらゆる新聞に迸しり、あらゆる下水渠に流れるようになった頃、ダリアはひどく年老いて見えた。苦虫を噛みつぶした尼さんみたいな表情を浮かべ、きっと結んだ口は多少歪んでいた。二人は、用心のため心を偽ったり嘘をついたりしなくてはならないこと、何もかも疑問視しなくてはならないこと、自分たちに無力さを感ぜずにはいられないこと、裏切りの恐怖を覚えながらも、自分たちもいままさに逃げ出し、裏切ろうとしていることをお互い告白しなくてはならないこと……について話すのを避けた。二人は映画やコンサートを話題にした。しかし、シャン・ゼリゼの映画館で、ダリアは神経的発作にとらわれた。ダリアはマイヤーリンクの悲劇〔一八八九年、ハプスブルグ家のロドルフ皇太子とマリー・ヴェツェラ男爵令嬢の心中事件。これを題材に何本か映画が作られた。例えば『うたかたの恋』（フランス、一九三六年）〕に涙を流しているように見えた……。あの二七名の処刑〔一九三六年八月のカーメネフ、ジノヴィエフら十六名の処刑のことを指すと思われる〕がひそかに行なわれた翌日のことだった。

太鼓のタムタムがその地下バーを狂おしい喘ぎで充たしていた。まるで夜の砂漠での怪しげなお祭り騒ぎのようだった。しかもその騒ぎは低い円天井の下で暴れ狂っていた。白い衣装をまとい、褐色の肌をした数人の男が、弾むような激しさでアフリカの楽器を叩いていた。白い裸電球に照らし出された彼らは、痩せた腕、真っ白な歯を見せ、臆面もない笑顔の下に動物的悲しみを湛《たた》えていた。彼らはお楽しみ専用の奥まった小部屋の入り口を塞いでいた。黄色い肌の子供が、タップリしたズボンとシェシア帽〔アラブ特有の赤い縁なし帽〕姿で、リキュールを載せた盆を運んでいた。一番若いミュージシャンが女性的な身軽さで、その秘密の小部屋に飛び込んだ……。ホールの反対側は通りに面した入り口になっていたが、石灰を塗った壁に触りながら中腰で狭い階段を下りてこなくてはならなかった。バーは照明が薄暗く、貧相なアルジェリアのカフェにも似ていた。いかにも地下貯蔵庫らしく、いくつもの凹んだ小部屋に別れ、それぞれの小部屋ではグループやカップルが古びた絨毯を敷いた床にひしめきあっていた。原始的なリズムが破裂し、荒波のように壁に跳ね返り、頭といわず喉、神経、目にまで、毒ガスのように沁みこんできた。

「ナディーヌ、ダリアのこと、色々考えてみたんだけど、君の言う通りだと思う。会ってみることにするよ」

二人は偶然誰かに出会うことを恐れて、明るい場所、映画館、カフェ、大通りを避け、ここでこうして気の晴れない夜を終えようとしていた。ここの低い円天井の下に身を寄せ合い、薄闇に紛れているると安全なような気がした。目に映るものといえば、向かいの小部屋の、目の荒い絹のストッキングをはいた女の長い両脚だけだった。長い赤毛の女が、そこで、顔は見えないが誰か男の腕の中で身を仰け反らしていた。女の煙草の火がゆっくりと指から唇へと動いていた。煙草の煙が円天井の下に大きく渦巻いていた。タムタムが途切れると、突然沈黙が炸裂し、まるで無数の雫となって降り掛かってくる波のように、辺りを満たした。海中の洞窟の空隙が唸りをたてるように、頭の中が唸りに充たされた。幸いなことに、これも長くは続かなかった、再び忘我の響きが始まった。

ナディーヌはサーシャの肩の方に哀願するような顔を向ける。

「あのホテルに帰らなくちゃいけないの？　わたし、いやだ、あのホテル。できるだけ遅く、ね、サーシャ？」

「でも、いいよ、あのホテルは。何が不満なの？」

「……新聞に出てたあの事件、何か気に掛かるの？」

「気にすることなんてないいんじゃない、って言いたいんだろ。日付をチェックしたかっただけさ……」

ナディーヌは彼に身をすり寄せる。

「……犯罪にはうんざりなの。どこもかしこも犯罪の影だらけ。地下鉄の乗客だって犯罪のことを考えてるように思えちゃうわ。だれもが犯罪を恐れ、目をぎょろつかせ、身構えているみたい。誰もかも大きな網に絡めとられちゃってるんだわ……。こんなこと、いつまでも続くと思って？」

息を殺したような、息づまるようなタムタムの喧騒が心地よい重さで二人を押しつぶそうとする。

Dは騒音と煙と人いきれと湿気でいっぱいの空気を鼻から吸い込んだ。発情したかのようなこのオアシスで音楽をやっているベルベル人だかアラブ人だかは、筋肉の喜びを発散させている……。これこそ頭脳的人間が失ってしまったものだ、太鼓の音にあわせて火の周りで飛び跳ねる喜び、ひたすら生きている実感に酔い痴れること。だが、この自己喪失から多くの悲惨極まりない犯罪が生まれるのだろうが……。

「ナディーヌ、僕らにとって、それはあと数日で終わるよ……」

Dは考えていた、《それまでに僕らが殺られてなければの話だが……。いずれにせよ、僕らはもう犠牲者のリストに載ってる……、仮釈放ってとこか……。犠牲者の役を演じるなんて真っ平だ……。それだけはごめんだ。止むを得ず暗黙裡に同意したりたりすると、犠牲者と拷問者、死刑囚と死刑執行人の区別がつかなくなってしまう……。不健全な考えだ……。ネメシス〔ギリシャ神話の女神。元来は義憤、不当なことに対する憤りの意。人間の思い上がりや不徳を罰する女神〕か……》新しい未来を築くため筆舌に尽くしがたいことを次々に達成していた頃、われわれは自分が正しいと感じていた。戦争の、人間による人間の非人間化の、円環を断ち切ろうとしていたからだ。それでも、ときにわれわれは懲罰に値すると、そんな考えを容認しないまでも、予感することがあった。血の円環を打破しようとしながら、自分等がそこに落ち込んでいくのではないかという……。非暴力こそが正しい結論か？　せめてそれが可能なら！（ずうっと前に消えていった同志、極東の前線で倒れ、〝兄弟よ、永遠に君を忘れたりしない！〟という唯物論者特有な虚しい弔辞と慎ましやかな軍隊式儀礼をもって、雪の下に埋葬された同志のシルエットが、不意に心のスクリーンに浮かんできた。一連の死刑執行の後、やっと勝利を味わった一人のライオンのたてがみのような髪をした若者が、酔った勢いで、だが予言的にこう叫んだ、〝いいかね、同志よ、勝つにせよ、負けるにせよ、十ヵ月後、十年後、われわれはみんな銃殺されることになるんだ！そうでなくてはならないんだ！〟　われわれはその若者の頭にバケツで冷水を浴びせた。われわれのうちの最古参が、彼は賢人として通っていたが、こう呟いた、〝ネメシス〟　わたしは激しい怒りを覚えた。〝古いギリシャ神話――そんなものは犬に食われちまうがいい――とわれわれのマルクス主義革命と、何の関係があるのか？〟　その古参同志はわたしを愚か者扱いした。彼は文化問題に関する立派な著書を何冊も書いていた。彼の著書はどれも絶版にされてしまっていた。知識も思想も文化も真正のストイシズムも一枚のトナカイの皮ほどの価値もない亜北極の地で、彼は壊血病のため死んだのだった）

アルジェリア人の踊り子が登場する。（……トナカイ文明はポン・ツクサン〔もてなしの海の意。霧で航海が困難だった黒海につけた古名〕を渡ってきたギリシャの踊りを知った。ウグルーフィン人、モンゴル人さらにスキタイ人はイオニア諸島の魔術的ダンスを模倣した……。ダンスにはこうした連続性があり、永遠性がある……。一考に値する）踊り子は、黒っぽい、琥珀色がかった黒に近い褐色の肌をした生命力溢れる女だった。大柄で、豊かな腰、踊らなくてもその筋肉は甘美に躍動していた。サフラン色のターバンを巻き、豊かな乳房を素地の布で包み、下半身には裸足の足指まで届く長いプリーツスカートをはき、長い腕をゆっくりと波打たせ始める。臍が振動し、なめらかな褐色の腹が女性の全生命力をそこに集中させる。生気のない笑みを張りつけた鈍重な顔は動物的陶酔特有の沈黙しか表していない。Dは踊り子をじっと見つめた、まず最初は遥か距離を置いて、すなわち、われわれのだれもがたどる興奮の渦に巻き込まれないで。人の視線に身をさらす美しい女よ、忘れていた欲望がおまえの腸《はらわた》から立ち昇ってくるように、俺の腸から立ち昇ってくる数々の問題、思い出、不安、苦々しい思いを振り払うのに手を貸してくれ！　おまえにお礼を言う。緊張したまま立ちすくむ踊り子は棕櫚のように、淫蕩な暴力に身を任せている。腹、腰、瞳は喜悦と汗にまみれる。振り上げた腕がターバンをほどき、それをスカーフのように腰のまわりに巻き付ける。まるでサフラン色の絹でできた大きなバラの花が腿と腿の間で揺れているようだ。踊り子は膝をつき、身を弓なりにそらせ、激情のうちに失神したようなポーズをとる。

「あの素晴らしい雌馬は君の暗い思いを晴らしてくれたかな、ナディーヌ？　そろそろ行こうか？」

二人は地下バーを出た。通りはまだ夜中の夢を追い求めていた。二人はリュクサンブール公園の鉄柵の前で足を止め、眠りにおちている公園に見入った。日中の光に溢れた、あるいは靄のかかった公園とはまったく異なる顔を見せていた。降り積もった枯葉から腐敗した匂いが立ち昇っていた。葉を落とした木々は、影も時間もない不動で闇を充たしていた。

「将来……」と、ナディーヌが言った。

Dは急に彼女の手首をつかんだ。

「君がそんなに気弱だとは知らなかったよ。いけないいな。何を恐れているんだ？　みんなみたいに殺されることを、か？　そうなったところで、肩の荷が下りるだけのことじゃないか。もう一度人生をやり直すんだ、がむしゃらに。これまでだって生きるために働いてきたんじゃないか。だから、そうする権利があるんだ」

アスファルトと暗闇から、人影が近づいてきた。でこぼこのソフト帽を被った老人で、杖をつき、びっこをひいている。衰えた体の力を振り絞るように、低い声で間延びした調子でこう言う、

「そんなに喚きちらすんじゃあないって、旦那、そのご夫人だってどうすりゃいいかわからんだろうに。一体どういうつもりなんだね？」

「ほら、聞こえるでしょうが。夜が語りかけてくるんだよ。どうしたものかね？」とDが返した。

人影はぴっこをひきながら通り過ぎる、遠ざかる声の航跡を残しつつ、「そりゃ、ときには夜だって話し掛けちゃくるさ、話し掛けないって法はないさね、うん……」

ナディーヌとDは同時に吹き出してしまった。さあ、帰るとしよう。カフェの灯りが四辻に親しげな光を投げ掛けていた。スフロ通りをすぎると、パンテオンの正面列柱が、いつの間にか霧の中から姿を現わし、偉人墓所の上にそびえていた。そしてサン・ミシェル大通りでは、普段どおりの生活がいつもの魅力を発揮していた。

用心は抽象的かつ実用的な科学と見做しえようか。いわば幾何学（それも非ユークリッド幾何学）に似たものといえよう。何本かの可動曲線または直線D（危険のD《ダンジェ》）で区切られた起伏に富んだ面Aを想定するとする。その面にこれまた可動な点Zを置く。点Zは一ないし数個の帯T（仕事のT《トラバイユ》）の中を、線Dから可能なかぎり離れて動くものとする……。こうしながらも、問題の力学上、四次元の未知数OとIをも措定しなくてはならない。この未知数はそれぞれ敵の組織と才能によって決まる。さらに五次元の未知数、すなわち、心理的要素（神経、恐怖心、裏切り）を、最後に偶然という未知数Xも措定する必要がある……。これらに、われわれの組織、われわれの才能、冷静さといった要素によって決められる次元N（われわれのN《ヌウ》）を対立させるわけだ。今や、線Dから見て、七次元Nと四次元、五次元、六次元はごちゃごちゃに絡み合っていた。点Zは、磁性を失った羅針盤に従ってその動きを決めるほかなくなっていた。今やいかなる支援もなく、昨日まで属していた組織をさえ恐れなくてはならない立場だった。日が過ぎるに従い、組織は体勢を立て直し、策を講じ、罠を張りめぐらしていた。彼らが何を知っているか、どんな命令を受けているか、どのような攻撃を仕掛けてくるか見抜くことはできない。わざと活動を停止しているという仮定も排除できない。形式的には、Dは組織を辞めたのだから、死刑に関わるような特別法のいかなる条項にも違反していることにはならない。ただ、特別法には辞職に関するいかなる条項もない。不文律は重大な不服従を犯した分子の抹殺を命じている。組織体制への非難・批判は不服従の最たるものである。なぜなら、それはあの形而上学的未知数X、すなわち個人の良心に起因する反抗を意味するからだ。個人の良心の存在を認めれば、われわれが《鉄の規律》と呼び、相手は死の規律と呼ぶものが崩壊せざるをえない。一般市民としてのDは、外国への逃亡兵を（たとえ、平和時においても）罰する法律にしたがって罰せられる（しかも、単なる身元確認だけで、裁判もなしで、死刑にされる）畏れがあった。たとえ人間として可能なかぎり（まったく漠然とした言い方だ！）忠実に、われわれを破滅に導くような許し難いことを否認するほど自分に忠実になり、組織を裏切ることなく組織を離れたとしても、そっと消えていくとしても、彼にそれを許した上層部の誰かは愚か者、共犯者と見做され、遅からず粛正されることになろう。

自分にとって信頼の絶対性などもうないのだと彼にはわかっていた。信頼への揺るぎない感覚がなかったら、スパイ活動などできないであろう。組織は絶対見離さない、どんなに危険な状況になっても組織は網を張り、網の目を織り直して守ってくれる、組織のメンバー各人が、たとえどんなにいやな奴に見えようとも、ひそかに義務を果たし手を貸してくれる、あらゆる権力と機密を握った組織の指導部が誰も殺すまいとし、それこそを至上の理性だと心がけてくれる、そういうことがわかっているからこそ、どんな危険の渦中にあっても、なんとか切り抜けられるという安心を確保できたのだ。（《自分の過ちか自らの意志によらないかぎり、われわれは誰一人死ぬことがあってはならない！》と、偉大な指導者の一人は叫んだものだ、《乗り越えられないような障害などない》と）そうであったからこそDは、あの雀蜂の巣のような危険な修羅場、味方の対壕《ついごう》がいつのまにか敵方の対壕になっていたあの第三帝国の時も含め、十二ヵ国で十五年間、任務を果たしてきたのだ……。

今やダリアと逢う約束がさまざまな厄介な問題の解決をDに迫っていた。ダリアが信念を持っていること、暗い混乱の時期を乗り越えたこと、彼に対して愛以上に決定的な友情を抱いていること、Dはそれを疑っていなかった。しかし、それだからこそ彼女も目に見えない網に絡めとられている可能性がある。それに偽善を取り繕うあまり、心の糸が切れてしまっているかもしれない。きっとそうなんだろう、ダリアはここ六ヵ月来、前にも増して重要任務を託されるようになっていた。《少し休んだ方がいい》と、みんなは彼女に言った、《スペインから戻ってから、君の神経は休息を必要としてるんだから……》最終的にDは計画を決めた。ダリアに電話をする、あまり人通りのないサン・ペール通りのこれこれの番地まで来るのにわずか十五分の余裕しか与えない。時計を合わせておこう。車で迎えにいって連れ出す。どこへ？　一番いいのは小さなホテルに部屋をとっておくことだろう。だがダリアは、いかに偏見がないとはいえ、怪しげなあいまい宿に連れてこられたら、腹を立てはしないだろうか。それにルーム・メイドが聞き耳を立てるかもしれない。

覗き魔用の隠し窓から覗かれる可能性もある……。快楽や悪趣味に耽るわけでもなく、打ち明け話に明け暮れる仲のいいカップルとなれば、怪しまれて当然だ……。測り知れない可能性を秘めたパリも、別れの場面――それは悲痛な心情の吐露に他ならないだろうが――にふさわしい隠れ家を与えてくれはしなかった。

Dは美術館、教会、駅、大小の公園、ビュット・ショーモン、モンソーを、心惹かれながらも、打ち消した。雨になるかもしれない、十一月の寒気は肌に食い入る、メロドラマにこそふさわしい物悲しさだ、ペール・ラシェーズ墓地を歩き、パリコミューン殉死者の壁に最後の詣でをするのも同じことになろう――それにしても、彼ら殉死者は未来への希望をもち続けながら倒れていったのだから運がいいといえよう！　悪天候なんて構うものか。彼は屋外にしようと思った。植物園に行こう。近くの小さなカフェには悲嘆にくれたカップル向きの静かな奥部屋がある。カップルがどんな修羅場を演じようと、大声でやらないかぎり、ウエイトレスや女主人は知らん顔をしていてくれる、もちろん彼らはそれとなく窺っていて、あとで新聞を賑わすような悲劇でも起こりはしないかとわくわくしてはいるが。《恋人同志がセーヌに身を投げた……、女は男を殺し、自分もピストルを心臓に打ち込んだ》それに写真でも載れば、新聞の一面は大賑わいだ。そうですとも、二人はそこのテーブルにいたんですよ、女はブルネットで、意地の悪そうな唇をしてました。《こんなことになるなんて……》こんな棚ボタは滅多にあることではない、たいていのカップルは折り合いをつけるか、自殺するにしてもサツ回りの記者に無駄足を踏ませるようにする。

きれいに砂利を敷きつめた狭い散歩道は観葉潅木園、種子樹木園などの間を走っていた。赤茶けた潅木、白い空、真っすぐな道が窮屈な景色を作り出していた。ダリアが言った。

「クランツの伝言をもってきたの……」

思いがけないことだ。いやな予感。ダリアは命令を受けて彼に電話したのだろう、どうしたらいいかわからなかったからではないだろう。これは罠か？

「クランツだって？　彼はパリにいるのか」

「心配いらないわ。彼は視察旅行にいってたのよ。あなたの伝言を受けたのは彼なの」

（彼にはあの手紙をあける権利はなかった……。いまはあらゆる権利を握っているのか……）

「わたし、彼と一緒に仕事しているの。わたしたちの友情のことは知っているわ。とっても理解ある態度を見せてくれた……。あんなにいい人だとは知らなかった。こう言ってたわ、《かわいそうな奴だ！　彼の勤務状態は抜群だ、近東方面の要職につけるつもりだったんだが……。ところが戦争になってしまい、彼みたいに焼きの入った人材が不足してしまって。彼を捜し出せ、どんなことをしてでも彼を見つけるんだ……。彼にこう言ってくれ、いまは何も恐れることはない、わたしの勢力は強力だ、きっと彼を守ってやる、と。神経がイカレちまったんだな。わたしの神経とてまともとはいえないからね、まあ、君の神経のことは差し置くとして……。いまは本当に辛い時なんだ、不正なこともはびこっている。盲滅法な信念、十倍ものエネルギーが必要なんだ。さもないとわれわれは駄目になってしまう、何もかも駄目になってしまう。彼にしろ、君やわたしにしろ、いざとなれば頼りない人間なんだ。いまなら、わたしはまだ彼の手紙を焼き捨てることもできる、彼のために寛大な処置を求めることもできる……。もう外国に残ることは無理だろうが、戦略経済の要職を世話することを約束する。辛いし、遠方の仕事ではあるがね。そのうちに彼のしたことも忘れられ、名誉を回復できるさ。いつかは救ってくれたことを感謝してくれるだろう……》そうなの、サーシャ、クランツはあなたに逢いたがってるわ、たとえ一時間でも。彼は本心だと思うわ」

「そうかな……」

Dは身の毛がよだってきた。ダリアを見てはならない！　純然たる――おろかな――感傷癖、思い出、英雄的時期、さらにその他のことも埋没させてしまうこと。クランツは何度となくそんな約束をしてきたことか。そしてそのたびになんと多くの人が騙され、死んでいったことか。彼が本心でそう言っているとしても、それはありえないことではないが、組織がそうだとは限るまい。組織はクランツの真心など気にもかけず、規定の路線を敢行する。着替えてここにくるのに二十分しかダリアに与えなかったのは正解だった、あの猟犬の群れに通報しないとは限らないのだから。電話をしたかもしれない。種子樹木園の遊歩道の角に不意に老人があらわれ、Dは思わず緊張した。だが小さな男の子がお爺さんに追いつき、手を差し出すのを見て、ほっとした。考えの流れが方向を変えた。彼女はクランツから知らされたからには、もう取り返しがつかないほど巻き込まれているわけだし、彼女もそのことを承知していよう。どんな運命が彼女を待っているのか？　わたしに立ち向かうほかあるまい。それだけが彼女が助かる唯一の道だろう。だがそれとて当てにはならない。

Dは同意を装った。

「いい同志だよ、クランツは。（内心では――彼はどうやってこれまで生き延びてきたんだろう？）ダーシャ、ぼくはこのところ、気が鬱ぐ日々を送ってきてね……」

彼は微笑した横顔を彼女に向けた。

「ある晩、キャバレーで背の高い娘がこんな馬鹿げた恋歌を歌ってるのを聞いたんだよ、

　　苦しみに、苦しみぬいたので、
　　わたしの心はもうぼろぼろ……

これだけは心に沁みついちまってね、ぼくは、でも、センチメンタルじゃないんだけどね。それで、その娘に花を送ったんだ、ぼくの最後の偽名入りの名刺を添えてね……、真っ赤な花を、ね、当然のことだけど……」

彼はダリアの灰色の注視を避けていた。

「クランツに会ってみるよ、僕の手紙を燃やしてくれるかもしれない。戻ることにするよ。懲罰会議にかけられても、手紙がなければ十年ってとこだろ。労役による矯正なら、その方がいい。クランツがそれほど影響力を持っているなら、北極海航路の船舶にポストを見つけてもらうことにするよ……」

「まじめな話？」

「ああ。この植物園は墓地みたいだな。町中のカフェにでも行くとしよう。もう隠れる必要もないんだから。ダーシャ、おかげで助かったよ。君のおかげだなんて、うれしい……。君はフェオドシアの時と少しも変わってない……。ぼくはくたびれてしまった、ねえ、ダーシャ……」

「そんなことしないで」とダリアが唐突に言った。

まったく、昔と同じ。目の周り、唇の隅に微かにやつれは見えるものの、昔と同じ尼さんっ娘みたいな顔。体を強ばらせている。

「クランツはどうもできないわ。戻ったら、もうおしまいよ……。誰も、どうにもできない……、たとえあなたが何もしなかったところで、あなたはもうおしまい……。わたしも、おそらく、おしまいだわ」

面と向き合い、ダリアへの思いが急に高まった。

「じゃあ、ぼくが君を助ける。いつか一緒になろう。どこでもいい、どこか隠れ家を探そう。電話するよ」

「そう言ってくれて、うれしい」と、顔を輝かせて彼女は言った。

　Dはもう心の高揚を恥じていた。懸念はいとも簡単に引っ繰り返っていた。人の本質をどうやって見抜ける？　彼の心は恥辱的なまでの不信から感傷的なまでの情愛に変わっていた。

　ロピタル大通りは何の特徴もない通りだ。近くの駅〔オーステリッツ駅〕の機関車の汽笛を耳にしながら、つまらない建物や工場やサルペトリエール病院の間を歩くだけだ。ビール工場、セメント工場、マジー乳製品工場、鉄道に出入りするトラックが往来するだけだ。キャデラックやヴァンドーム広場の高級婦人服店仕立ての衣装を着たご婦人など、およそ似付かわしくない。ただだだっ広い、冴えない大通りだ。そこでの事件といっても、S. G. D. G.〔政府の保障なし〕と印されたブランド品同様、ごくありふれたもので、悲壮感溢れるようなものなどない。Dとダリアはその通りに一軒の静かなカフェを見つけた。薄茶色の皮張り椅子と炭酸水の入った青色の瓶が店を明るい雰囲気にしていた。

「ねぇ」とダリアが訊いた、「いつになったら、わたしたちの国にもこんなバーができるのかしら、何も考えないですむくらい楽しくて気のおけないバーが？」

「僕らが死んだ後のことだろうよ」とDが言った、「僕らは人民の幸福を生み出すためには汗と血と糞が必要だなどとは想像してなかった」

「止してよ、まるで野卑な資本主義者みたいな口をきくのは。もっと寛大さと理解力が何より必要だとは思わなくって？　最初の充電時期はもう終わったんだから」

「僕らの国の場合は違うな。それどころか、破滅の時期が始まっているんだ」

そんなふうに、二人に共通な強迫観念をめぐる独白をそれぞれが誰とも知れぬ人と始めたのだった。

「ここ二年、暗い幻覚にとらわれて生きているの」とダリアが言う。

「僕もだ……」

「森林トラストのあの資金横流し事件は、なにかの陰謀じゃないかしら？　たまたま知ったんだけど、わたし、あの資金の一部を運んだの。どこに流れたのか知ってるの。どっかから命令があったのよ！　まるで気違いみたいに何もかも白状したあのでぶっちょ、あの卑劣漢が毒の入った唾を吐き散らしたんだわ。でもあのでぶっちょ、どうなったかわからないのよ。新聞も読んだし、ラジオも聞いた、妙に分別臭い譫言みたいな彼の声も聞いたわ、でも真相はわからなかった。わたし、誰の顔もまともに見られなかった、恥辱にまみれた通りを歩いているようだった……。なんとかわかろうとしてみた。ねぇ、理解することってできるのかしら？　サーシャ、そんな変な顔しないで、自殺した人みたいな顔しないで……」

「自殺者だって？　そんなことない。それどころか、エピローグの続きを見てみたい、理解したいと思って、自分の命を必死で守ろうとしてる人間の顔だよ。僕らは、なにかわけのわからないうちに、恐ろしい間違いを犯してしまったのだろうか？　ぼくはそうは思わないんだけど。中央管理の計画経済は合理的に運営されれば、なにものより優れたものであることに変わりはないよ。計画経済のおかげで、他の体制ならすべて滅びるような困難極まる状況下でも生き延びられたんだ……。ただ、合理的管理・運営が人間的であってほしいがね……。非人間的なほうが合理的なのかな？」

「サーシャ、ひとつ質問があるんだけど、馬鹿げた子供っぽい質問だと思うかもしれないけど、聞いてね。わたしたち、人間とか人間の魂のこと、忘れてしまってはいないかしら？　このふたつは同じことかもしれないけど……」

「そうだよ、第一、自分たち自身のことを忘れることから始めたんだから……。全体に対する個というダーウィンの法則がもはや有効でない以上、個人主義はお粗末な幻想でしかないんだ。個人主義を乗り越えて、われわれは世界の重たい一断片をゆるがすようになれたんだし、これまでより優れた、よりエネルギッシュな力になれたんだ。だからこそぼくは、自分等の名前さえ忘れ、現実の出来事の酵母となりながら歴史に名を残さない人々が好きなんだ。現実の事件はその張本人がわからないから誰も理解できないだろうよ……。われわれの許しがたい過ちは、一般に魂と呼ばれ、ぼくがあえて意識・良心と呼んでいるものが、古いエゴイズムの単なる投影にすぎないと思い込んでいたことだったんだ。ぼくがいまなお生きているのは、こうした無名の人々の偉大さを正しく理解していなかったことを発見するためだったんだ。歪んだ良心や腐った良心、未熟な良心、盲目的良心、半ば盲目的で間歇的で色目遣いな、衰弱した良心もあるじゃないかなんて言わないでくれ。条件反射、腺分泌、それに精神分析家があげつらうさまざまなコンプレックスのことなども持ち出さないでくれ。ぼくにしろ、君にしろ、心の奥底に、生命誕生の頃海底の泥の中をうごめいていた得体の知れないものを抱え込んでいると思うんだ。それでもやはり、その消すに消せない一筋の光があり、その光が牢獄の壁や墓石に使われているような花崗岩を貫き通すことがあり得るんだ。非人称な微かな光なんだが、それが僕らの奥底で点灯する、明るい光を放つ、判断する、違うという、してはならぬというんだ。これは誰のものでもない、どんな機械もこれを測れない、孤立したものだから時には不確実だ、……この光を孤立したまま死に絶えさせようとしていたなんて、僕らはなんて愚かだったんだろう！」

「あなたの言うその微かな光、それはずっと前から文学の中にあるわ。トルストイはこう言っている、《光は闇のなかで輝く……》って……」

「そんなことはないよ、ダーシャ、伝道者ヨハネがその前に言ってるよ、そのヨハネにしても初めて言ったわけじゃないだろうがね……。何だか、形而上学や神秘主義の話になっちゃったようだな。そうだろ、君の目が笑っているよ、ぼくを茶化してる……。われわれは致命的過ちを犯してしまった、物質的に致命的な過ちを、ね。その過ちの結果、多くの人々が死刑執行人の犠牲になってしまった。そうした良心の唯一の在り方は、自分自身や他者と和解した人間を実現すること、自分のうちなる古い獣が生き返り、完成の域に達した政治的機構の道具にならないように警戒することだということを忘れていたんだ。僕らの言葉には、客観的意識＝良心と倫理的意識＝良心というふたつの言い方があって、まるでどちらか一方があれば事足りるとでも思ってるみたいだ。ぼくはその手の専門書を手当たり次第に読んでみた。お偉い先生方はこうした現象を個人に先立つ超自我と定義している。妄想とか心理学的定義など恐れることはないんだ。われわれは社会的超自我にたいして手元にある大砲で闘い、成功を収めたんだ。帝国、私有財産、金銭、教養、支配、そんなものはどれひとつもちこたえなかった。人間の最良な部分の解放こそが大事だったんだよ。それなのに、われわれはその他のものと一緒にそれをも粉々にしてしまったんだ。その挙句、新たな牢獄の囚われ人に逆戻りだ、この牢獄は外見上は以前より合理的な建物になっているが、事実上はもっと人間を圧殺するものになっている、だって前にも増して強固な骨組みでできているんだから……。帝国、教義、一切がひとつの計画機構の上に再建されたんだ、その一方で良心は死にかかっていた……。ぼくは抜けるよ……。ぼくは逃げる。君も逃げるんだ」

「ちょっと止めて。お願い。みんな、見てるわ」とダリアは小声で言った。

Dがこんなことを言ったのは生まれて初めてだった。話しているうちに、彼は前よりわかってきた。新たな力が溢れだしてくるのを感じた。同時にそれとなく不安が広がってくる。突然無力感に襲われた。何に向かって逃げるというのか？　まるで空虚に向かって逃げ出せるとでも言うような口の利き方だ。何もかもが崩れ落ち、唯一確かなことは化学兵器による悪魔的な戦争が、大陸規模で、大陸間規模で近々起きるということだ。大きな破局が確かな足取りで近づきつつあるのに、われわれは黙って、孤独に、人知れず、無用に、伝達しえないものの中に身を潜め、反芻するしかないだろう……。ダリアが言った、

「ごめんなさい。おっしゃることはその通りよ、でも聞いていて腹が立つの。まるであのサンボリストの詩人みたいなことを言うんですもの、

かつて情熱に駆られた心、
いまは宿命の虚無の他なく……[*1]

もう一人、フランスの詩人を思い出したわ、自分の一切の約束を自分で裏切った詩人よ、こう言ってるわ、

裏切る者は聖なる者、
そして純粋無垢な心は、暗殺者のそれ……[*2]

彼は直感力があったのよ。文学の話は別として、わたしたちが排斥され、銃殺される理由なんてないんじゃないかしら……。わたしたちが知らない何らかの理由で、〈指導者〉が人を殺すなんて、あっていいことだと思って？」

ダリアが手袋をはめた指をまるで腕を捩ったように噛み合わせているのを彼は見ていた。彼は率直にこう答えた。

「君はぼくより十歳年下なんだよ、ダーシャ、だから君にとって〈指導者〉はずっと大きな存在なんだ。僕ら古参は自分を頼りにし、信頼をおけないような指導者なんて求めないことに慣れてしまってるんだ……。スピーカー中毒にかかっている、若い世代の湊垂れどもにとっては、指導者は、きっと、神みたいなものになってるんだろうよ。そうした若者たちは、指導者が用意した墓に入ってからやっと酔いが醒めるんだろうさ。あるいは墓に入る間際かも、僕らみたいにね。なに、僕らも同じようなものかもしれないがね……。二十年も前に、ぼくはかの指導者と知り合った。とくに優れたところがあるわけでもないし、僕ら普通の人間以上のものなど何もありはしない、むしろ、なにかが欠けているくらいさ……。この欠落が彼に幸いしたんだ。良心の咎めとか自由奇抜な発想

＊1　アレキサンドル・ブローク、一九一四年（ロシア語）
＊2　アンドレ・サルモン、『Prikaz（聖務）』、パリ、一九一九年

とかは暴君にとっては手枷足枷になるんだろうよ。それに滑稽に見えたんじゃ、神格化の妨げになるだろうし……。彼の出世街道を思い出してごらん、それほど実体のあるものでも、すんなり行ったものでも、見事なものでもなかった。歴史家がよく言ってるように、偉大な人物って奴をでっちあげるのは歴史家たちなのさ。というのも、出来合いの道をたどるのは、凡庸な空想家なんだから。そんな空想家は棍棒と自分の凡庸さによって、既成勢力への崇拝を続けざるを得ないのさ……。それに既成勢力は誰でもいい誰か暴君を抱え込むものさ、まさしく一人の強盗が国家の印璽を奪い取るように、そいつが操縦桿を握ったという理由だけでね。強盗は身を隠さなくちゃならないし、暴君はたとえ攻撃を受けないうちでも身を守らなくちゃならない、弾劾を嗅ぎ付ける以上はね……。それなりの口実なら、〈指導者〉はいくらでも作り出せる、どれもこれもひどいものだけどね」

ダリアの冷たい敵意の奥からパニックが透けて見えた、ナディーヌの場合と同じように。（女性はわれわれより傷ついているんだな。この世界は男性より女性の方を踏み付けにするものなんだ……）

「ずいぶん遠く離れてしまったものね」とダリアがゆっくり言った、「まるで敵みたいな言い方」

「誰の敵、ダーシャ？　僕らが望み、作り上げ、仕えてきたものの敵かい？　いまなおぼくが望みを繋ぎ得るものの敵かい？　かつての僕らの在り様の敵？　党の敵かい？　で、党はどうなってる？　どんな口実を作り出そうと理性の目から完全に逃れることなどできない……。現に口実ならいくつもある。裏切りってのもそれで、われわれの組織の頂点のどこかにその口実が腰を据えている。いいかい、僕だって〈指導者〉のように考えることもできる、というのも、僕も彼の不安を分かちもっているんだからね。ただし、こんな仮定は、ともかくありそうもないことだから、遠ざけるけどね。でも、疑惑や恐怖の虜になることはある。小さな肩には重すぎる使命に押しつぶされそうだという気持ちから来る疑惑や恐怖のね……。僕らは誰でも、幾分かはそういうものを持ってるんだ、生まれたときからわれわれにのしかかっている脅威が生み出す精神病みたいなものが……。独裁という息が詰まるような雰囲気の中で、そんな精神病が重症になってしまったのさ。救いは風通しをよくすることだった。結局、単純な狂気の症例のようなもっともらしい、ということは、わかりやすい口実が必要になった、すなわち、戦争だ。腐り切り、快楽の中に溺れ込んだこの安逸なヨーロッパは、とてつもなく度外れな無意識に落ち込んでいるものだから、ヒトラーのような能足りんの幻視者や勲章好きなゲーリングのような型通りな半狂人だけが自分がしていることが何なのか、おおよそのところ――誇張を避けて、おおよそのところというのがいいだろう――、知っているというわけだ。それは彼らの機構を大災厄に導くことに他ならないんだが……。僕にとっては戦争は決して終わっちゃいない、僕は目に見えない戦争、過渡的戦争の兵士なんだ、対壕の坑道がますます枝を張っていくのがこの目に見えるんだ、しかもそこには爆薬が積み込まれている。各国の議会はそんなことを無視して、頭越しの空議論に明け暮れている。僕は自分の統計資料と一本の鉛筆を手に、爆薬が炸裂するまでにどのくらいの時間的猶予が残されているか計算する他ない。爆薬は爆発するために作られ、導火線はもう点火されているんだからね。この常軌を逸した世界には他に解決法がないんだ。〈指導者〉はそのことを誰よりもわかってるんだ、この地獄のポーカーのカードは全部テーブルの上に広げられてる。指導者は夜毎の悪夢に、これらのカードが火の色となって大きく燃え盛るのを見てるんだ。そのうちに彼は正気を失う。われわれは有無をいわさずに戦争に引きずり込まれ、攻撃され、胸ぐらを掴まれ、刺し殺されるだろう。そうなると、彼は奈落を前にして一人でいたがる、自分より有能なライバルを――そいつらだって（彼よりはましにせよ）正気を失わないとは限らない――我慢できなくなる……。もうひとつの奈落、個人的な奈落が待ち伏せていることを感じるのを拒否する、誰かに取って代わられ、自分がその奈落の底に沈みこむのを拒否する……。彼の本当の狂気は自分の使命という奴を信じていることなんだ……」

ダリアが訊いた。

「あなた、義務から逃げてるという自覚なくて？」

「なんの義務かね？　地下室での秘密死刑執行の？　戦争まで生き延びられるチャンスが百に五つでもあると思ったら、僕は嫌悪も恐怖も後悔も呑み込むだろうよ、僕は留まるだろうよ、きっと残るよ。その百に五つのチャンスを本当に僕に与えてくれるかい？」

「いいえ」

ダリアは緊張を解いていた。

「で、わたしはこれから先どうなると思って、サーシャ？」

「少し考えさせてくれ。ポルトかヴェルモットでも飲んだら？」

二人はこの小さなカフェで静かに飲み物を摂る客になった。仲直りし、すぐにも家に帰り、また日常生活を始める夫婦のようだった。レジの後ろから二人を見ていたマダム・ランベルティエは、もめ事が好きでないので、ほっと肩を撫で下ろした。いがみ合ったって、率直に、心をこめて話し合えば、解決するってことよ、ね……。マダム・ランベルティエはこんなふうに手入れの行き届いた、いわば家族的なお店が仲直りにはうってつけの場所なんだと、改めて納得していた。（ただし、ヒモ、娼婦、デカ、やくざもん、一言でいえばごたごたを引き起こす碌でもない客がいない時間に限るが）「マリ」と彼女は囁く、「あの二人に上等なヴェルモットをさしあげて！」Dは、その間、考えるというより、問題が心の中で自ずから鮮明になってくるのを待っていた。

「ダリア、君は僕との昔の関係やなんかで、巻き添えになっているんだよ……。でも、いまでは誰もかもが巻き添えになっているんだけどね。クランツは君以上に困った立場になっているし。半々ってとこだな、あとは君の考え次第だ」

「じゃあ、わたしは残る。ここに来る途中、わたしは迷っていたの、どこでもいいから連れてってとお願いしようかと思っていたの。わたしだって時々、どうしたらいいかわからなくなる。泣いたり、煙草をすってみたりする、お酒を飲もうとしたこともあった。ナイトクラブで恋人漁りをしてもみた。ずうっと貞節でいることを装うのが忌まわしかったから……。鎮静剤や麻酔薬を飲んでるのよ。ある老医師を知っていて、まるで波瀾万丈の映画ストーリーのような恋の悩みをでっちあげて、薬をもらってるの……。彼はわたしの頭がおかしくなってると思ってるに違いないわ。彼の忠告は馬鹿馬鹿しいけど、鎮静剤は効き目があってよ。あなたはわたしの気持ちを鎮めてくれたわ、残るべきだと決心させてくれた」

Dは強い喜びを感じた。まるで自分は裏切ってはいないんだという証拠が与えられたかのように。ダリアの優しい声に耳を傾けていた。

「……連絡をとる可能性だけは残しておきましょうよ、あなたがどこにいくか知る権利はないけど、わたしがどうしようもなくなったとき、誰も相談相手がいなくなったとき、あなたを探せるようにしておいて……」

「そうするよ、ダーシャ」

(どんな危険を冒しても、きっとそうしよう……)

ビール工場に入るトラックがたてる騒音のなか、二人は友人として短い抱擁を交わして別れた。乳色の空に包まれた大通りは二人には無垢の光に輝いているように思われた。

ブリュノ・バチスティ氏は、ホテルのカウンターに近づき、思わずドキッとした。十七号室のメールボックスに手紙があるのだ。ありえないことだ、この宛名の人物は実在しないのだから。警察庁からの召喚状か。奴らはおまえのことをつかんでいるぞと伝えるクランツからのメッセージか。バチスティ氏はゴブファン氏から手紙を受けとると、わざと目を向けずに、それをカウンターの上に置き、時間を稼ごうとして至極丁寧な口調で言った。

「勘定書きを用意しておいていただけませんかな、一時間したら出発しますので」

ゴブファン氏は驚きを表情に出した。そのため、顔は一層黄色くなり、骨張り、視線は虚ろになった。

「本当にお発ちになりますので、ムッスィュ・バチスティ？」

「そうです。ニース行きの特急に乗ります」

「ああ、それは残念なことで」とゴブファン氏は狼狽しつつ呟いた。一人の婦人が降りてきたので、彼は軽く会釈した。ひそひそ声で「朝までご出発を延ばすわけにはまいりませんでしょうか？」

バチスティ氏はできることなら、この目が泥のように濁ったマルメロみたいな顔に拳固を一発お見舞いしたいとこだったが、《お節介は止してくれ》と言うような横柄な口調で、そっけなくこう言った。「何かあるんですかな？」ゴブファンは大事件でも告げるようにさらに小声で「警察が来ました……」こういう言葉は聞き違えたりしないものだ。バチスティ氏はそれを聞いて顔色を変えこそしなかったが、思わず体を強ばらせた。（彼の手はありえない手紙をつかんでいた）やってみる価値がある勝負なら、手堅くいくことだ！

「それがわたしとどういう関係がありますかな？」

「逮捕の現場を見損ないます」

　できることなら、ここでカカと大笑いできたら、どんなにか気が楽だろう！　おかしなことをいう人ですなあ！　この気が狂った世界では、ちっぽけなホテルのカウンターでもおかしな人たちが冷静を装うってわけですか！　昨日のでぶった紳士がここにいたのは、わたしが目当てだった、コルセットで乳房を締め付けた、その連れの婦人もわたしを見張っていたというわけ。何ともご念の入った尾行、脅威的成果。そのうえ、このおかしな人はわたしが逮捕を見損なうとのたまう、あるいはわたしをからかっているときてる！　もう未来はない、真っ暗な袋小路。階上ではナディーヌが何も知らずにいる、かわいそうなナディーヌ……。どんな演技をしてみても始まらないので、バチスティ氏は驚いた振りをしてみたが、あまりに不自然だったので、彼のネクタイに見入っていたゴブファン氏は唖然とした。

「逮捕といいますと？」

恰幅のいい、赤毛の、六号室のイギリス人が、縁の狭いソフト帽を被り、休暇中の水兵が着るような灰色の外套を着てやってくると、鍵を預けた。

「No, letters?〔手紙は来てないかね？〕」

「No, Sir. Will you take, like yesterday, your evening meal in the room?〔いいえ、ございません。昨日のように、お部屋で夕食をお召し上がりになりますか？〕ムッスィユ・ブラックブリッジ」

ブラックブリッジ氏の喉から、錆びた滑車の上で軋む鎖のような声が飛び出してきた……。暗い結末で終わる不出来な芝居の幕間劇だ、ブラックブリッジ、黒い橋、まさにこの瞬間俺の項に落ちてくるのにお誂え向きな名前だ。滑車の鎖――鎖、独房――なんという符合だ！　フラウ・ローレライ・ヘクサンクランツ、すなわちマダム・ローレライ・ヘクセン〔魔女〕・クランツがエレベーターからいままさに出てこようとしている……。この世界の狂気は一から十まで芸術的に仕組まれている。

「No.（その英語は井戸に降りていく滑車の鎖のような笑いともつかぬ笑い声を再びたてた）I'm going to Tabarin〔タバランに行くので〕……」

「A wonderful show〔すばらしいショウをやってますからな〕ムッスィユ・ブラックブリッジ」と、ゴブファン氏が柔らかな抑揚をつけて言った。

通りに出た彼の縁の狭いソフト帽と灰色の外套が風に吹き上げられた。ロシュシュアール通りを歩いているつもりのこの赤毛の男を、魔女たちが尻も露わなサバト〔魔女の夜〕の方に連れ去っていく……。バチスティ氏は顎を緩めると、まるで一撃でも加えるようにこう繰り返した。

「逮捕とはどういうことかね？」

するとゴブファン氏は溺れかけた人のような微笑を見せた。

「例の黒人のそれですよ！」どの黒人？　俺が黒人だとでも言おうっていうのか？　気が狂ってしまえば、どんなこともありってわけだ。「ごく内密に行なわれます、奴の部屋か廊下でね。奴は抵抗もしないでしょう。もう警官が二人、レストランで待機してます」

何もかもが、不思議なことに、元の状態に収まっていく、動きのなかった旋風のあとに平衡状態がやってくる。飛行機は山肌目掛けてまっしぐらに突っ込んでいくと思っていたら、機首を立てなおし、そのまま飛行を続ける……。

「ああ、そのことですか」と、バチスティ氏は言った、「残念ながら、Time is money〔時は金なり〕でね。それはこのホテルにとって逆宣伝になりませんかな？」

「いや、むしろ逆ですとも。ここで事件が起こったわけではありませんから」

《喰えないおっさんよ、お前さんのホテルでこれまでどんな犯罪が起こったか知りたいもんですな》と、バチスティ氏は危うく訊ねるところだった——ところが飛行機は今度は、古生代の岩肌を剥出しにした地面目掛けて機首を垂直に下げ始めた——。バチスティ氏はあ、り、え、な、い手紙を握りしめた。素っ気なくこう言った。「勘定書きを用意しておいてくれ給え。三十分後に発つから」

この角張った顔が電話機に向かうかどうか見るとしよう！　バチスティ氏は籐のソファのところまで行くと座り込んだ。ゴブファン氏は案の定、受話器を手にした。バチスティ氏はじっと彼を伺いながら、手紙の封筒に思わず目をやった。《内務省……》、なんだ、これは？《Vatella & Misurini 食用パスタ卸商……》、《ムッスィュ・セザール・バチスティニ……》バカもいい加減にしろ！　あるいは自分の反応を知るための巧妙な間違いか？　ゴブファン氏は電話で洗濯屋のおかみさんと話していた。「洗濯物の勘定書きに間違いがあったもので……。大きなシーツ二十組、小さなシーツ十六組、枕カバー四十四枚、タオル六ダースですが……」バチスティ氏の耳は暗号となりそうな数字を聞き取っていた……。新聞売りがホテルの入口に甲高い声を投げ掛けた。「号外！　内閣の危機……」例の黒人が彼なりにめかしこんで、ダンサーのような軽快な足取りで、入ってきた。死刑台に向かって歩む殺人犯、二階では二人の警官が尤もらしく赤ワインを飲みながら待ち構えている。ゴブファン氏は「ちょっと待ってください、マダム、そのまま切らないで……」と言うと、黒人に部屋の鍵を差し出す。あの世に入るための鍵、もう肩にくっついていない頭を容れた篭を紐の先に引きずりながら入っていくあの世。《後生だから、門番よ、頭を元に戻してくれよ、罪の償いはすませたんだから》こう言うには、思うようにならない手を振り動かしながら腹話術でも使わなくてはなるまい……。ゴブファン氏はカウンターで、別な想像世界に浸って、妙に愛想よく頬笑んでいた。「ありがとう」と黒人が唇を動かさずに言った。もう先を読んで、腹話術を使っている！　バチスティ氏は束の間の夢想を遠ざけた。「この手紙はわたし宛てじゃない……」

「これはあの黒人宛てのものだ……」愚かしくも、思わずこう付け加えていた。

「これは、これは！」とゴブファン氏はびっくりして言った、「あの方だと狙いをつけられたのですな？　なるほど。でも、この手紙はあの方宛てではございませんので……」

彼は墓掘り人夫みたいな微笑を浮かべた。

「あの方宛てでもあなた宛てでもありません……、わたしの間違いで、お許しの程を、ムッスィユ・バチスティニ」

「バチスティ、です。ニ、は無しです。バチスティニからニをとったやつ」

「ニ、をとる」と、ゴブファン氏は黒人のことを考えて、手で首を切る仕草をし、ウインクしながら、言い足した。

……サマルカンドの市場では、いまでも年老いた語り部がマリオネット芝居の糸を手繰りながら「千一夜物語」を朗々と語っている。魔法の箱の中で指を動かすと、〈悪い黒人の王子〉が〈悪〉の地底から姿を表す。もう一度動かすと、〈正義〉の三日月刀が出現する……。平服の三人目の警官が、まるでそのように、姿を現わした。猪首と痩せた横顔から、バチスティ氏はすぐにそれと気付いた……。「上にいかれますか?」とゴブファン氏は溢れんばかりの興奮を抑えながら訊ねた。「いや、まだだ」と陰気な声で痩せた横顔が言った。彼はバチスティの方を振り向いた。《ここから出ることが何より肝心だ》と、Dは思った。

「ナディーヌ、早くして。十分したら出るんだ……」「ここは恐ろしいわ」とナディーヌが小声で答えた、「でも、出なくてはならなくて?」

苦悶も強迫観念も、わたしたちの与りしらぬリズムで薄れ、消えてゆく。わたしたち人間はそんな風にできている。だから、時には場所を変えるだけで十分なのだ。バチスティ夫妻はル・アーヴルに落ち着いた。空気は湿気と塩気を帯び、薄い靄が英仏海峡の方からやってきて、このブルジョワ風な穏やかな町の通りに漂っていた。木々さえも、葉を落としているとはいえ、パリのそれより豊かな樹液と健康な空気に養われているようだった。大きなカフェは豪奢な威厳をまだ保っていた。ブリュノ・バチスティは新聞が例の黒人の逮捕を報じないことにも不安を感じなかった。「数日間は、伏せておけるさ……」と彼はノエミに言った。（新しい名前に慣れることだよ……）白い波頭を立て大きくうねる、緑色がかった海を眺めていると、二人とも逃げおおせたという喜びを感じた。あたかも大海原を乗り越え、解決不能な問題との接触を断ったかのような気分になるのだった。

人は無意識の中に積み重なった記憶を頼りに生きているのだ、とブリュノは考えていた。山々を前にして呼吸すればずっと心地よいのは、原初の森林の記憶が目覚め、おののくからなのだ。洞窟に入ると不安に襲われるのは、原始の恐怖と呪術の時代の感覚が呼び覚まされるからなのだ、そして海は、逃避、冒険、発見を約束してくれる。人間がお互いに迫害し合い、殺し合うようになってから、実に多くの人々が追い詰められ海に救いを求めた。だから逃亡こそが地球の人口分布に貢献したに違いないし、征服者ではなく逃亡者こそが新世界への道を開いたと言える……。〈アルゴナウテス〉〔アルゴ船遠征隊〕の神話でさえ、イアソンの追放と逃亡の物語だ。〈黄金の羊毛〉は逃亡のシンボルとみなす他あるまい。現代人は自分の最近の経験に照らして、古代神話を読み解くべきだろう……。われわれが海の美しさに抱く感情を考察すること。美しい海も現実には非人間的で単調だ、しかもその広大無辺さは、浜辺に立って考える虫けらをむしろ怯えさせるものだろう。果てしない広がり、無目的な運動、自然の力、ああ、われわれ虫けらを圧倒する概念！　だがそれにもまして、空想上の安全を約束してくれる海。

　今や電報も人相書きも、秘密指令も偽情報も数時間で地球を回り、新たに発見する島も各国の権力から逃れ得る避難所もないのであれば、大都市の迷路が島以上に救いのチャンスを与えてくれる。それなのに、丸木舟で逃れた祖先たちと交信する数十万年間の無意識の声がまだ胸の底で鳴っているので、本能に合体した記憶についつい騙される……。都市はわれわれが作り上げた見事な監獄だ。しかも、そこを離れては、われわれはまず生きてはいけない。だが、できればそこから逃れたいと思ってしまう、ちょうど身の毛がよだつのを覚えながらも親しい人々の死を心ならずも願ってしまうように。おそらく、その死を通して自分の死を切望するからだろうが……。

「ナディーヌ＝ノエミ、僕はあれこれ計画をたててみたんだ、構造の問題に取り組む技師みたいにあれこれ頭を悩ませた。僕らはほとんど金がないし、その金もたまたま持ち合わせているにすぎない。今までは雇われていたから、金の心配などしたこともなかった。（金を軽蔑していることが僕らの力でもあったんだが、今度は金に背を向けられてしまったわけだ）こうなると、僕らに残っているのは手と頭だけというわけだが、あまり役に立ちそうもない……。僕は決定的解放を望むことにした、ヨーロッパ、アジア、都会、やがて来る戦争、そんなこんなにおさらばすることをね。トルストイはある点で正しいことを言っている。一人の人間にどれほどの土地が必要か？　食物を得るだけ、埋葬するだけの土地……。二人でどこか暖かな、活気に満ちた土地に行ってそれを手に入れよう。何もかも失ったんだから、せめて生きることの本源的意味を見つけなくちゃ……」

ノエミは上機嫌で答えた。

「神秘主義者の大貴族は菜食主義の年金生活者流の哲学をのたもうた、と教わったことがあるわ。怒らないで、遅ればせのトルストイ主義者さん、あなたがそんなことを言うなんてうれしいくらいなんだから」

二人はヨーロッパ最後の午前を、海岸にそって並ぶ別荘を茶化しながら、冷たい海岸の湿った砂利の上を歩いて過ごした。それらの別荘は、そこに閉じこめられた飛躍のない運命に似て貧相で気取ったものであったが、それでも人間の最良の部分の破壊に対する抵抗を訴えているようでもあり、何やら心揺さぶるのだった。色恋や美学への希求が、独房の中庭のように狭苦しい庭のロカイユの真ん中に置かれた、第二帝政期の高級娼婦を思わす石膏半身像となって表れていた。天球の光と清々しさを愛する気持ちは、倹約のため水を止めた噴水の上に、色つきガラス玉を置かせていた。別荘はそれぞれ、スコットランドの城、バイエルン地方の山小屋、トルコの四阿《あずまや》、ゴチック様式の館に似ようとしていた。だが、それらは破滅に逆らって悪あがきする大きな子供向けの玩具としか言いようがなかった。

ついで、浸食され、気高い線を見せる灰色の断崖が目の前にそびえたった。大地が形づくる線は常に気高く雄々しいものだ。この大地のもので滑稽なものなどひとつとしてないことにお気付きだろうか。滑稽なもの、貧相なもの、それは人間が作ったものの中に表れる。いわば敗北なのだ。われわれはみな、貧相で滑稽だ……。断崖の上を黄色い草が冠状に蔽っていた、中腹の岩穴に小鳥が巣を作り、大きく羽ばたいて巣を狙うものから巣を守っていた。頂上の要塞にはお飾りの大砲が見えた。青・白・赤の旗が無邪気に風になびいていた……。最近の地崩れの跡があり、二人は迂回しなくてはならなかった。激しい地崩れの様子を眺めていると、買物篭を腕に、砂浜に点在する数軒の家の方に向かっていた一人の女性が、この悪天候下の散歩者に怪訝な顔を向けながら、二人に挨拶した。

「一月前に起きたんですよ、すごい崩れ様でしょ?」

「犠牲者は出なかったんですか?」とブリュノは、こんな人里離れたところでは出るわけがないと思いながらも、儀礼上訊いてみた。

「お陰さまで。日曜でもないかぎり、それも季節のいい頃しかここを通るものはいませんから。平日だったんですよ、しかもこの季節じゃね……。ただ、あそこには、犬の調教師が小屋を建てて住んでたんですよ」

「そうですか」と、ノエミがさもありなんとばかりに言った、「それだけですんだんですか。では失礼します」

二人は明暗半ばした思いで道を引き返した。潮に打たれた断崖が、突然ひび割れ、動き、荒天にうごめく陰険な大地になり、ゆっくりと滑りだす。底知れぬざわめきが起こり、呻きとも地中の声とも歌ともつかぬものが聞こえてくる。いつもは敢然と風に立ち向かう石灰岩と粘土の壁の一部が傾き、スローモーションが一瞬の犯罪を映すように、ゆっくりと落ちかかる。わけのわからぬ破局が用意され、実現されてしまう。まるで、社会を襲う破局のように。それを予告するざわめきはジャズを聞く代わりに耳を傾けさえすれば前もって聞き得るものなのだ。《なんでもないさ》と良識家は答える、《あのざわめきなら百も承知さ。世界が変わってたまるものか、ほれこの通り、わたしたちは健康そのものさ……》

「さっきの小母さんのお陰さまで……がまだ耳に残ってるわ」と、ノエミが言った。「犬の調教師の他は誰も、か。わたし、その人のこと、考えてるの。きっと、流木で小屋を建てたんだ、ひびの入った崖の下で、たった一人、潮の音を聞きながら眠りにつき、目をさませばこの荒涼たる景色が目に飛び込んでくる……。犬を調教してどうしようとしてたんでしょう？　ヒトデをとってこさせようとしたのかしら？　ひとかけらの砂糖をもらうために後ろ足で立たせようとしてたのかしら？　そして偶然の巡り合わせが彼とその犬たちを殺してしまったんだわ！」

彼女は崖に見入った。

「何だかここに住んでみたくなったわ。頑丈そうに見えるし。そのぐらいの危険は冒してもいいって気がする……。そして、ある晩、数トンの土がわたしたちを埋めてしまう、それもいいじゃない？　一人も犠牲者なし、ただ、わたしたちの他は……」

ブリュノは言った。

「しばらくすると、こう書かれるわけだ、たったひとつの街、たったひとつの軍、たったひとつの民族、たったひとつの国の他は……って具合に。崖崩れに埋まったひとつの国……。まもなく崩壊の時がやってくる。各国の参謀本部はヨーロッパ全土の数字を今頃はじき出しているんだ、それもいろんなケースを想定して。戦争の最初の年、何百万の若者の命が奪われるか、出生率が何パーセント減少するか、生産量はどのくらいになるか。それはヒマラヤの崩落でベルギー一国が消滅することに匹敵するだろう、機械、部隊、人命も含めて……。もはや時間の問題にすぎない。われわれの計算は日食の予想と同じくらい正確に、その時をはじき出している。最終期限がいつか、予想を立てている。だが、予想より早くその時が来る可能性もある。歴史という狂った神はせっかちだからね……」

冷たく塩気を含んだ海風が強まっていた。その風に逆らって二人は歩いていた。ノエミは振り返った、風が彼女を包み込んだ。帽子も被らず、ポケットに両手を突っ込み、前かがみになって近づいてくるブリュノの姿が見えた。滑りやすい砂利の上を歩く毅然たる足取り、皺を寄せた額、口元の深刻な表情を目にして、彼女は思わず大声で訊いた。

「なんて言ったの？　ほとんど聞こえなかったの……、風が……、サーシャ……」

「いや、何も、何も……」

彼は力一杯こう言いたかった、《何も……。何もかもなくなる世界を予告してるんだ。残忍な行為、破壊、狂気、虚無……。何もかもなくなった世界！》ずっと前から熟していたその幻影が、過去、犯罪的行為、未来を照らしだす数学の公式にも似た非主観的明確さをもって、彼の内面で鮮やかに浮かび上がっていたのだから。《残らなくては……。守らなくてはならない。だが、おまえは何も守れないだろう。おまえは動きだす前に消されてしまうだろう……。何もかも生き残れない。われわれの時代の魔法の言葉、鍵言葉、それは無だ……》

《僕はあの働き蟻のようになりたい、粉々になった都市で、しゃにむに一人の子供、一人の負傷者、ひとつの道具、一冊の本を救うことに力を尽くすんだ……。敵の街で地下に隠れて、破壊計画者たちの本部を根絶することに絶えず力を尽くす、あのどういうことのない頭脳のひとつになりたいんだ。生命を正当化する最後の手段、それは破壊者どもを破壊すること、彼らの仕事を仕上げることになるのではないかなど考えずに》

彼は苦い喜びに浸りながら、風の中で叫んだ。

「ナディーヌ＝ノエミ、僕はキャッチフレーズを見つけたよ……。（塩辛い空気を吸い込み、彼はむせた。毒ガスのことがふと頭を掠め、彼は唾を吐いた）キャッチフレーズ、それは、破壊者たちは……破壊されて……然るべきだ……」

突如、風が落ちた。ノエミは立ち止まっていた。彼はノエミを抱きしめた。

「何を叫んでいたの、サーシャ？　気が変になったみたいだったわ。大丈夫？」

「何にも。（この言葉は一切の質問に対する答えとして、これからも絶えず彼の口から出てくるのだろうか？）ナディーヌ、どんなことが起ころうと、僕らは残るべきだと考えていたんだ……。僕はこの世界に執着がある、僕らはこの世界を守らなくてはならない。逃げ出すなんて恥ずかしい……」

「どこに残るって言うの、サーシャ？　何をするの？　どうなるかわかってるっていうのに……。わたしだって苦しんでいるわ」

髪を乱して彼は頭を振った。あの幻影から醒め、弱い自分を曝け出すことに不快を感じながら、彼は言った。

「もうじき船に乗るんだから、心配しないでいいよ。僕は気が張ってもいるし、気が鬱いでもいる。休みたいな。大丈夫、何でもない、何でもない」

　何でもない。これもまた、正しい判断だ。何もかも判っていたら、生きていけるだろうか？　人はどうやってだかわからないが、自分の穏当な凡俗さに戻っていく。それでいいんだ。

……二人はその午後、何事もなく乗船した。立派なパスポート、しかも本物の、国籍もイタリア、しかも黒シャツ〔イタリア・ファシスト〕、これなら誰だって信用しようというもの、無国籍者やスペイン共和派の乗客には見えない！　桟橋に集まった大勢の人たちのなかに、不審な顔はひとつもない。（あるいはみんながみんな怪しいともいえたが）Dはなんの支障もなかったことを残念にさえ思った。二人は専用の船室をとった。クリーム色とブルーのツートンカラーの船室。Dは近くの船室の客やこれといった上客について船室係に訊ねた。シュヴァルブ氏、ダイヤモンド商、とその夫人、プロテスタントの牧師フーゲ、その夫人と息子、ジル・ギュリ、どこそこの副領事、ミス・グロリア・パーリング、踊り子、とその女助手……。

「それは結構」と、バチスティ氏は言った、「相客に恵まれて、いい旅ができそうですな」

「そうですとも。他にも、ウアド王子とそのお供の方々、アメリカの慈善家カルヴィン・H・W・フラット夫人もいらっしゃいます……」

「へえ、そりゃ！」と、バチスティ氏は野卑な言葉を使ってしまったが、それは彼の身なりや言葉遣いとはそぐわなかった。

船室係はデッキチェアーの置いてあるデッキに通じる階段の方に急いで行った。どうやら自分のダイヤモンドを救い出した商人、ヨーロッパでのヴァカンスを、美術館見物、福音書的夕食、亡びゆくパリをこっそりのぞくことを終えてきた聖職者、海外に閑職を得て、さし当り次の総動員を逃れられるとホッとして、任地に向かう外交官、わざわざ肌色のコントラストまで考えた上で選んだ褐色の肌の助手に、その胸に触れる手と同じくらい乱暴な口調で、「やっと二人きりよ、ダーリン」と言っているプラチナブロンドの髪の踊り子。だが、ウアド王子とは何者か？　エジプト、イラク？　どこの王子だ？　ベドウィンやアラブの貧しい農夫の汗から搾り取ったドルを掻き集めた王子。写真映りを考えて、あのアラブ特有な頭巾つき外套を羽織って外遊というわけか、それともモナコの常連なのか？　石油問題に関心を寄せているのか？　シカゴの慈善家を誘惑しようというのか？　あの踊り子に誘惑されるのか？　船室係は勝手に興味ある人物を並べ立てるものなんだ。だからどうということはない。各人それぞれ自分の小切手帳を持ってるんだから、世界が滅びようとどうということないわけだ！　王子を含めるか否かに関係なく、彼らはこれっぽちも凶悪さがない人たちなんだろう。でも、この世界で現に起こっていることに何も気付いていないんですよ、飛んで火に入る夏の虫ご同様なんですよ、と聞かされたら、ひどく驚くに違いない……。洒落たガーデンパーティが終わった暁には……。俺はこの中にあって唯一の贋金だ、なぜなら俺は正真正銘の本物だからだ。自分が何を逃れようとしているか、何から逃れたくないかを知っている唯一の者だ……。あるいは杞憂が過ぎてるだけなのか。

「ここで待っててくれ」ブリュノはノエミに言った。彼は船内を調べ回った。船客の横顔、正面の顔を探った。調査の結果に満足して戻ってきた。怪しい影はなにもない。何も。

ヨーロッパの海岸に点々と灯る灯が水平線の彼方に消えた。無機物のように抵抗力のある水面を船首が掘り耕していく。その水面の遥か彼方には、おそらく、なにもないのだろう。

第二部　雪の下の炎

わたしの知っているすべての街、知らないすべての街が
ひび割れた氷原さながら、赤裸な曙光に向って流されていく……

老朽爆撃機は凍りついた靄の中を重々しく機首を下げた……。クリメンティは呟く、「難しい空域だな……、ガタ、ガタ、ガタ……」冷気は彼の毛皮のコートを刺し貫き、骨に凍み込む。冗談めかして一層歯をガタガタいわせる……。「修羅場なら数え切れないほどくぐり抜けてきたから、絶対大丈夫だという気がするんだ。ただね、同志、こいつは迷信じみた考えだということも判っちゃいるんだ……。だから少々やっかいなんだな……。運に頼るほかないってのに、それが迷信だとなりゃ、ね？」ダリアが答える、「あなたは迷信家なんかじゃなくてよ、狼みたいにしっかりしてるわ……。そう、狼に似てる。本当の運ってのは、勇気よ。これ以上現実的なものはなくてよ……」「そうはいっても、俺はいつだっておっかなびっくりさ！」「本当の勇気というのは、いつもおっかなびっくりしてるものよ、でも、しなくてはならないことはし遂げるわ……」

クリメンティは飛行機の中を見回した。ごたごたと物がいっぱい詰まってはいるが、雪の中にしっかり立てられたテントのように寒さは勝手に吹き込むものの、居心地のよい機内。「これで、欠けてるものといやぁ……」ダリアにはわかった。彼女は肩をすくめると、「なんなの？」と言った。ダリアは先程までくるまって寝ていた大きな熊の毛皮を引き寄せた。この爆撃機の腹部は荷物や人間がびっしり詰まった金属製の地下道を彼女に思いつかせた。そこの冷たい空気は重傷者の排泄物のせいで、吐き気を催させたのだったが。ダリアは目を覚ました時するように、五本の指で顔をこすった。「地上を見てみるかい?」とクリメンティが誘った。砲弾の破片が機体に穴をあけていた。その半月形の穴は応急処置としてブリキ片でふさがれていた。兵士クリメンティは膝の下のそのブリキをずらした。ダリアの顔一面に湿った冷たい、しかし澄み切った空気が吹きこんだ。心地よかった。「前線が見えるだろ……。奴ら、いつもこの辺りで撃ってくるんだ」乳色の靄のため何も見えなかった。「着陸は楽じゃないな……」クリメンティは自嘲するように、小声で、あるとんでもないへまのことを語った。バルチック海のこの忌まわしい靄の中で方向を見失った飛行機が、夕暮どき、いつもの合図に従って無事着陸したんだ、ところがそれがドイツ＝フィンランド軍の戦線地帯だったんだ。それで、そのかなりの乗員は一週間の尋問ののち全員射殺されちまった……。

「ガタ、ガタ、ガタ、そのうち、幸福な生活ってやつがやってくるんだろ、ね、同志」

「わたしをおっかながらせようとしてるの?」と、靄のように青白い目をしたダリアが言った。

「まあ、まあ、そう怒りなさんな、ダリア・ニキフォロヴナ。一度恐怖に取りつかれると、立ち直れなくてね。誰だってそうだろうよ。だが、俺は気にしないのさ、恐怖を感じたってどうということない。持病の腹痛みたいなものさ、慣れっこさ、それだけのこと。人間なんて取るに足りないものさ……。どうってことないんだ、あんたにしても俺にしても、他の誰かれにしても。国家が何よりときてる……。人間が何より大事になるような幸福な生活ってやつを、俺は真剣に考えてるんだ、そいつは俺たちの墓の上に築かれるんだろうな……。あの街は大きな墓地だ。俺は好きだけどね。好きにならずにはいられない街だ。きつい火酒をおごらせてもらうよ、きっとね……」

「奥さんは待ってるの？」

「しっかりとね、土の下で、さ。食いものもビタミンもなしで、十三時間工場で働いて、六ヵ月したらくたばっちまった、油の切れた常夜灯みたいに……。俺は女房が工場から撤退させてもらえるよう、八方手を尽くしたんだ。でも、技術者や将校や、勲章をもらった英雄の奥さんが優先ってわけさ……。それでいいのさ。俺も勲章をもらったが、遅すぎたんだ。骨がぞくぞくするな、もう誰も待っちゃいない、この俺が運命を待ってるってわけさ。一巻の終わりか新たな恋か……。人と人のつながり、このぬくもりはいつも変わらない、そうだろ？　過去のぬくもりだってすっかり消えちまうわけじゃないやね、こうして生きてると……。勝利を収めるまでは俺は再婚しない……。《涙なき結婚！》これが俺の厳命さ」

「その通りよ、クリム」と、ダリアは言った。

「俺は学んだのさ」と彼は答えたが、その表現が曖昧で、誇りを込めてだか皮肉を込めてだかわからなかった。

爆撃機の機体の下、乳白色の靄が晴れてきた。大理石のような白い血管が走る、黒っぽい平らな地面が顔をのぞかせる。黒ずんだ太い曲線がくっきりと浮かびでていた、まるで地殻のひび割れのように。だが、地球をひび割れさせるような兵器はまだ開発されていない。ただ、この調子で行けば、やがて開発されよう……。「ネヴァ河だ！」と、クリメンティが叫んだ。

愚かにも、いかにも優等生らしく、ダリアはピョートル大帝のことを考えた。あの聡明にしてサディスチックな野人、この川の流れに沿って荒れ地を歩き回り、大病人のような顔色、軟弱で、猫のような、皺だらけの顔立ちをひきしめ、意欲みなぎる渋面をつくると、《ここに、街を建てる……》と言明したピョートル一世。《アジアはここで西欧への窓を開くであろう、われわれはもはやアジアではなくなるであろう……》彼の天才的狂気はアジアからの脱出を求めた。やがて、彼は妻の若き愛人の切り落とした首をアルコールの広口瓶に詰めさせ、その瓶を大きな鏡のある暖炉の上に置かせた。そして、妻、エカチェリーナ皇后が入ってくる、三人は面と向かいながら食事をともにした……。われわれもその血を引いているんだ。

……この前この町に来たとき、四年前だったけど、わたしたちは生まれ変わりつつあった、とダリアは思った。特権階級の人々がそれなりの衣装をまとい、群れなして中央大通りを、春のうららかな陽射しを浴びてさまよい歩いていた。わたしの心の中は死んでいった人たちへの思いでいっぱいだった。人の群れは彼らのことなど知らぬげだった。自分を生きることしか求めてなかった、踊り興じていたっけ……。戦争がまた近づいているという悪夢がわたしの心をとらえていた。群衆はそんなことなど知らなかった、新聞は平和政策を断言していたから。戦争という悪魔と手を結ぶように仕向けるにはそうしなければならなかったのだろうが……。悪魔がその矛先をどこか余所に向けてくれますように、わたしたちは平和に暮らすのを願っているんだから。それにそう願って当然、エゴイストで退廃したブルジョワ西欧より何倍も苦しみを味わったんだから……。今度は西欧がツケを払う番だ、生きるとはたらふく喰うこと、たらふくセックスすること、たらふく眠ることではなく、冷酷ななにか、名付け様もないほど冷酷ななにかであることを西欧が学んでくれますように。わたしたちはそのことを思い知ったんだ、世界を変えようとしたばかりに！（そのうえ、おそらく、真に人間的世界を建設できなかったし、残忍な人間の新たな到来を防ぐこともできなかった……）橋の四隅にブロンズの馬の調教師像が立ち、宮殿が間隔をあけて立ち並ぶ広い歩道で、わたしはいろんな人に出会った。バレエ団の踊り子たち、おそらく彼女等は要人の愛人だろう、検閲にもかかわらずなんとか作品を書き続けている作家たち、彼らは創作よりも自己検閲により多くの時間を割いているんだろう、強制収容所から戻ってきて、勲章を授けられたエンジニアたち、刑務所から出てきた歴史学者たち、彼らはかつてはバブーフとパリ・コミューンとカール・マルクスとわれわれの連続性を、いまではイヴァン雷帝とピョートル大帝と社会主義の輝かしい連続性を厳密に立証している……。「ともかく」と脂ぎったアカデミー会員はわたしに言った、「どれもこれも真実なんですな、われわれは歴史的連続性の総ざらいをしているわけでして……」おそらく彼の言う通りだろう。劇作家たちは裏切りを主題にした作品を書いていた。あるものは叙事詩的作品を急遽裏切り劇に仕立て直した、その第五幕は英雄がただの敵方スパイだったことを暴いていた、これが大当たりだった。

　彼らは異性の気を惹き、本についてあれこれ語り、手入れの行き届いた立派な犬を引き連れて歩いていた。カザン大聖堂の列柱はわたしの目にはほっそりしているように見えた、運河を流れる黒ずんだ水は白い雲を映していた、血の上の救世主教会（血とはある皇帝〔アレクサンドル二世〕の血だ）は、けばけばしい色で飾られていた、血は石のさまざまな色を浮き立たせている……。わたしたちは集団で、小さな中国風の橋を飾っている翼のついた金色の獅子像を見に行った。道々、パリのモードはどうなっているか、マドリッドの爆撃はどうかときかれたが、どちらかといえば、パリモードの方に関心が向いているようだった〔息の根を止められたスペインに興味をもつふりをするほうが適切なのに〕。わたしたちは立派な校訂版の本に目を通した。わたしは、一九一七年に焼失した旧裁判所の跡地に建てられた公安部の建物の赤御影石の縦波模様を見に行った……。今や十六階建て、部屋の数はどれくらいだろう！　押しも押されもせぬ進歩の証拠……。隣の監獄、これは何も変わってなかった……。それなりの用心からかわたしへの心遣いか、真剣な話題は何も出てこなかった。誰も将来を気遣っているようには見えなかった……。わたしは礼儀上ある文士のこんな文学談義に耳を傾けていた、「悲劇こそ歴史の本道といえます……。ロベスピエール派が滅びる間、パリは遊びにうつつを抜かしてたんです……。パリは正しかったんです。本当の永続革命、そんなのは二の次、ギロチンは正しいか否か、ぼろぼろの勝利、そんなのも二の次。生き生きしてるパリ、恋、生きる喜び、それに豊かさを味わっているパリ……。僕は、マダム・レカミエ〔反ナポレオン派の集まるサロンを開き、王政復古期には多くの著名人の集まるサロンを開く。何より友情を愛した〕について小説を書くつもりです。なんて素晴らしい人だったんでしょう！」「マダム・ロラン〔フランス革命の支持者。ジロンド派の中心人物。ロラン・ド・ラ・プラティエール〕だって素敵な人じゃなくて？」と、わたしは訊いた。「率直に言って、あの人はうんざりです。最後の最後まで衒学者だった！　それに、彼女、ジロンド派です……。ジロンド派って、ぞっとしますね！」　この文士さまは海辺の別荘に磁器の蒐集品を飾っていて、わたしに見にくるように誘った。「素晴らしいマイセン磁器のコレクションがあるんですよ！」　わたしは、ジロンド派だって磁器の蒐集はやめたのに、と反論することもなく、ただ力なく頷いた……。彼は力のこもった、哀しげな目をしていた。わたしはこう訊いてみたくてしょうがなかった、《なぜあなたはそうやって嘘をついているの?》だがそんな質問をしたら、彼は一週間酒浸りにならなくてはならなかったろう。その彼も前線で死んだ。彼の遺作ともいうべき前線現地報告はまったくつまらないものだった……。彼にはひ弱な善意があった。畑で殺される小牛に、子供のように涙を流した。それに、例の楽観的な将官にインタヴュした際、彼はいかにも雄々しい愛国者のような口ぶりだったが、そのせいか彼の声は虚ろに響いた……。

「クリメンティ、街は相当被害を受けたのかしら?」

「それほどじゃないと思うがね。ともかく石造りの建造物は……。頑丈さを誇ってる建物だから、ね。死者は百万そこそこ、ん、百万を超えたかな、この冬……。住民三人に一人、場合によると、二人に一人……」

「本当に?」

「びっくりすることはないよ、ダリア・ニキフォロヴナ。俺らのような国では、百万といっても、百八十分の一にすぎないんだ……。今度の戦争みたいな戦争の割りには……。それに地球には生産手段の割りには人間が多すぎるんじゃないかね?」

またしてもダリアは、彼が単に率直な人なのか、どうしようもないほどのひねくれ者なのか、わからなくなった。彼女は最初の仮説の方をとりたいと思った。彼は機体腹部の穴をまた器用に塞いだ。大男の負傷者は眠りに落ち、ひゅうひゅう寝息をたてていた。機長の声が「着陸用意……」と告げた。クリメンティの痩せた青白い顔には皮肉の影さえなかった、その顔はこう言っているように見えた、俺たちなんてこんなもんさ、俺たち、若い世代の生き残りは、ね。あきらめちゃいるが、自覚的で、断固としていて、統計ほど辛辣でもなく、歴史の流れほど無気力でもない。川には川の考えがある。氷塊やら藁屑やら死体やら肥沃な泥土やらを運んでいく。流れていながら、いつもそこにある。川辺の葦のなかに、あるいは花崗岩の川岸で砕けて消えていく水滴のことなど気にもかけずに、ね。クリメンティは背嚢の負い皮を肩にはめていた。ダリアは突然自分のことを考えた。四年の間待ち望んだ解放はなんの喜びももたらさなかった、もうこの世に喜びなんて残っていないように思えたから。辛かった歳月が突如彼女から遠ざかっていった、後悔も希望もなく。ただ、急にもうひとつの運命を始めるんだという懶い驚きをかすかに感じた。地域司令部からの連絡が入る、進路指令、戦闘指示が書かれている、パリ以来何事もなかったかのように。《第……軍、……機関の指示に従うこと》、「いつ出発できるか」と、地域司令官は問うていた。「そう……、明日にでも」と、ダリアは深く考えもせず答えた。わたしは今晩にでも出発できるわ、あなたがたの乾き切った孤独にも、わたしの無用な人生にも、あなたがたのさもしい倦怠にも何の未練もないんだから……。

わずかな下着と服をまとめる時間、強迫観念に取り付かれる恐れから逃れるためにつけていた日記を燃やす時間さえあれば大丈夫。それにしても変な文書だ、この日記は。十分に考え抜いた末、人物にしろ事件や考えにしろ、その朧な輪郭しか書かれていない。実生活から切り取った空隙で織りなされている詩。万一押収されたとしても、いかなる名詞も、しかとわかる顔立ちも、過去の明確な痕跡も、成し遂げた使命の示唆もつかみ得ないはずだ（使命については、前もって許可を得ない限り誰も書き残すことは許されない）、いかなる苦悶や苦しみの表現もない——これは矜持のため——、いかなる疑念や計算の表現もない——これは用心のため——、もちろんイデオロギーのかけらも見られない、なぜならイデオロギーとは結局のところ落し穴の底の泥なんだから。

三次元でありながら、言いようのない神秘な四次元の世界に忽ち変わる精神的パズル、そんなパズルに似たこの空隙だらけの日記を苦心惨憺してつけることに彼女は熱中していたものだった。ダリアはそこにバルセロナの名も、カプロニ〔ミラノ郊外にあった航空機（爆撃機）製造会社〕の爆撃のことも、ある瀕死状態の共和政体を救済するための活動のことも、当時一人の素朴で逞しい男と過ごした夜夜という素晴らしい思い出のことも、書き記すことはできなかった。あの男にとって、欲望の充足はまさしく祭典であり、ことが済むと彼は戦争のこと、未来のこと、人間性について、愛する大地について、おそらく巧みに、しゃべりにしゃべるのだったが……。抱擁に中断されたあれらの会話、そのひとかけらさえ書いてない！　第三者の専門家が読めば、そのなかの一句でさえ、不当きわまる断罪をもたらしたであろう。それにしてもあの男は生きていた、おそらく別な女と暮らしている……。（ああ、その女はなんて幸福なことだろう、彼のことを理解さえしていれば！）　ダリアは逢引のために二人が選んだ名もない山の頂きから見つめた海の色、波のうねりの様だけを書き残していた。あれはなんと心地よかったことだろう、熱砂があの小さな村を霧のように包み、砂漠に息が詰まるような砂塵を巻き上げ、粘土造りの低い農家の中に入り込み、ランプの炎を揺らめかす中で……。ダリアは男の呼吸――それが愛人のそれだとは言わずに――、男の筋肉の魔法にかかったような顫動――それが愛の交歓のさなかだとは言わずに――を書き記していた。波、うねり、呼吸、動き、緊張、弛緩、肉の放逸、精神の燐光、それらは彼女のうちで以前は思ってもみなかった財産になっていた、それをダリアは闇の井戸から引き上げ、光のもとにさらしたのだ、汲み尽しえぬ宝！　波、肩の輪郭、瞬き……がこれほど完全に表現されることはないだろう。誰でも見たつもりでもほとんど見ていないものだ。でもここには、もはやないもの、かつてあったものを魔法の拡大レンズを通してみることができる。肌のざらざらした粒子、上半身の彫刻のような形は悲壮なまでに強度を得て、ギリシャ彫刻の断片にその弱い残映を見るばかりだ。彫像の断片は神秘の影に包まれている、それは想像力を刺激し、たとえば生き生きした乳房であれば、唯一無二その乳房だけで、その人間としての濃密さとその女性そのものが確かなものとして表される。

心の動揺のあまり書く手をしばしば中断しなければ、その男の顔貌について、彼女は一冊の本をも書きえただろう。ありとあらゆる顔がたったひとつの顔になって立ち現れる。どの顔にも似ていない、その顔の輝きが無数の人々の魂を照らし出す。ダリアはこれほど強い、これほど悲痛な幻視に一人で立ち向かう力がないように感じていた。その〈顔〉が、内面の、外面の、その両者のまったき生を、目や表情に込められた自然な驚異を通して、揺り動かしていた……。観想することのめまい、至高の理解に達しそうだということのめまい……。鉄筋コンクリート造りの数件の家が、突然、人影のない残骸をさらした時、ダリアは現実に戻る。まるで、春の恵みともいえる穏やかな昼日中、穏やかな天候の中に突然嵐の気配を感じるように。だが、飛行機に怯える街も、倒壊した家屋も、ギラギラする真昼の空を飛ぶ飛行機も見えなかった。嵐や恐怖、反抗、罪、世界の脆さなどの剥き出しの感覚、金色を帯びた蒼い天頂でなぜとも知らずに生まれる感覚は、ただ文章《エクリチュール》だけが生み出すものだった。

深大な沈黙の周りにアラベスク模様をちりばめたようなこの遠回しな文章で、一体どうすれば考えることの苦しみを表わしえようか？　その苦しみは姿を現わすとも隠すともなくいたるところに見え、いたるところに溶暗していた。矛盾してはいるが目が眩むほどの明るさを、どうしたら薄ボンヤリした陰に溶かしうるだろうか？　ダリアはそうすることに成功したと信じた。パリの植物園やロピタル大通りのバーの裏部屋でのサーシャとの最初の会話は、通りの照明、きれいに刈り込まれた並木の周囲に漂う秋の朽ち葉の饐えた臭い、その向こうの温室のうす蒼さ、遊歩道を行く足取りの不確かさ、居心地のよい、ありふれた、しかも衝撃的な陳腐さに満ちた葉巻色の室内、それらの描写の中に紛らわせた。サーシャ自身は熱帯地方の風景のイメージに溶かし込もうとしたが、これは中断した。（というのも彼女が一度も南洋になど行ったことがないのは知れてることだから、質問されるかもしれない――それらの国に知り合いはいるのかね？　見抜かれるかも知れない）ところが彼女はアジャリスタン〔現グルジア共和国のトルコに接する地域（現アジャール自治共和国）のトルコ名〕のチケス＝ジリ〔バトゥミの北十七キロ。古名ペトラ〕近郊の植物園にある小さな竹林について描写してしまった。これらの名詞は禁句だ、固有名詞はだめだ！　雨のあと色を増す細長い緑、赤土の香り、羊歯の茂み……。彼女はまたレールモントフの有名な詩「三本の棕櫚」の注釈も書き残した、そこには子供らしい情感が豊かな枝を張っていた。

　最も困難な問題、それは大きな喪の悲しみに関するものだ。そのため彼女は一冊のノートをこれに充てた。あの音楽家の死、あの金鉱探しの死、あの発明家の死、あの熱心な無神論者の死、あの狭量な献身を信じていた信者の死、あの拗ね者の死、あの聡明なユートピストを襲った突然の死、あの裏切られた軍人の死に際の憤り……そして彼らは誰もかもが良心の咎め、驚愕、志気、虚無の認識、挫折への怒り、困惑した信念、肉体の震えをもって最期と向き合ったのだ。このノートは無用心ではあったが、書かずにはいられなかったものだ。とはいえ彼女は活動家の単なる死は書かなかった、その死について語るとき、多くは高尚な知的生についてしか語っていない。これでは何も語ってないも同然だ！　深淵は、深淵への落下はそんなものではなかった……。これらの文章は出発前に焼いた、それがよかった。特別部隊の幕僚イパトフが巡察に来て、いかにも同志らしく優しく振舞い、上等な紙巻タバコやアルメニア産のコニャック一瓶を渡してくれた——「ヘネシーより香りがいいぞ！」——ものの、この女流刑囚が長い孤独な夜夜、あばら家で何を書いていたのか尋ねたのだから。「君はノートを受け取っていたね、いろいろ書いてるんだろ、何もかも知ってるんだよ！」ダリアは数冊のノートをテーブルの上に放った。「見てもいいかね？」彼はノートを広げ、注意深くそれらに目を通し、何ヵ所かの削除部分について説明を求めた……。「うん、なかなかよく書けてる、一級の文章家といったとこだ、ダリア・ニキフォロヴナ。本を書くつもりかね？」「ええ」「その本の出版が許可されることを衷心から願ってるよ……。その暁には二万ルーブリにはなるだろう……、ここはいい、この雨の描写……、でも大衆には難解に過ぎるな……、手の描写のこの部分、感動するね……」もうだいぶ暗くなっていたので、この女流刑囚が顔を赤らめたのは幕僚イパトフには見えなかった。「男の手と女の手があるようだ、その手が複雑に絡み合うような予感がするが……。まあ、こんな凝った書き方だと出版されるかどうか……。でも才能があるよ、君は！」彼にも目の利く検閲官としての才能があっただけに、ダリアは前々日あの死者に関するノートを焼いておいてよかったと思った。幕僚イパトフならあの内容を理解できただろう……。

彼女はすべてのノートを悔いもなく焼いた。(ノートには悔いについて一行も書いてなかった)

五十家族ほどのカザフ人が暮らすその村落は、干上がった小川（とはいえ、春の数週間だけ山からの泥水に恵まれるのだが）に沿って長く延びていた。地面、といっても凝固した砂だが、そのでこぼこさながら、傾いた大小さまざまな五十軒ほどのあばら家。その中で一段と高いのは崩れた小塔付きで四メートルもあるが、それは〈預言者〉のモスクの中でも最も荒れ果てたモスクだった。ただし信者の信仰心はいまだ燃え盛っていたが。その平らな屋根は、この夕刻、埃色に赤茶けていた。古代さながらの女たちは井戸端でじっと動かず、濃い影を作っていたが、近づくとその影は優雅な姿を見せた。若い娘たちは、ほっそりした体、きりっとした目鼻立ち、雌鹿の瞳、年寄りの女たちは、三十年にわたる孤立した生活の不自由さに磨り減り、砂漠の不変の光景や、水、食料、アク・アウルの川の流れのようには干上がらせまいとする母乳の心配で、黒い目の奥まで枯れ切っていた。その近くで、うずくまった一頭のらくだがたるんだ瘤の突飛なシルエットを浮かび上がらせていた。

地平線にかかった穏やかな火炎が黄金色に反射して室内に拡がっていた。ダリアは学校の児童たちに別れを告げるため、ほとんどすべての住居に入らなくてはならなかった。「もう金の雄鶏やごろごろ猫ちゃんのお話をしてあげられないの。ちゃんと文字を勉強して、わたしたちの祖国を愛するのよ、あなたたちが大きくなったころにはきっとよくなってるわ……」（敵世界がわたしたちを皆殺しにしない限り……わたしたちの若いエゴイズムがわたしたちを奈落の底に突き落とさない限り、あなたたちのうちで大きくなった者たちが……）「あなたたちのお兄さんたちはティムール・ラン〔ティムール帝国の創建者。一般に単にティムールと呼ばれる〕の戦士として戦っているのよ……」そんなことは彼らにもわかっていた。ティムール・ラン！　今によみがえった歴史上の人物……。古びた大長持の金具が光っている。昔の銀貨のネックレスをした老婆たちが、ダリアのために立ち上がる、痩せて、赤銅色の肌をし、原色の縞模様の服をまとい、垢まみれの、厳しく悲しげな表情の老人たち。赤黒く薄い、皺の走る唇をした重々しい顔が、ダリアに向かって下げられ、たとえ信者でなくとも親愛なる旅人の出発を励ますためにコーランに書かれた良き前途を願う言葉を口ずさむ……。

　ダリアは自分の財産を分けてやる。財産といっても、一キロの乾燥した黒パン、二分の一キロの砂糖、キャンデー、それに芳香性化粧石鹸。その石鹸を若い嫁や若い母親に小さく切り分けてやると、結晶した砂のような目の中に喜びの火花がきらめいた。ここの誰も薔薇がどんなものだか知らないものの、それは《まるで薔薇のクリーム》と言われていたのだから。ダリアはその石鹸に悩まされ、時には性病がもとで結膜炎に蝕まれている子供たちの洗眼用に硼砂を残した。ダリアはそのポストの許可はきっと取るからと約束して、学校の仕事をポーランド人女性に依頼した。「ここの子供たちはとても頭がいいの……。あの子たちの頭脳はここの大地みたいに乾いているの……」そして、リュックを背にし、遥かな平地、どんよりと悲しげな影に包まれた平地に向かって一人歩き出した。燃えさかる夕陽は傾き、紫色を帯びた砂丘、青みがかった黄色の空だけが浮き立っている。大きな無言の悲しみが、大きな瘢痕に包まれるような感慨がおそってきた……。

「おめでとう、飛行場までわたしが案内しましょう……」と当管区指導者が言った。彼は新聞紙で巻いた粗い粒状のタバコを吸っていた。戸外では石化した砂が燃え立っていた。取り散らかした事務所の中で、ひ弱そうで、右目を黒い布で覆い、汚い手をしたこの将校には初めて会ったのだが、ダリアは彼が退屈で窒息死すまいとして流刑囚をなんとなく迫害しているんだとわかった。「戦線のニュースはどうですか、アキム・アキミッチ。第二戦線は?」「あの帝国主義のごろつきどもの第二戦線ですか」と片目の男が苦々しく返事をする、「あなたはあれを信じてらっしゃるんですか。やつらはそろいもそろってわしらの死を望んでるんです、請合ってもいいですよ。われわれは孤立してるんです」これだけ言っただけで疲れきって、消え入りそうな様子。ダリアは学校の問題、六十七人の利発な生徒、一日一時間の二クラス、読み、書き、算数について意見を伝える。あのポーランド人女性を推薦します、彼女はやる気のあるいい方です……。かつてポーランドの弾丸で右目をやられた当管区指導者、アキム・アキミッチは冷淡な口調になる。

「あれは地主の娘で、保険会社社長、彼も資本主義者でしたが、の寡婦で、おまけにカトリック信者ですぞ！　わたしらの子供の教育を彼女に任せたりして、あなたが責任を取れますかな」

「わたしは誰の責任も取りません、もし訊かれたとしたら、あなたのことだってわたしは責任取れませんわ、アキム・アキミッチ！　でも学校はあなたの責任下にあるんです。学校に女性教師を送っていただけたら、わたしはそれだけで安心して……」

彼は責任問題を出されて折れてきた。理性を失うまで飲みたくなるようなこのぞっとする砂漠の真ん中でも責任ある地位にあることに自尊心をくすぐられたのだろう。彼はそのポーランド人女性を呼び出し、それとなく脅迫めいた会話を交わし、その挙句白人女の腹を手に入れられるかもしれない喜びを心の中で計算する……。

「その問題は考えておきましょう……。ともかく手持ちの人材を使わない手はない……。カザフ人の志気はどうですかな？」

「腹を空かしてます」

「わたしが腹を空かしてないとでも？」

「彼らに比べれば、とてもとても」

彼はインク壷に唾をはき、そこに羽ペンをこすりつける。

「インクにも飢えているんです。読む新聞は先月のもの。ここ二年、草も見ていない」

《アウル・アタのカザフ人は草なんて見たこともない》とダリアは思った。《これからだって見ることはないだろう……》しかしこのやせ細った孤独な将校は三人のウズベク人の部下も信用できずにいるんだと思うと、彼に同情したくもなった……。

「戦争に関する本を何冊か送らせていただきますわ、アキム・アキミッチ」

「戦争のものは結構。戦争は実地に知ってるのでね。戦争が人間をなんにしちまうかもね。本はそこまでは語ってくれない……。植物のものがいい。樹木の図版が入ったものが、できれば……。植物学概論なんかが」

「あるいは眠れる森の物語なんかは?」

「……それに呟く葦の物語なんてね、同志!」

二人は親愛の情を込めて見詰め合った。とはいえ、この赤毛で、皺が寄り、無気力で、そのくせ村の呪術師のように狡猾なアキムは、これまで彼女を散々苦しめてきたのだ、郵便物を遅らせ、ばかげた嫌疑をやたら彼女にかけた、それもこれも砂漠の退屈を紛らせ、自分が人間として存在しているんだという幻想を抱くためだけに!

白というより灰色がかった濃密な雪が舞い込め、飛行場に夕闇が落ちるのを遅らせていた。ダリアはこれまで知らなかった喜びを感じた。雪よ降れ、渦巻く雪よ、冷気を和らげ、闇夜に白のぼかしを広げ、道を消し、天地を押し広げ、狼の遠吠えを誘う雪よ！　雪よ、お前はわたしを砂漠から解放してくれる、砂漠におさらば、昨日はもう過去でしかない。お前は無気力から、あの腐敗から解放してくれる。ひとつの現在が突然砕け、もうひとつの現在に席を譲るとき、こうしたコントラストがなかったら、人は生きながら死んでいると感じてしまう。人は昨日の自分が死ぬと同時によみがえる。この殺戮が終わったら、昔からの距離を乗り越え、あらゆる大陸や風土を飛び越え、人間は大きくなり、自己革新の可能性を獲得したと気づくであろう。飛行機は神経症を治してくれないと誰がいえよう？

「軍の検査です、市民《シトワィエンヌ》、何をボンヤリ考えてるんです？」

「あっ、そう」とダリアは陽気に言った。

雪に覆われた掘っ立て小屋は氷のように冷たかった。ランプがひとつ、おびえながらも滲み込む闇に抗《あらが》っていた。毛皮にすっぽり身をくるんだ骨ばった顔の下士官が何人か、音も立てずに働いていた。一人は電話で数字を呟き、もう一人は右手首の包帯を巻き直している。先刻声を掛けてきた下士官は書類を調べている。何か恐竜の最期のため息にも似た爆発音が戸外で反響しているのに耳を傾けながら、彼は鼻をすすった。

「あのろくでなしども、弾を無駄遣いしやがって！　毎晩、このざまだ」

旅行者ダリアの三通の書類は所定の手続きを経た正式なものだった、が、どこか事件と監獄を匂わせた。兵士は冷ややかな好意をもってダリアの顔をまじまじと見た。いまどき、事件や監獄から抜け出られるものはめったにいない……、とはいえ、そんな中で生きていけるものもいるようだし、そんな幸運がだれかの身に降りかからないとも限らないようだし……。

「軍当局への出頭は明日になってしまいます……。よかったら宿営で夜を過ごしませんか。俺の簡易ベッドを提供しますよ、市民。何とか寝られますよ。俺は朝まで歩哨ですから」

口をはさんだのはクリメンティだった。ダリアは彼が待ち構えていたんだと思った。「この市民は今夜俺のとこで過ごすから……」検査の下士官は二人をじっと見つめた。彼はおそらく二十歳ぐらい、ひどく痩せている、生命の微光が残っているだけだ、だがその光が異様に強い。

「長いこと前線に？」

「一世紀ほど」

「たったの？」

「……一世紀では足りなくて？　試しにやってみては」

ダリアは彼のベッドを断っては彼の機嫌を損ねるのではないかと思っていた。「ありがとう、同志」とダリアは言った。下士官はクリメンティに暗い一瞥を投げるとまた事務的口調に戻った。「トラックまで四百メートルです。白マントを着けてください。決まりですので……タバコはだめです」長い距離を越え、数々の危険を乗り越え、やっと空から降りてきたのに、夜の街に入るのに白マントを着けなくてはならないとは……。ダリアはそんな科白を言ってみたかったが、頭巾つきの白衣の大外套を身にまとった。二十歳の下士官が鼻歌を歌う。

誰のために、グラスを挙げるのか、
ワインも入ってないグラスを？

なにもかも優しく包み込む灰色の吹雪の中を彼は二人の先にたって歩いた。白マントの形は三歩先までは、濃霧の中に切り取ったかのようにくっきりと見えた。クリメンティは黙っていた。ダリアはある詩人（最近前線で殺されるか死ぬかした）がもう一人の詩人（自殺した）に送ったこの詩の続きを心の中で続けた。ロシアの詩人たちは、古きロシアも若きロシアも、みんなこうなんだ！

馬も迷う、道なき平野
そんな平野の恐ろしさ！
兄弟よ、わたしは君を非難しない、
非難するいわれもない！

ダリアはこの四行しか思い出せないことにいらいらして、他の大切な詩句を、一切を語っている二行を思い出そうとした。だけど、その一切とは何を語っているんだっけ？ ダリアは道のない、灰のように薄黒い雪の中でよろめいた。倒れそうになったとき、クリムの腕がダリアをしっかりとささえた。踊り手の腕に抱かれた踊り子のように身を起こした。「何か言っていた？」と、クリムが囁く。「何も、詩の二行を思い出したの……」彼はすでにダリアから腕を放していた。大切な二行が沈黙の中でダリアにだけ見える光を放った。

生きる権利がある
そして死ぬ権利も

ダリアは幻のようなトラックにぶつかりそうになった。トラックは地面すれすれに揺らめいている燐光色の信号に導かれて、ゆっくりと進んだ。はっきり見えないが、輸送隊の車の列が揺らめきながら、黒ずんだ乳白色の果てしない闇の中を走っていた。冷気が執拗に肉に食い込む。それが肉体消滅の痛みになる。実際ダリアは、助かりたい、温まりたいという思いのほか、一切考えのスイッチを切っていた。クリム、ダリア、顔のない不定形な三人の兵士は車の冷気の中で一塊になってわずかな温もりを分かち合った。ダリアの目には時折猫の目のように蒼い、静かな怒りを表しているような大きなふたつの横睨みが映った。それがしばらく続く。やがてひとつの手が毛皮の外套とかたまった人影の中から忍び出て、ダリアの手袋をした手を本能的に見つけ出し、それを握った。ダリアはそれを優しく握り返した。クリムが言う、「もうじき町だよ……」どうしてわかるんだろう？　何も見えやしないのに。雲母状になった天窓の裂け目に黒い壁が走った。トラックはゆっくりとカーヴを切った、穴を避けたのだろう。夜警の呼子が調子よく鳴り響いた。クリムが人の塊りから身を放した。「おい、運転手！　お前さんの弩級艦《ドレッドノート》（一九〇六年イギリス海軍が作った大型戦艦）を止めてくれ。ここが俺の港だ」運転手は不承不承とめた。おそらく彼はハンドルにしがみついたままうつらうつらしてたのだろう、それとも港についたと思っている者を困らせたかったのだろう、こんなやくざな時代、港にたどり着けるものなんていやしないし、たどり着けたところでくたばってるのが関の山なんだから。それに港なんてありゃしない、墓にだって、墓掘人夫に三百グラムのパンを払えなけりゃ入れねえんだ！　クリムは口達者なところを開陳する。声も荒げず、怒りを抑えたリズムで、軍隊の最上等な悪態と懸命の懇願を同時にしゃべり散らす。トラックが酔ったマストドンよろしくぐらつく。クリムはダリアが降りるのに手を貸す。運転手は、熊のようなシルエットだけが見えるのだが、手足のかじかみをほぐし寒気を振り落とそうとその場で跳ね回る。（まるで人熊と化石のマストドン……）もう雪は降ってなかった、不動の夜陰には生命のこれっぽちの閃きもなかった。

「愚の骨頂さ」と運転手が言った、「以前は止められなかったぜ、ここはあぶねえんだ。よく爆弾が落ちてくるんだ。お前さんの命は保障できないぜ。けど、車だけは何とか無事と願いたいな。まったく」

「俺の命、お前さんの命、それにお前さんのその走る大箱、みんな一蓮托生よ。たいした値打ちものさ。まあ、一杯やんな」

クリムはこの踊る人熊に水筒を差し出す。

「元気が出るぜ」と一杯やってから運転手が言う。「ありがとうよ、兄弟、俺は、この胸糞悪い道路め、悪魔に食われちまえってんだ、こいつを半年も走ってるがかすり傷ひとつ負わねえ。こんなの長くは続くめえ、えっ？」

「続くさ、兄弟、この道はずっと続くよ」

「うまい冗談言いやがって！」と運転手が明るく言った。

《生きる権利も死ぬ権利もない》とダリアは考えた。ほとんど歩けないほど、寒さで体が動かない。「ここはどこ、クリム?」「タヴリーダ宮殿の近く」白い列柱と丸天井の小宮殿を囲んで造られたかつてのお屋敷町。詩のように美しい公園。池、柳、白樺、一九一七年の熱狂の日々を物語る街。残っているのは死んだ街の、断崖のように高い壁だけだ。だがこの大墓地にも警戒の目があった、というのも突如なぜか一人増え、かすれた声がこう命じた、「書類を、市民」その夜警は隙間風にあおられて空しく開閉しているドアの戸口で懐中電灯をともした。「これは夜間外出許可書じゃないです、市民」それは女性の、それも少ししゃがれた声だった。「指令を受けた場合、二十四時間、有効なんだ」とクリムが説明した。「飲めよ」唇や目の辺りまで羊の皮を巻きつけたその女性は、短いカービン銃の銃口を向けていた。「飲めよ」とクリムが水筒を差し出しながら言った。電灯の光を二人の顔に当て、安心したのか、水筒を受け取った。「あなたの顔も見せて」とダリアが静かに言った。銃を持った女性は自分の顔にチラッと光をあてた。黒ずんだ肉に包まれた厳つい顔立ち、鼻腔は黒く膨らみ、黒い小さな射すような視線。「ほら、美人でしょうが!」一口のアルコールに元気づけられて、女は言った。彼女の一瞬の笑いは苦かった。彼女は言った、「通りを行っては駄目、砲兵隊の哨所でつかまるわ、奴らなかなか放しちゃくれないから。廃墟を行くの、爆弾が作ったクレーターに落ちないようにね、たち悪いから……」彼女の腕は夜陰の方向をさした、しばらく二人の先にたっていく。「この辺りならわかってるから」とクリムが言う。だがその瞬間クリムはふわふわした石につまずき倒れそうになった。彼は身を屈め息をつく。「人だ」《死骸だ》と言うのをこらえた。三人は身をかがめて長く横たわった人体に触ってみる。「巡回した時はなかったわ」と女民兵が呟く、「ああ、いつもこうなんだから」懐中電灯が騎兵隊の外套を着た女の死体を照らし出す。力なく見開いた目がその光を反射した。「行き倒れよ」と女民兵が言った、「あの目を見ればわかる……。許可書なしで外出して、空き地で死んでいく……」「許可なしでくたばる」とクリムがからむ。懐中電灯が死人の手を照らし出す。右手は綱の先をしっかりつかんでいる。綱の向こう端には板切れと氷で一杯の鍋とを積んだ小さな橇があった。「この近くの人だわ、きっと」と思いに耽るように女民兵が言った。「飢え?」とダリアが訊く。「他に何があって? さぁ、行って。朝になったらあたしが片付けるから。日々の糧、か」

死ぬ権利……。「ねえ、クリム」とこの若い兵士に寄り添うように歩きながらダリアが訊いた、「自殺って罰されるの、軍隊で?」「もちろんさ、失敗すればだけど……。自分勝手は罰さなくてはならない。これは正しいことだ。へまをしでかしても罰せられる……」彼らは大きなクレーターを迂回する。その底は氷が溶け、黒く水がよどんでいるようだ。真っ暗な闇に慣れた目はよく見えるようになっていた。無傷ではあるが化石のようなひとつの通りが彼らを迎え入れた。「俺のうちだ!」とクリムが誇らしげに言った。「大事なお客さんとしてもてなしますよ。パンも塩も出すからね、ダリア・ニキフォロヴナ」ダリアは風変わりな、のっぺりした建物の正面に目を向ける、五階建ての建物、揺れてるようだ、いや実際、陰湿な微風を受けた帆のように揺れていた。「変てこな建物だろう？　明日になったら、たまげるぜ。ちゃちな材木、シート、そいつにきれいにペンキを塗ってさ、百メートルも離れれば見分けがつかない、でももう誰もだまされないけどね……。石はみんな、半年前の一発の砲弾で落ちちゃった……、何とか人の住めるたいそうな四軒が残ってるだけさ……」　彼はぐらぐらするドアをノックした。すると建物の揺れが増幅する。「誰かね？」クリムは名のる。覗き窓が半ば開き、誰かがドアの後ろの閂をはずす。それは何物にも驚かぬ、ひげ面の老人だった。北方の森林に一人で暮らし、スキタイ人の時代以来ひげも目つきも衣服も挙止も変えない、森の猟師にも似た老人だった。「元気だったかい、フロールじいさん！」とクリムが声を挙げた。「ありがたいことにな」とフロールは思いがけぬ優しい声でひげの間から呟く。「で、家の連中は？」と兵士が聞く。「それぞれ、神様の思し召しにしたがって」とフロールが聞き取れないような声で言う。「おやじさん、いつ終わるのかね、この忌まわしい戦争は？」　二人は一本のマッチの明かりで話していたのだが、今やお互いに顔も見えない。老スキタイ人はけだるそうに関節を鳴らす。「終わらない、坊や、終わらないさね。お休み」　老人は入り口に閂をかける。

急な階段は空に向かって上っていた。実際、かすんだ空が大きく見えた。右手の深淵の縁で、クリムはひとつのドアをあけ、ダリアを入れるとそれを閉めた。この闇の中は冷気は少し緩んだが、凍りついた腐敗の悪臭が立ち籠めていた。眠りがそこに淀んでいた。クリムの指先の明かりが、籠のような物の中に寝ている子供のふたつのブロンドの頭を照らし出した。骨にへばりついた肌はあまりに黒ずんで、まるで死人のようだった。やがてクリムは部屋の食器棚を開く。教会用の大ろうそくに火をつける。それはかすかな明かりしかもたらさなかったが、深い闇ばかりを通ってきただけに心まで明るくするようだった。クリムは紐でくるんだ布かばんを下ろすと両手をこすり合わせた。「くつろいでくれよ、ダリア・ニキフォロヴナ、今、火をもやすから……」以前納戸だったらしき部屋は二メートル四方ぐらいだった。そこには乱暴に畳んだ灰色の毛布が積まれているマットレス、不器用に穴をあけた壁に煙突を突っ込んでいるレンガ造りの小ストーブ、詰め物をした緑のビロード張りの椅子が、それぞれひとつずつあるだけだった。この昔の立派な椅子、かつては高官の華奢な尻用に作られ、戦争、革命、工業化、爆撃の波をかいくぐって生き延びてきたこの椅子は、ダリアの半ば狂おしい笑いを誘った。片隅にはまた、ガスマスクやドイツ軍の鉄兜が幾つか転がっていた。ストーブには細かく割られた床板が薪代わりに詰まっていて、間もなくそれがぱちぱち音を立て始めた。クリムは隣人を起こしに行き、水をもらい、火に湯沸しをのせた。「ここを出る前にストーブの用意をしておいたんだ。火の気が何よりだからな。もし俺が帰ってこられなくても、ここの後を継いだ市民は俺が目の利く奴だったとわかってくれるさ。俺が誰だかなんてぜんぜん知らなくてもな……」羊の皮を脱ぐと、彼は華奢そうだった、《青年になったばかりか》とダリアは思った。が、下士官の肩章と勲章をふたつ着けている。「クリム、あなた、いくつなの？」彼は靴のかかとを激しく合わせると、気をつけをし、名乗った。「クリメンティ・ガヴリロヴィッチ・リュイバコフ少尉、二十三歳、戦線に出て十八ヵ月、三回負傷、三回表彰、もと教職志望、体質的には楽観主義者、人間の本性については懐疑主義者であります」「わたしは」とダリアが受ける、「人間の本性については楽観主義者よ、ただしうんと長い目で見てのことだけど……」若者は塹壕用のナイフでアメリカ製のコンビーフの缶詰を開く。

「千年もあればわかりますかね、同志？」

「おそらくね、でも確かなとこはわかんない」

「完全な計画社会で、最新の心理学的技術をもってすれば……。食べてください」

ダリアは嬉しくなり、少し黴臭い黒パンをほぐす。クリムは肉は落ちているが、若いスポーツマンの身体をしている。細い鼻は顔の真中に直線を引いている。ごく薄い唇の口が水平線を描き、あたかも自然が幾何学図式を顔に描こうとしたかのようだ。とはいえ中世のイコン画家が聖人に与えたような、大きな、落ち窪んだ目はその自然の作図の失敗を告げていた。魂は幾何学図式を失敗させる。でもクリムは魂など信じてないだろう……。魂は自己否定する権利を持ってるのだから。

「あなたはきっと、キリルとかグレーブとかディミトリという名じゃあなくて」ダリアは最後まで言わなかった、暗殺された聖ディミトリ〔イヴァン雷帝の次男。ボリス・ゴドゥノフに暗殺されたとの説あり〕のことがふと頭に浮かんだから。

「どうして？　クリムじゃ気に入らないのか？」

「そんなことないわ」とまるで十五歳の娘のように顔を赤らめているのを感じながらダリアは言った。

「名前なんてどうでもいい。俺らはみんな名無しなんだ。出来損ないさ」

この至言に二人は黙りこくったが、親密の情が二人をくるんだ。ストーブは煙を立てていた。二人は遊牧民の獣皮テントの中にいるかのように火に寄り添っていた。

「ねえ」とクリムが言った、「どういう風に寝たいね、ダリア・ニキフォロヴナ。二人の毛皮で仮のマットレスも作れるけど……」

「一緒に」とダリアがそっと言った。

彼はダリアに目も向けずに答えた。

「その方が暖かいからな」

二人は突如どうしようもない疲労を覚えた。動作は緩慢になり、蝋燭は豆ランプほどにも明るくなくなり、もはや何か考えたり、話したりできなくなった。疲労が勝手にすべてを支配しているようだった。それは旅の疲労ではなく、何か別の、もっと広漠とした、もっと浸透性のある、もっと手の施しようのないものだった。黒パン、ナイフ、コンビーフの缶詰、さっき変わりばんこに泥水のような紅茶を飲んだ白い茶碗が所在無げだった。クリムは深淵に臨む戸外に出て、埃だらけの毛布を振るった。戻ると、彼は毛布で土色の寝床を作った。袋や雑嚢はマットの下に固定して即席の硬い枕になった。《地面に寝るのも同然》とダリアは思った。百万の死者を出し、わたしたちが勝ちとったこの美しい街でのわたしの最初の夜がこれだわ！（勝利とは死なのか？）ダリアは冷気を感じながらも、そっけなく服を脱ぎ始める。クリムに目をやらずに、でも彼の顔立ちを思い起こそうとしながら。脳の奥にくっきりと刻まれた、没個性的で魅力的で、超然としたあの顔。まるで新しい抽象記号のように特異な顔。《きっとセックスをすることになる》とダリアは寒さに震えながら考えた。彼女は自分の裡にある何かを呼び覚ましたかった。女の上に乗っかった男、心を高揚させ、また癒す共有の熱気……。あんなのは欲望を欠いた、生気ない観念でしかない。《ということはわたしは半ば死んだ人間なのか？　二人だけになるんだわ、二人だけがこの世の唯一の現実、ほんの一瞬とはいえ……。二人だけ、二人の生の激しさだけ。でも戦争も死者もやはり現実……。いや死者はもう現実じゃない……、二人だけになるんだ……》

寒さにもかかわらず、ゆっくりと時間をかけて服を畳んだ、何か心温まる考えを探しながら。《戦士たちは女に飢えている、彼らに身を任せなくては、せめて歓喜の叫びをあげさせてあげなければ……》でも叫びに歓喜がなかったら？　裸になったダリアは、ストーブの火が消えていたのに寒気を感じなかった。垂れ下がった胸も恥ずかしくなかった。まるで肉体の影像、顔は蒼ざめ、きっと瞳を据え、直立した自分が、抗う気持ちと同時に、不安と人を救えるんだという気持ちとがない交ぜになっているの感じた。毛布の下から彼女を見つめる目が黒く輝いていた。

「蝋燭を消して」とクリムが言った。「明かりは貴重なんだ」

「大丈夫。もう一本あげるから。持ってるの、わたし。真っ暗闇は好きじゃないの」

彼女は最初寝床に膝をついた。膝をつきながら、勢いよくクリムの顔をあらわにした。ダリアは微笑んでいた。その微笑みの明るさが彼女の肩にまで広がっていくようだった。というのもこんな考えが不意に浮かんだからだ。これは大きな子供、戦争の暗黒が生んだ大人＝子供。この子たちは柔らかな腕、柔らかな脚にくるまれ、優しさに浸されることを望んでいる。骨の髄まで凍えている子供たち。この大きな子供のような子供たちが、なんと多く倒れてしまったことか。もう優しさに包まれることもないんだ。なんと多くの……。クリムの眉が笑みを含んだ目の上で、驚いたように弓なりになる。「今、なんと多くのって言ったかい、ダーシャ、なんと多くのなんなんだい。何を数えてるんだ?」「なんと多くの死者」と彼の方に身を屈めながら、微笑んだままダリアは言った。クリムは腹を立てた。「へんな人だ。死者なんか持ち出さないでくれ。数えたら切りがないだろうに。俺たちは生きてるんだ、俺たちは。さあ、横になれよ。神秘主義者じゃないんだ、俺は」

ダリアは両腕を身体に付け、瞳を半ば閉じたままクリムの身体に触れずにいた。だがクリムの息遣いが聞こえていた。自分の存在そのものが、彼を包み込もうとする不可思議な温もりのように、彼を癒そうとする揺籠の揺れのように感じられた。「ずいぶん長いことわたしは独りだった」と低く呟いた、「ああ、寒くなってきた……」硬い腕が彼女の首を包んだ、熱い体が彼女の体に寄ってきた。幼さの残る男の顔がごく間近に彼女を見下ろした。こんな風に鷹は空から地上の獲物に襲いかかるんだ……。彼の唇は苦く、歯は乾いていた。幸せは苦く、激しいもの、幸せは暗い空から見捨てられた人に襲いかかり、殺してしまう……。そうなんだ。「きれいだよ、ダーシャ」クリムが目を細め、感謝するように口ごもる。ダリアは思わず身を放す。「ウソおっしゃい」しかし官能の嵐にとらわれ、幸せに咽んだ彼女は本当にきれいだったかも……。

やがて、体の力を抜いたクリムは、ダリアを抱きしめたまま、手で、ごつごつした手で愛撫しながら、言った。

「君って素晴らしい……。どんな人なんだ、君って？　君のこと何か聞かせてくれよ……。俺はつまらん一戦士でしかない、消え去った世代の生き残り、たまたま運がよかっただけさ。見たこと、したこと、みんなと変わらんさ。取り立ててこれといったこともない。つまらん男さ」

「わたしもつまらない人間よ、クリム。なんていうことない人間よ、クリム。仕事にとっては一人の人。あなたにとっては一人の女……。取り立ててこれといったことのない女」

《あなたにとっては》という言葉が微妙に二人を傷つけた。《この瞬間あなたにとっては》とも《あなたにとっても、他の人にとっても》とも取れるからだ。ともかく二人は、いい意味に取ろうと思った。戦争は服従と摂理の時なのだ。自分のためだけに何かを望むことなどできない。ただ束の間の瞬間だけは別だ。クリムは心得顔で言った。

「俺は一週間ほどここに留まる。その間、君が一緒にいてくれると嬉しい」

「できたらね、クリム。任務次第だけど」

人もものも耐えがたいほど凡俗ではあるが幻想的なこの街の謎が、少しずつダリアに見え始めてきた。バルト海特有な低い灰色の雪空が天井のようにこの街を覆っていた。弱々しい光は今にも消え入りそうだった。広い直線の幹線道路は無色の虚脱状態を見せていた。雪は不規則な堆積となってそこに積み重なっていた。その合間をまばらな人通りが踏み跡を苦労して辿っていた。建物は幾つか季節を過ごしただけなのに、一、二世紀も年老いてしまっていた。人もまた数ヵ月で十年も二十年も歳をとり、子供たちも人生を知る前に一生分も年老いていた。毛皮の上にぼろをまとった人々の顔は漆喰色をしていた。通りですれ違う視線にダリアは狼狽した。この世に、こんなに視線の違いがあるとは知らなかった。自分の少女期の、それは革命下だったが、飢餓の時代が思い起こされた。でも現在のこの視線は過去のそれとはどこか違う。人の視線がこんなにも変わりうるとは、沈黙の視線がかくも強く、耐えがたい何かを叫び訴えうるとは知らなかった。これは苦しみでも幻覚でもない。一体なんだろう？　ダリアは人々の目をじっと伺い、自分の安楽な暮らしぶりを恥じる思いだった。なぜなら、今しがたポーク・アンド・ビーンズの缶詰で昼食をとり、アルコールと冷水に浸した布切れで身体を拭いてきたことは一目で見抜かれてしまうに相違ないのだから。彼女の肉体には愛の行為の痕跡がまだ残っていたし、間もなく仕事に着けそうだったし、この街、わたしたちの不屈の街、わたしたちの花崗岩の街を誇りに思っていたのだから。とはいえ、生きている満足感を、歴史や声高なスローガンの悲壮さを盾に取ってみても、これらの視線がもたらす底知れぬショックに敵《かな》わなかった。体の調子がいいこと、さわやかで健全で柔軟な身体を持っていることは、この暗鬱な空の下では苦痛となり、トナカイの上等な外套をまとい、新品のフェールトのブーツを履いていることは、これほどのぼろ衣だらけの中にあっては苦痛となり、その苦痛は非難につながった。おそらく、陳列棚の並んだ眩いばかりの協同組合のショーウィンドウの前でじっと動かぬ女や子供たちの非難？　あれらの視線は何を表してるのか？　逃れる希望も癒される希望もなく、雪、不安、不潔、過労、寒さ、飢え、恐怖、病気の渦を、昼となく夜となく不断に潜り抜けてきたんだということを……。自分の内部で命の火が消えかかっているのを目の当たりにしているのだということを……。隣人はその妻にじっと目を注ぐ、《三週以上は持ちそうにないな、それに俺も……》その妻が夫に目をやる、《わたしより少し生き延びそう、頑丈なんだから！》小娘は母親が、叔母があとどれほど生きられるか目算する、ひと月かな？　四階の女図書館員は口の周りにあの黄色っぽい斑点を浮かべ、階段にじっと座り込み、何も言わず、身動きもしない。小娘のトニアは恐れている、母や叔母を愛しているのだ、愛して当然、でも二人のぼろ衣を売ればあと数週間自分は生きられるということも知っている。トニアは二人が「わたしたち二人が同時に死んだほうがあの娘にはいいんだよ、葬式が一回で済むからね……」と囁き合っているのを耳にした。母親がこう答えた。「遺言状を準備したわ、墓堀人夫に手間を払ったりして、ソニアがパンにこと欠くなんて嫌だからね……。他の人たちのように雪の上にほっぽらかしてくれればいいってね、それで結構さ、ね、ニーシャ?」

なんとか生き、なんとか身にまとい、通りを歩き、仕事をし、食事とはいえない食事をし、寝ていてもうわ言に出る臓腑の絶えざる強迫観念に耐え続けながらも、ゆっくり死んでいく。そんな死に方にも幾通りもある。あるものはやせ細り、膨らんだ骨にたるんだ皮膚だけをまとい、ギョッとするほど目玉をひん剥いている……。あるものは体全体がむくんでいる。またあるものはやつれきっていながら意地をはって強がり、突如壁にもたれかかって、こう言う、ヴァレンチノフ校の例の教師のように。

「駄目だ、死ぬ……。二十三年間教鞭をとっていたのに……。砂糖をほんのひとかけら口に入れてください、医師《せんせい》。ああ、うまい、お礼を言いますよ、医師、校長にはこう伝えてください……」

この教師は至福の微笑を浮かべつつ息絶えた。でも、瀕死のものに砂糖を恵んでやるのは浪費というものではなかろうか？　医師と看護婦は確信なげに首を横に振ったが、いずれにせよ砂糖は底をついた。最後まで理性的でなどいられるものか。その医師は男女を問わず、また軍人や技術者に至るまで、偽の瀕死人を数多く見ていた。彼らは女たちが引く低い橇で運ばれてきて、死期が近いことを装い、後生ですからブドウ糖を！ と求めた。医師はそうした悪賢い連中の中に古くからの友人、数学教師のアリスト・ペトロヴィチの姿を認めた。「何だね、アリスト、このざまは！」医師は偽装に気づかぬ振りをし、倉庫に行くと玉葱（それも一番大きなものでない奴）を一個とってきた。「さあ、アリスト・ペトロヴィチ、こいつが君を元気にしてくれるさ、胃のことを考えて三度に分けて食べるんだぞ……」（アリストめ、わしを騙しおって）

誰もが、死者をしっかりと固定したリュージュを綱で引いていた。抜け目のない連中は遺体を古布や古袋で縫い包んで配給のパンにありついていた、こうすりゃ、棺におさまったも同然でさあ！ ダリアはこうしたミイラに何度も通りですれ違った。踏み固めた雪すれすれに揺れ動くがちがちの物体。生きているものは、男も女も、綱を引いていた。時には子供が後に従い、まったく余計な心配なのだが、ミイラがぶつからぬように舵をとっていた……。船首さながら頭を低く屈めたシルエットが雪の分解光の中をひとつこっちに近づいてくる。その大人子供のような少しおびえた顔はショールに覆われている。彼女が引いているのはそれほど重くないようだ、タール紙に包み、紐で縛った小さな死体、その胸にはぼろ切れを切り抜いただけの花模様が幾つか載っている……。ダリアはこの女性を呼び止めた。「遠くまで行くんですか、市民《シトワィエンヌ》？」「ええ、遠くですとも！ スモレンスコエ墓地まで……」「わたしもそっちに行きますの、その綱をしばらく、わたしに引かせてください……」と、ダリアは言った。本当に重くない、訊いてみるまでもなかろう……。その若い女はそれでも説明し始めた。「四人家族でしたの、今ではわたし一人ぼっち……。でもこのほうがよかったかも……。わたしがあと三ヵ月もてば、工場は退去の許可をくれることになってるんです。わたしは生産ノルマを果たしてるんですよ……」「わたし、早く歩きすぎてますね、息を切らしてらっしゃる、ごめんなさい……」とダリアは言った。「いいえ、そんなことありません。わたし、いつも息切れしてるんです……」その生き残りの若い女性は立ち止まると悲しげな微笑を浮かべた。寒さは心地よかった……。

破れた屋根、虚空にさらされ雪が吹き込む建物の各階、口をあけた窓、材木とシートで覆われた建物正面、そこには並んだ窓がペンキでぞんざいに描かれていた。横断幕の薄れた文字は《この街は不屈！……の墓場》と叫んでいた。その幕も破れ、最後の文字は欠けていた。街は誰彼無しの墓場となっていた……。ダリアは〈指導者〉の大きな肖像があちこちで姿を消しているのに気づいた。自信たっぷりな微笑、丸顔、濃い口ひげ、一体どうやってそれらを思い描けるのだろう？涙に濡れ、死人の顔のように落ち窪んだこの街にあっては、どんな肖像画家でもあえてあの顔を想像し描けるものではなかろう。人民の〈指導者たち〉にとって断固無縁なもの、それは涙であり、絶望的苦しみであり、一切の人間的なものの中でももっとも人間的なものであるはずだ……。〈指導者たち〉も気がふれないとは限らない。《彼らは気がふれてしまったのだろうか？》と、ダリアは自らの心に答えた。

一台の路面電車が通りを轟音をたてて走っていた。白い装甲板を軋ませ、雪に覆われた土嚢と別な電車の焼け焦げた残骸を迂回していく。《奴らの大砲がこの四辻をしばしば攻撃してるんだ。いっぺんに六十人の死者、電車一台分の死者が出たんだ……》そこは少し前までヴォルテール文庫を収蔵していた公立図書館の近くだった……。通りには固まった雪の中に、破れた水道管の方に向かってうがたれた井戸まがいのものがいくつもあった。女、子供、傷の癒えた負傷者がそのあたりに集まり、諦めきったようにきちんと順番を待ちながら、緑色がかった水の中に鍋や針金の先につるしたブリキ缶を投げ入れていた。広い四角な中庭の真ん中には、山と積まれた汚物を雪が覆っていた、雪がとけたらどんなぬかるみになるのだろう、汚物にまみれた土からどんな疫病が立ち昇ってくるのだろう！　誰もそんな心配はしていない、春はまだまだ先のことだ、知ったことか！

広場は柱廊のある宮殿に囲まれ、金色の尖塔に見下ろされ、砂漠のように広々として勝ち誇っているようだった。白い冷気の帝国。そこを横切るとき、無情な静けさに包まれる。もしこの瞬間爆弾が落ちてきて近くで爆発しても、この空間と建築物の威厳はまったく損なわれないであろう。むしろ自然の荘厳さと感じ取られることだろう。かつては鈍い金色だった丸屋根は、いまや色あせ、この氷山都市を見下ろしていた。

ダリアはありふれた一軒の家に入り、きれいに掃除はしてあるものの天井から床まで汚れに塗れた衛兵詰所を見つけ、書類を見せ、二階への通行証を受け取った。銃剣を手にした兵士が冷え切った廊下に通じるドアを開けた。そこには白大理石の階段、キャベツスープの暖かな匂い、将校連中がタバコをすっている控えの間、それにマフムードフ参謀の豪勢な執務室があった。広々として、暖房が効き、緑色の整理棚と革張りの肘掛け椅子を備え、壁掛けや植物で飾られていて、唖然とするほどの部屋。いわばどの建物もあばら家と化した街にあって、いかにもそれらしい執務室。電話、〈指導者〉の肖像（〈指導者〉の血色のいい顔）、地図、カレンダー、それらは単なる飾り物ではないことをマフムードフ参謀の存在が証明していた。最初、彼の緑がかったピンク色のつるつるの頭しか見えなかった。「お掛けなさい」と顔も上げずに彼は言った。デブといってもいいほどの肥満体、一風変わった人物。彼の青色の鉛筆は褐色のしみだらけのなにやらの本に下線を引いている。「で、なにかね？」と彼は言う、「報告をしなさい」その声は力なく、磨いた石のような頭蓋骨の割には低すぎる。ダリアは書類を差し出した。彼は「ああ」と言った。丸顔、黄ばんだ二重顎、小さな獅子鼻、腫れぼったい瞼、猪首。通りで見かけた人々のような暗鬱なまなざしではないが、不決断のために平衡を失った動物のまなざし……。上唇が反り返ったのは微笑んだからかもしれない。「四年、カザフスタンに？　幾つかの過ちを悔い改め、立派な同志になった？　荒療治だな……。クランツが君を推薦してよこした。ドイツ語はわかるかね？　それは結構《ゼアー・グット》。五課に配属となった、下に行きなさい。十二号室だ。ポタポフ大尉とともに働いてもらう。第一線だ……。ここではどこも第一線だがね……」（戸外で、百メートルほどの所での激しい爆発音がそれを証明した。思わずめまいがしそうだ、ここに、電話と肘掛け椅子の間に落ちてこないとは限るまい……）「いいかね」と彼は舌打ちしてダリアをわれに返らせた、「ここでは、規律と沈黙」「わかりました、閣下」彼は電話の数字盤を回す、絨毯の下に隠した呼び鈴を足で押す。右手のドアが開き、緑色の軍服を着た若い兵士がピストルを手に現れる。その後ろにメガネをかけ、ひげむくじゃらの男がヴェアーマハト〔ナチス・ドイツの国防軍〕の詰襟軍服姿でついてくる。「ヘル・ディンゲル、君はわたしにウソをついたな！」と、マフムードフは怒鳴った。ダリアはそのドイツ人が震える声で静かに「それがわたしの任務でした……」と答えるのを聞いた。

　十二号室で、ポタポフ大尉は制服姿の醜い小柄な女秘書を下がらせた。この老将校はこれまでにいろんな問題を起こした人だなとダリアは見抜いた。というのも、比較的手入れの行き届いた安生地の制服に痩せて骨ばった体を包んだ彼は、いじめられ、手ひどい仕打ちを受け、心なしか気力を殺がれたような様子をしていたから。その肩章は光っていなかった。五十歳、表情のない顔、妙にきらきらするメガネ、光のない瞳。狭苦しい部屋には、二重窓のガラスについた霧氷の羊歯模様の結晶以外、生気あるものは何ひとつない。ポタポフはそっけなく二、三短い質問をした。それから、「そうか。ここの仕事は敵の狙いを解読することです……。敵にしたってその狙いがわかっているとは限らんのですがね……。並みの捕虜なら、まあ、暗号文ぐらいは持っている……。わかるかね？」老将校はいよいよ本題に入った。

「戦争というのは大きな心理ゲームなんだ。敵も計算し、われわれも計算する。武力はこの計算に基づき介入する。完全でも直線的な計算に基づいてたら。エラーは避けられない。不測な、未知の、非合理的、いわば強力なあるいは馬鹿げた狂気が生み出す要素を計算に入れてないからだ……。失敗や敗北はそうしたエラーの報いなんだ……。敵は技術者の戦争を行なっている、その優越性を確信している。その通りだ、敵の機械はわれわれより優れており、豊富でもある。敵の特殊部隊はわれわれより訓練も行き届き、数も多く、組織化されている。司令部の情報収集能力もわれわれよりずっと優れている。それに、敵の冬用装備とてわれわれのより格段に立派だといえよう……。だが冬はわれわれの味方だ。われわれは冬の兵士なのだ……」

ダリアは、どう見ても口の重いこの老将校が初対面の彼女にこんなにも胸襟を開いて話しているのを嬉しく聞いていた。(自分が流刑囚だった過去を知っているのだろうか？　それでもこの任務に就けようとしてるのだろうか？)彼女は不安に駆られた。

「彼らはレニングラードを奪い、勝利を収める、とお考えですか？」

「いや。誤った結論を下してはいかん。短絡しがちだが、この世は見かけほど論理的ではない、もっと複雑、むしろ常軌を逸したものだ……。まさに先ほどあげた理由ゆえに、まあ他にもあるが、ドイツ軍は決してレニングラードを奪えないし、勝利を収めることもないと確信している」

「それはずいぶんな逆説ですね、大尉殿。連合軍を当てにしてるのでは？」

彼はしばし困惑し考え込んでいたが、自分の考えをとうとうと述べ始めた。

「戦法というのは、わたしが考える戦法だが、逆説など問題とせず、矛盾した、隠れた事実を重視するものだ。アメリカ人が希望的観測《ウィシュフル・シンキング》と呼ぶものはまず措いて、情熱的思想が……、紛れのない情熱的思想が……。それなくしてどうして勝利など収められる？　連合軍などどうでもいい。彼らはこのロシアの農民《ムジーク》の血が欲しいのさ、かつても言われてたことだが、自分らの血は惜しむだろう。彼らはわれわれを心底憎悪してるのさ、おそらくわれわれが打ち負かされた五分後に勝利を収めることを望んでいよう。ところがそれが大間違い、そうはいかん。わたしにはロシアがわかる、ロシアの戦争を知っている、これがわたしの四回目の……」

「……四回目のって、なに？」

「一九一七年のカルパチア戦役（カルパチアはスロバキア、ポーランド、ウクライナ、ルーマニア等にまたがる山脈。ここではウクライナ中央ラーダ政権を制圧しようとしたソヴィエト軍の戦い）。二回の内戦、いいかね、反革命デニキン義勇軍と一年、そのときロシアというものがわかった、革命、それがロシアだった、一見非常識だが深いところで合理的、その計り知れない支離滅裂さを克服し、活用しようとする論理性を持つロシアがね……。ついで赤軍で三年、ヴォルガ、ウラル、バイカル、クリミア……。しっかり心に止めてくれよ、われわれはロシアらしい戦争、エゴイストで救世主《メシア》的な戦争――規模壮大なエゴイズム、それもわれわれが生き残る上で必要なエゴイズムに仕えるのだからメシア的といってもよかろう――、そういう戦争しかしなかった。ロシアには孕んだ腹がいくらでもある、神よ、女性に祝福を！　兵士にも土地にもこと欠かない。領土や兵員を失うことがあっても、時を稼ぎ、敵に疲労と道なき荒野の絶望とを科すためなのだ。敵には出口のない勝利しかない……。まずはわれわれにできること、それはもっと耐え忍ぶことの他ない。敵がわれわれを打ち負かすためには、トボルスク、ノヴォシビルスクまで、イエニセイ河〔いずれもウラル山脈の彼方、西シベリアにある〕まで行かねばなるまい。それまでに、距離、冬の寒さに参ってしまおう。そのうえ、ウラジオストックまで、北極圏までどうやって辿り着けるかと疑い始めるだろう……。われわれが降伏することなどありえない、したがって敵の任務は決して成就されない。いいかね、われらの母なるロシアは、幸いなことに、原生動物のような組織をもっているんだ。六つに切り刻まれれば、六つの部分が生き続けるだろう……。ロシアが侵略されるなんてありえない、そんなことはイルチシ川の文字を読めないガキだって漠然と感じているし、自動小銃で森を守り、素早く退却したかと思えばたちまち引き返して反撃に転じる時には誰もが身をもって知るんだ。子供とてドン・キホーテ的行動も華々しい働きもするわけではないが、戦術感覚は身につけている。敵を殺し、その軍靴やヴィタミン液を奪い、われわれの悲惨をこそ、われわれの本源的、非合理的力にしなくてはならないことを知っているんだ。こんな生き方は古臭い工業帝国の戦略家にはわかりやしない。もし敵の参謀部が、優秀なナチ、すなわち社会から落伍した山師で構成されているなら、恐れるに足りよう、奴らは戦車と優れた計算と非常識とで本能を解放する術を知っているからだ……。だが敵の参謀部はわしの世代やもっと古参の将軍で構成されている、彼らはブルジョワ的理性と利潤の時代に教育を受けており、質素で賢明で慎重だ。彼らにとってひとつひとつの作戦は、少なくとも戦術的には、利をもたらすものでなくてはならない。商取引が少なくとも宣伝上の利を生まなくてはならないようなもんだ。人間の原初的力だけが不屈なんだ。その力にとっては浪費などどうということない、実質的利益が大事なんだ。だが、金儲け主義というのとは違う。備蓄馬鈴薯を奪うことは石油鉱床を奪うより大事なことなんだ……。われらがイラリオノヴィッチ・ゴレニスチェフ＝クトゥーゾフ陸軍元帥〔一八一二年、ナポレオン軍を退却戦術によって打ち破り、ロシアを最終的勝利にみちびいた総司令官〕は、何よりそのことを心得ていた。それというのも彼は飛びぬけて頭がよくはなかったからだ、彼はナポレオンの天才に凡人の本能的良識、これは時には愚かしいものだが、を対置していた。ナポレオンは有り余る天才のために大きな代償を払った。トルストイを読み返してみなさい、彼は戦争のことなど何ひとつ知らなかったがロシアの大地とロシアの人間を理解していた……」

彼はクトゥーゾフという名を講壇でのようにさりげない厳粛さをもって発音した。もしや教授だったのでは？

「教鞭をとっていたのですか、同志ポタポフ大尉？」

「うん。強制収容所でも……。話をさえぎらないでください。あなたに話さなければならないから話しているのですから……。（彼は弱々しい微笑を浮かべた）こうしてお話できて嬉しいのです。わたしには信念がある、あなたにも信念を持っていただきたい。信念がなければ、もはやレニングラードもロシアもない、おわかりですね？　母親の乳房を信じて疑わない乳飲み子の信念同様、非理性的でありながら、合理的信念。昔から乳飲み子はこの信念ゆえに成長してるんです。この信念には神秘性などかけらもありません……。断言して憚りません、ロシアは自らこの信念を失わない限り、またはこの信念に逆らわない限り（そうなったら大変ですが）、戦争に破れることはないでしょう」

　どうして彼は条件法ではなく、未来形を使うのだろう？　ダリアは彼の声に辛らつな脅しの調子がこめられていると思った。ダリアは身震いした。ポタポフ大尉は続けた。

「したがって、現在われわれは劣勢にあり、半ば敗北してはいるが、われわれは滅びない限りこれ以上打ち負かされることはないし、われわれが滅びることなどありえないがゆえに、二重の意味で不屈である。確かにわれわれは絶望的状況に直面している。クラウゼヴィッツ、モルトケ、シュリーフェン、ルーデンドルフ、フォッシュ〔いずれもプロシャ、ドイツの将軍〕といった鱈腹食った優秀な将軍なら、反論の余地などない理由をあれこれあげて、この戦争は負け、と結論することだろう。だがわれわれの結論は、必要とあらばまず退却し、それから反撃ということ以外にない。事実、そうせざるをえない状況だ。われわれの作戦原則——退却は反撃の準備であり、逃走は失地回復の準備であり、敗北もまたひとつの戦術だということ……。もうひとつの原則——戦略とは無数の機械的人間によるチェスの勝負ではなく、何より意志と意志の決闘である。敵は技術的に残忍である、われわれは人間としてより悪辣で、より頑なで、より野蛮でなくてはならない、まずわれわれ自身に向けて。

オーケイ?」

「オーケイ」

「敵に比べ、食料も衣服も劣る、が、規律は厳しい。われわれの将校は戦火にたじろぐ兵士を即決即座に殺す権利を、義務さえ持っている。いかなる文明国もこんな命令は出せないが、これはこれで素晴らしい。戦争指導者とは本質的に、法云々に関わらずに人を殺す権利をもつ人間の謂いである。われわれは戦闘において敵より自由だし、熱狂的だ。母なる国土を守っているのだし、技術より自分を頼りにしているからだ。したがって、技術は(その重要性はわれわれとて認めている)、機械化された兵士を支配するのでなく、闇雲に戦う兵士と一体になっているのだ……。もし人間より技術をあてにするようになったら、われわれは敗北しよう……。

敵はわれわれのこの戦闘態勢を計算に入れ、自分らも同様の態勢をとることができる時期まで、決戦を引き延ばしたのではないかとも懸念している。敵は時を選び、後背地《ヒンターランド》の征服を確実なものとし、孤立した都市ではなく有効な大きな港を抑え、少しでも糧食を確保しようとした。そのほうが理にかなっていた。でもその刻は過ぎた、その刻はもう戻ってこない。戦略においても人生と同じで、失った好機は二度とやってこない。作戦実施上、梃子でも変えられないのは、時間だ。それはまた作戦不実行につながる……」

「よくわかりませんが……」

「そんなことはない。わたしの論は明快だ……。作戦中止が完全に行なわれることはない、それは作戦実行のための諸条件を積み重ねることだ……。われわれは作戦中止の戦争のやり方を知っている、それは好機や勢力を失うのではなく、熟させる事なんだ……。敵のもうひとつの弱点、それはわれわれより一体だということだ、敵の兵士は一体となって進軍する、機械的にね。一師団が分かれ、二部隊が現われ、向き合う位置を占める……。ところがわれわれときては、とことん不統一に見えても、本能的一体感を常にもっている……。われわれは内部的矛盾に満ちている。すぐに恐怖、パニックにとらわれ、逃走するが、たちまち卑怯な行為を恥じる、そうなると逃亡兵は最も勇敢な戦士になる。われわれは大きな力を秘めた大きな諦めを持っている。一般的ドイツ兵はこれほどの諦めを持ってこの戦争に取り組んではいないだろう。彼らにとってこの戦争は耐えがたい窮乏であり、愚かしい死に終わるものと映っていよう。それに比べ、われわれはそうした疑問を抱くことはない、われわれは、安楽や死や個人の存在など信じてなどいない……」

老将校の声は最後のところで力を失っていた。ダリアはそんなことなど気づかない振りをした。

「……それというのは、われわれはひたすらに自分自身を信じているからだ、われわれの思想はわれわれ自身の、よくわからないながら肩を組んで意識に向かって行進しているわれわれ自身の映し絵に他ならないからだ。思想が、たとえ支持しがたいものであろうと、今ここでほど生気に満ちていたことはない。さまざまな矛盾を乗り越え、われわれは一致して合目的性を持っている。それが戦争に必然的に付きまとう死や殺人や略奪の意味と平和な大地と人間に対するわれわれの愛とを調和させてくれている。隷属的服従と革命的正義感とをね……。過ちを恐怖政治によって矯正している……」

「〈党員〉なのですか、同志？」

「シンパだ。職業軍人さ。わたしは戦争を芸術のように愛している。純粋思考、弁証法、数学、外科、祖国愛、無意識の解放、パラノイア……。わかるかね？

最後にもうひとつ言っておく。われわれはこの任務において、軍の目、耳、アンテナ、計算機、想像力となっている。読み解きがたいものを読み解く、それもほぼ間違いなく。重大な過ちを犯せば、当然のこと、容赦ない。さあ、制服を着てきなさい。わたしは仕事がある」

ダリアは手始めに、捕虜の手紙の分析を文書にする仕事を始めた。六人ほどの係員が、戦線から持ち帰った手紙類の検査に当たっていた。そこには犠牲となった生命の実態が汚れた記録となって収まっていた。写真――庭先で笑っている若い女性、赤ん坊、長い口ひげの紳士、傍らに悲しげな太った婦人――人間みたいな目をしたバセット犬――裸婦――村の通り……。エフロス陸軍少尉は机の周りに隊員を集め、ハウプトマン・ラザルス・マイスターの手帳に見つけた小さな猥褻写真をルーペで見ていた。「助平め！」とエフロスは嬉しそうに叫んだ。彼は《上官に提出すべき》これらの写真をこれ見よがしに封筒の中に入れていたが、隊員たちは彼が何枚かくすねようとしているのだと思った……。ダリアはハウプトマン・マイスターの手帳に興味を持った。住所録のほかにショーペンハウアーや総統の思想が書き込まれていた。彼女は読んだ、「ユダヤ人に対して闘いつつ、主の御業を守るために闘う」（『わが闘争』七二頁）マイスターは余白に《ユダヤ人女性》と書き加えていた。哀れにも、この男は主イエスがイスラエル女から生まれたイスラエルの子であることを知らないのか？「この助平はどうなったの、銃殺？」とダリアは訊いた。同時に《われは道なり、真理なり、いのちなり》という言葉を妙に感動を覚えながら考えた。彼女はマイスターの死を期待していたのだろう、「いえ、あれは捕虜収容所から来たんで……」と聞いて驚いたのだから。一筋の悲しみが嫌悪と交じり合ったが、その男が生きていると考えると嬉しかった。

　ストーブのそばの机に戻ると、ダリアはヴュルテンベルグ〔ドイツ南部の州〕の農婦が夫に書き送った手紙に取り掛かった。《いとしいアルブレヒト……》子供たちは元気でいる、二頭の雌牛が仔を生んだ、ヘルマンがパリの布地を送ってくれる、ポーランドの捕虜はフランス人よりよく働く、でも一人のポーランド人は寡婦Gと寝たため投獄され、おそらく銃殺されるだろう……、《公開尋問のとき、彼女は捕虜だろうと一人の男であることに変わりはないと答えたんだから、なんという雌豚だろう、彼女はひどく叩かれた、でもわたしたちは牛乳やママレードを彼女にやってる……》どうということない。一人の人間は一人の人間、人間であることに変わりはない。《われは道なり、真理なり、いのちなり……》ダリアは黄色っぽくなった天井を見つめた。ダリアはウィルヘルム・ハンス・グッターマン伍長の投函されなかった手紙の束にひとつ物語を見つけ、抜粋し、注をつけ、要約した文書にした。

　ダリアはその物語のことを数日考え続けた……。ウクライナのある小村の駐屯地にいた時、グッターマン伍長は市場で、《故郷の娘たちのような》一人のブロンドの娘に出会った。クララ・スヴェトラーナという名だった。彼は彼女を《故郷の娘たちのような》しっかりした賢い娘だと思った。きっと二人は湖沼の周りを散歩したのだろう。《ウクライナ人は立派な民族です》と彼は記していた。《われらゲルマン人の祖先に似て……》スヴェトラーナは妊娠し、グッターマンは彼女をチューリンゲン州〔ドイツ中央部〕の家族のもとへ勤労志願者として送り込もうと《画策する》が、彼女は故郷を捨てることを拒否し、また彼自身も何らかの戦略上別の地点に師団とともに出立する羽目になる。彼は《戦争が終わったら》迎えに来ると約束する。彼は数学に強い友人に、戦争は十八ヵ月と仮定し、負傷の有無、捕虜になる、ならないを含め、自分が生き残る確率を計算して貰う……。あれこれ住民の世話を焼いていた彼は住民から慕われていた。とかくするうちに、パルチザンが補給部隊の車列を攻撃する。司令官は怒りを爆発させる。報復派遣部隊の一員に選ばれなかったことをグッターマンは回りくどい表現で喜んでいる。（この男、悪い奴じゃないな）と、ダリアは思った。（クリムだって、もしドイツにいたらこうするだろうな……）《〈小森〉地域で十二人を逮捕》とグッターマンは書いていた。スヴェトラーナは恐怖に襲われる。《彼女は月明かりの下で恐怖に染まった目を大きく見開いていた、神よ、なぜこのように……》手紙の混乱した内容を通して、スヴェトラーナの逮捕と、伍長があの恐怖に染まった眼を忘れえぬまま、誰にも何もいわずに、いたたまらない日々を過ごしたことがダリアには見通せた。彼が妹に当てた手紙は、結局投函されなかったが、日記の体をなしていた。《彼女は例の納屋で、特別分遣隊の連中に監視されている……》彼は何とかビスケットを差し入れることに成功していた。F中尉はこの娘のことで伍長を尋問する。あるパルチザンの姪であり、森でパルチザン活動をしていたに違いない。《いいかね、グッターマン。君のケースはとても重大なことになるかもしれないんだぞ。君は成績もいいので、観察記録に事実を記入するに止めるつもりだ。娘は絞首刑に処されることになろう》グッターマンはただ大衆小説にあるような表現しか知らず、また、あえて意中を吐露することもなく、淡々とした言葉で彼女に涙している。彼は軍法さえ正当化している。（用心深さからだろうか）ただ、《第三帝国の未来の兵士を身ごもった》（うまい口実を見つけ出したものだ！）この死刑囚のために嘆願書を隊長に提出した。だが隊長はこう答えた。《まず、彼女は女の子を、それも双子の女の子を産むかも知れん。その類の子供の法的身分については、高等機関もまだ結論を出していない。次に、上官に報告することになるが、上機嫌のときを見計らわなくてはならん、さもないと、君の立場がますます悪くなることになる……》そして、おそらく彼の立場はますます悪くなったようだ。駐屯部隊の司令官は、パルチザンが鉄道破壊を続けていたため、機嫌が悪かった。グッターマンは制服のボタンと軍靴をぴかぴかに磨き、村の広場、青い丸屋根の小さな白い教会の前での十月十八日のパレードに参加した。その隊列の中から、彼は七人の人質と犯罪者を吊す絞首台が建っているのを見た。彼はまだ希望をつないでいた、拘留者は二十人ほどいたのだ、彼女さえ無事なら！　彼は隊列最前列、絞首台から三十メートルのところにいた。すすり泣くような呟き、祈りや呪いの囁きが聞こえてきた。スヴェトラーナの姿があった、痩せ細っていた、彼の姿を目で探しているようだった、彼は震えが全身の筋肉をのぼってくるのを感じた。軍律が彼を直立させていた。青い丸屋根にじっと目をやったまま、《神よ、神よ、神よ……》と機械的に頭の中で唱えていた。群集の戦慄が彼に伝わった、スヴェトラーナの体が奇妙にかがみこんだ姿勢でブラブラ揺れているのが目に入った、舌を垂れた長身の老人の体の傍らで。

ダリアは、この物語は不細工な隠蔽に充ちた文体で、うまく書けているわけでもないので、誰か作家が書き直して、出版したら使えるだろう、とポタポフ大尉に進言した。「これほど感動的なものはそうはありませんから」老将校は吸い取り紙に星印を書きながら聞いていた。

「感動的だって？　戦争は感動的なものではない……。人間の記録は本物であれば、むしろ志気を奪うものだ……。書くことは作家組合の連中に任せよう、書くすべを心得ているんだから……。この書類は心理課の方にまわそう。君は実際的な情報の方にもっと専心して欲しい。グッターマン自身の移動経歴は調べ上げたのかね、日付とか部隊番号とか？」

「はい、大尉殿」

「その方が肝心だ」

その声には悲しみの籠った叱責の調子があった。「いったい、なにをやってるのかね」と言うのを堪えたような。われわれが今いる血まみれな星雲にあって、ほんの些細な残虐行為など何ほどのことがあろう？　そんなことなどもうどうでもいい、仮借なき有効性だけが大切なんだ、このことをしっかり頭に入れておきなさい、機械の小さな歯車になりきりなさい……。少なくもダリアはそう言われているように思った。

待避壕は、丸太を渡した天井があるだけで、まことしやかな安心感を与えていた……。土手を縫って進み、地下回廊に入り、石油ランプに照らされたかなり広い洞穴のような司令部にいたる。そこには寝藁、電話、ひとつのストーブ、毛皮や缶詰や尿の匂い、地下室の冷気があった。連絡将校イヴァンチュクは絶えず電話をしている。彼の丸々したピンク色の頬は思わず見惚れるほどだ。彼はシベリアからやってきた、まだ生気あふれる青年だ。誰もが彼に出会うとこう言葉をかけたくなるに違いない、《やあ、大将、一杯やるかね……》

一方、フォントフ大佐はやつれた顔にうつろな視線、陰気にくすんだ人物だ。ひょろ長い首、やたら硬くて尖り出たひげ。たいていは無骨な木の杖にもたれかかり、しばらく寝ていないといった風だ。彼が人を見る目つきたるや、世にも奇妙な予見を告げる夜禽のそれだ。今晩彼がここにいるのは、ひっきりなしの空雷と吹雪のため延期されていた急襲の実行のために他ならない。彼の視線はちょくちょくダリアの上にうれしげに止まる。ここに女性が、本物の女性がいることは、失われた世界がいまだこの世に存在することを思い起こさせるからだ。これは胃の腑にアルコールを流し込むよりましだ、アルコールをやったところで、精神は冷め切っているに違いないのだから。鈍い爆発音が大地を震わせている間、フォントフはテーブルから立ち上がり、タバコをくゆらしながら部屋をあちこち歩き回っていた。（杖がないと、彼はひげをゆすりながらびっこを引いていた）「どうだね？」と電話手に訊く。「うまくいってます、大佐」「第四哨所に問い合わせろ……」電話手は何とか冷静を装おうとするが、揺さぶられた天井から土砂が落ち掛かり、まるで雹が降るような音がそこかしこに立ちのぼり、びくびくしている。

フォントフは戸外の状況を報告させるべく数名の中尉を派遣する。爆撃が続く間兵士に、特に若い兵士に任務を与えなくてはならない。考える時間がないように、ただ命令に従って動いていると感じるようにしなくてはならない。「結構な雹だ」と大佐はダリアに言った。（彼がダリアに話し掛けるのは、ただ彼女の顔を気兼ねなく眺めるためなのだ）「あの雌犬の息子どもはどうしてこんなに弾薬を無駄遣いするのかな……。ここを攻撃しようなんてどうかしてるね……。いや、もともと気がふれてる連中なのさ……」ふと不安な考えが彼の目つきを変え、ダリアのことを忘れさせる――思い違い、こいつは常にありうることだ。兵士が確信を持ち、冷気の力を信じて凍りついた氷原を歩いている、ところが氷は溶けている、罠は新雪で白く覆われているが、その下の黒々と渦巻く水が兵士を飲み込む、兵士は一巻の終わり、闇が溺死人と呼ばれる者を押し流してゆく……。吹雪が収まると大佐は外に出るべく将校を集めた。ダリアは同伴を申し出た。「駄目だ」と彼は言った。「これは君の任務じゃない。またいつ吹雪がぶり返すかもしれんし……」絶対逆上しまいとする、抗弁無用な頑固さで自分を乗り越えようとする冷徹な男らしく、彼の声は刺すように鋭かった。ダリアは人がこれほど人間の弱さを抑え込めることに驚いた。骨の髄までくたびれ果て、やっと持ちこたえていた最後の心の糸まで擦り切らした男と思っていたのに。問題は、とダリアは考えた。神経の発作の前に次の負傷を受けるか、次の負傷の前に神経の発作が起こるかだ……。第一のケースだと、彼は勲章をもらい昇進の道が開けよう、第二のケースだと、銃殺されることになるだろう……。大佐は師団参謀部の会議のさなか突如狂人のようにたわ言を口走りだすか、波状攻撃の先頭にたち突然演説をぶち始めるかだろう、さもなくば雪の中一人で月に吼えはじめることになるだろう！

ダリアにはわからない、フォントフ大佐がこうした段階を既に越えたのかどうか、あの発作をタバコをくゆらすことで抑え込んでいるのかどうか、もはや自分に対し自ら期するものは何もないのかどうか、戦線におけると同様生産においても兵士の養成を全うするためには信ぜざるを得ぬ、人間の峻厳な神性（おそらく現実には存在しないだろうが）を尊崇しているのかどうか。——〈労働〉それは死の兄弟だ、労働の究極は労働者を破壊することに他ならないのだから。機械は知らぬ間に時間を、機械工の存在そのものをさえ貪食する。生産？　生産は戦争を養うなり準備するなりする、その戦争は生産と人間の破壊に他ならない。生産手段の発展が生み出すものは人間存在の破壊の拡大に他ならない。消費財の生産とて、その目的は労働者を労働できる状態に保持することだ、いわば消耗品の保持だ。汎・破壊の円環が……。数分間（四分は越えない）、手持ち無沙汰な大佐はダリアに話し掛けた。「これではまるで経済学者だな、わたしは……。政治経済学ってのは戦争より手におえん……」もし彼が演説を始めたら（一体誰に向かってだ？）おそらくこんな風に語っただろう。

《農奴と賢者によって鍛えられたわれわれの言語は、ふたつの概念、すなわち意志と自由を表わすのにひとつの言葉しかもっていない。絶対的二律背反を表わすのにひとつの単語しかない。韜晦をこととする哲学者にはおあつらえ向きだがね。意志と呼ぶものは自由を抑圧するためにのみ使われ、自由とよぶものは意志を前にした幻想的逃走でしかない……。生きとし生けるものはこの不可解の両極の間でうろたえている。わかったつもりになっている決定論者はご立派さ。攻撃合図の五分前、彼らがこれっぽちでも自分の心のうちをのぞきこんでいる姿を拝みたいものさ！　兵士は服従するだけだ。意志も自由もない。これは明白なことだ。指揮官は他のことなど構いっちゃない、彼とて指令に従うのみだ。誰だってほかのことなど構いっちゃないのさ。兵士はいろんな恐怖にとらわれる、命令に従えば殺されるのでないか、従わなければ銃殺されよう、卑怯者にはなりたくない、卑怯者と見られはしないか、自分に愛想が尽きそうだ、そのほかいろんな恐怖が腹の中でうごめき、思わず小便や大便をどっと漏らしてしまう。人が勇気と呼ぶものはこうした生理的、心理的過程の上澄みなのさ。しかもこの過程はごく深い所で自然の理に適っている。というのも、すきっ腹で負傷すれば満腹での負傷より軽症ですむからね……。未開人は呪文を唱えるが、戦争ではわれわれも、技術的訓練を受けた未開人にすぎん。わしの呪文、それは〈仕事をすること！〉だ。労働は、実在的というよりは潜在的な、現実的というよりは想像上の数々の不分明な責務、すなわち意志、自由、必要性、合目的性といったものを現実上総合してくれる。労働は人間、事物、時間の破壊だが、この破壊には創造的側面もあるんだ。これは、おそらく究極の神話だろう。戦争では、これが明確だし、畜生の本能に見合った直接的利益をもたらしてもくれる。わしは敵の破壊のため、味方のさまざまな人間が静穏に働けるためには破壊せざるを得ないさまざまな人間の破壊のために働く。脅威にさらされた四キロの道路を、その失地が一週間足らずの間に街で二万人の死者を意味するような道路を守るために働く……。仕事をしようではないか！　われわれの仕事は殺すことだ、それも当然。最終的に、あるいはそれ以前に、われわれは殺されるのだから……。さあ、仕事をしよう！》

フォントフは最前、ぬるま湯のバケツに足を浸しながら、途切れ途切れにわずかな言葉をダリアと交わしたに過ぎなかった。だがダリアはもしゆっくり話すことができたら、彼はこんなことを語ったのではないかと思っていた。彼は時間がないせいか、言葉を軽蔑しているせいか、用心からか、決してこんな風には語らなかった。仕事をする者は用心深くなくてはならないし、同時に、真実のあるいは真心の表白である限り、なにものも恐れてはならない。

その夜の任務は敵兵を捕虜にし情報を入手することだった。何ももっていない斥候は対象外だ。

大隊司令部は敵の防御陣に小規模の突撃隊を派遣するなり、最前線哨所に攻撃を仕掛けることにした。ヴォスコフは六人の兵と一人の中尉を指名した。ヴォスコフはこれらの兵を個人的に知っており、その勇敢さと運命を考慮しての上の選択らしかった。ダリアはできることなら彼らの魂の中を覗いてみたかった。ごくありふれた名前の、ごくありふれた兵士たちだった。どこにでもあるイヴァノフとかシドロフとか言う名のがっしりした色黒の二人、チュウリックという名の、彼の名は笑いを誘ったが、実際腹の突き出た屈強な体の上に小顔がちょこんと乗っているウクライナ人、丸顔で見た目は至極優しそうなメイメドフ・オグルーとかいう名のダッタン人、ジリシュヴィリとかいう痩せたコーカサスの山岳人、ライフェルトとかいうドイツ出身者、それにパトキン中尉。中尉は太い眉に獅子鼻、そこらの市場で出会いそうな男、密売の専門家で、乱闘騒ぎに乗じてナイフを突き立てる技も心得、塀もスルスル上れば、女たちを（嘘とわかりながらも）甘い言葉でたらしこむすべも心得ているといった、抜け目のない小悪人といった風情。「憎めない悪党といった顔ね」とダリアはヴォスコフ司令官の耳に囁いた。「そうとも。もともとは浮浪児、感化院に二年、最近幹部養成校を卒業し、何度か表彰されている……。利口だし、驚くほど勇敢だ。戦争が終わったら、強盗団の頭目間違いなしだ……」パトキン中尉は作戦地図を頭に叩き込んでいる。ここは氷が溶けている、ここは突破不可と奴らは信じている、氷は再凍結したし、われわれは板も渡しておいた。だから一人ずつ這って渡れる。対岸の二ヵ所の機関銃巣の間隔は四十メートルだ。奴らがこっちの塹壕を粉砕した時から、奴らの塹壕も半壊状態だし、満足な守備体制もとっていない。われわれの堡塁は目に見えて後退してしまった……。あそこから奴らの待避壕が始まっている……。「最後の最後まで発砲しないこと。なんとしても二、三人の捕虜を連れてくること」と不安げにパトキンが繰り返した。彼は仲間を犠牲にする許可を得ているものの、その重さを秤に掛けているのだ。「用意できました、司令官殿」それは心配そうな、むしろ苦味を含んだ口調であっさりと言われた。

六人は待避壕に集まり、じっと押し黙った黒い塊になっていた。一体何人が戻ってくるのだろう。彼らは連邦の人民を代表していた。彼らは身分証明書、鉛筆書きの手紙、個人的なこまごましたものを机の上に置いてきたところだ。コミッサールはそれらを行方不明者の記録のように机の上に並べていた。村からきた手紙を手放すとき、兵士は空虚の中に置き去りにされるのだ！　六人は白い屍衣を身につけ、フードを目深にかぶる……。名もなく顔もなく、不透明な白い亡霊たち、軽兵器とチョコレートだけを身につけた亡霊たち。（チョコレートはおそらく死んでしまうものにとっても楽しみなのだ、それを食べることなく死ぬのはいまいましいとはいえ、すぐに食べることは禁じられている）　戦火に焼かれ破壊されたロストフ、ドン川のほとりのロストフの市電の運転手、爆撃と略奪にさらされたヴォロネジ、そのヴォロネジの田舎のトラクター整備工、占領され強奪され、大勢の市民を絞首刑にされたチェルニゴフ〔ウクライナ北部〕、そのチェルニゴフの教師、低ヴォルガ（そこにまで戦火は及んだ）のステップの、仏教徒かイスラム教徒かわからぬ羊飼い、緑と赤茶色の山々に囲まれ、若者の姿とてない小集落《アウル》の散在するカヘティ〔グルジア〕の若いブドウ栽培者、傷つき、飢え、暗澹たるモスクワ、そのモスクワの印刷工……。彼らは今晩なにをしようとするのか、どうなってしまうのか、未来を信じるこの六人の穏やかな兵は？ 中尉を含めて七人、その影に二十五の死別を宿し、彼らは寒さと夜陰と銃火と殺人と未知の死といった拷問に向かい歩みだす……。

《彼らは何もかも知ってるんだ》とダリアは思った。《黙って深淵の中に飛び込んでいくんだ、恐ろしいほどに意識してるんだ。もし彼らの魂が破裂し、その悲嘆を世界中に飛び散らせることができたら、一切の戦争は終わるであろう、なんと簡単なこと！ でもありえないこと》ウクライナ人のチュウリックがコミッサールにウォツカを一杯所望した。「抜け目ない奴だ！」と、コミッサールが言った。「状況が状況だけに断れまい。他の者にも瓶を回してやってくれ、先生」「もし戻らなかったら、女房に必ず手紙を書いてやってください、あてにしてますよ」「約束した、でも、ついている君のことだ、自分で手紙を出せるさ」二人のやり取りは親密なものだった。コミッサールは満足げな顔をみせた。「わしなぞ、どこかでくたばったって、誰も手紙を書いてはくれんし、第一手紙を出す相手もいない。空を飛ぶ小鳥みたいなものさ、帰るねぐらもない！ 身軽なものさ」チュウリックが彼の肩をぽんと叩いた。「あんたもついてる人だ……」 出発！ ダリアは兵士のこうした出発を生まれてはじめて見た。ここ何年も、前線の何千キロにも渡り、戦線の両側で（敵とて同じ人間だ）、昼となく夜となく、何百何千回、こうした出発の同じ悲傷と同じ服従が繰り返され、既に何十万回も兵士が出発したまま帰らぬ身になっているのだとダリアは思った。でも、彼らは常に大地の底から、母親の腹から、涙と歯軋りの底から、死体の分解や愛の底から新たに立ち戻ってくるのだとも思った。まったく、狂気の沙汰。

突撃隊は雪の砂丘にジグザグに掘った道を遠ざかった。急に墓の如き白さが彼らを呑みこんだ。夕暮れの景色は空と、空は闇と溶け合い始めた。死の影を秘めた薄明の中、薄ボンヤリ見える傾斜地の向こうに、氷と雪に覆われた河が、人知れぬ脅威が交錯する白く偽装された深淵の広がりが感じられた。森は、昼間は青みを帯びて地平線を画していたが、いまや姿を隠し、いのちの絶えた広がりの上には絶対的沈黙だけが支配していた。遠くに響く爆発音とたちまち消える空の閃光が、沈黙と広大無辺さを、乱すどころか、さらに増大していた。動くものとてない地空、それは絶望を越えた感興をのみ呼び覚ますものだった。一切の消滅、無益さ、噛むような冷気。死に絶えた星はこんな景色を呈すに違いない。「ここからだと敵はずいぶん遠いと思えるだろうが、ダリア・ニキフォロヴナ、突角から出ないようにしなさい、奴らは監視してるからね……。そこではずいぶん殺られたから……」敵側にしろ味方側にしろ、何も見えない。両陣営とも死んだように、何も形跡がない。でも無数の目が監視装置で見張っている、音声探知機が耳を澄ましている、レーダー光線が空を探っている、電話が部署をつないでいる、偵察隊が氷の上を這っているのだ。人はあの人食いウジ虫と化しているのだ！　とるに足りぬ人間を殺す機械、コンクリに穴をあける機械、地面を粉々にする機械、吹雪く雪を除雪する機械、夜の闇を滝のような戦火で引き裂く機械、死の苦悶を軽減する機械、生け贄を呑み込む機械、こうした一切の機械が狂気の誕生の刻を待っていた。大地は冷気や雪空と共に、暴力を孕んでいた。ジャーナリストが《勇敢さ》と讃えるあの諦めきった不安を抱え込んだ兵士の精神もまた暴力を孕んでいた。

司令部では兵士たちがぼろぼろになったカードでトランプに興じていた。下士官たちは電信で他のアジトに問い合わせ、何時何分と書きとめていた。《冷静に、落ち着いて》と返答。ヴォスコフは地図に肘をついたままウトウトしていた。まるで蝋人形のようだ。目に見えぬ世界に降りしきる雪のように時間が流れていた。不可避な、刻々近づく破局を秘めた最終確認の時間。身を噛むような一秒一秒。それがどこに向かって流れるか誰にもわからない。

「始まりました」と下ぶくれの電話手が小声で教えた。

「そうか」と夢うつつから醒めたヴォスコフが言った。「電話をよこせ」

電話の声は数学用語で報告した。鉛筆が地図の上にひとりでに曲線を引く。「よし、よし、順調……」ということは、惨憺たる事態が……。ヴォスコフ司令官は受話器を置いている、が、静寂の中に何かを聞いている。パトキン中尉率いる六人は予定の一時間前に地獄に入っていた。良くない。この時間だと彼らは破滅させられよう。まず機関銃が虚空を裂く。すぐに曳光弾が闇夜を照らす。あれは低空に漂う赤い狂った星のようなものだ。次いでひとつの惑星が空に輝きだし、照らし出された白い砂漠に巨大な光を投じる。氷と雪が一群の人影を浮かび上がらせ、その人影に向かって自動火器が弾丸の雨を浴びせる。人影は現実のものだったのだろうか。すべてが突然、パニックの沈黙の中に、非存在の闇の中に消え絶える。やがて一切が再び始まる、北極の曙光がたちのぼり、傾き、空雷が音たてて空に上る……。ヴォスコフ司令官は立ち上がると白マントを纏った。数名の兵士がそれに倣った。ダリアも白マントを身に纏った。彼らは外に出た。まず、まったく何も見えなかった。雪さえ黒かった。虚無にもいろいろあるがこの虚無は偽りのものだった。七人は無事河を渡って戻っただろうか？ 光の惑星がいくつも川下で跳ねた。対岸は轟音に覆われたと思うと静まり返った。川は黒い水と火の噴出に穿《うが》たれ、憤怒の形相をみせた。「奴らは氷を割ってるぞ、汚い奴らだ！」ヴォスコフはためらった。戦火を開いて牽制するか？ 命令は慎重な作戦を、弾薬を節約する作戦を指示していた。敵が反撃してきたら、突撃隊の帰還は一層困難になるし、死者も出よう……。大砲での決戦を開始することもありうる、ただしその場合、時ならぬ開戦による弾薬の浪費に関して師団は調査をはじめるだろう……。何もしない？ ヴォスコフは将軍がこう叫ぶ声を耳にする、《司令官たる君は何も手を打たなかっただと、君の任務は何なのかね？》ヴォスコフは小学生のように狼狽する。誰かがこう記すだろう、《決断力を欠いた将校……》任務とは何か？こちら岸は沈黙を保っていた、あるいはほぼ沈黙を保っていた。第四哨所に戦闘開始の電話を入れたものかどうか？　でも我慢だ、じっと待つほかない。「問い合わせろ」とごく穏やかな口調で、というのも将校は冷静の範たらねばならぬから、彼は連絡員に言った。「何か見えるか、彼らの姿を確認できるかどうか」　厳しい表情の下で筋肉は引きつっている。「見えないそうです」と答えが返ってきた。ピンク色の光錐はもはや地平線で動くことを止め、規則的な爆音が不動の世界の中でその光錐を泡立たせていた。ついに反撃が開始された。ヴォスコフは他の誰かがその命令を与えたことに満足を覚えた（責任の一端を免れたな）。白い弾道とどす黒い砲煙がネヴァ河の対岸に立ち上り、厚い雲が光錐の左側を黒く覆った。「おそらく生存者はもう渡っただろう……。この作戦がわかるかね？」とヴォスコフはダリアに訊いた。「多分……」　忌まわしくも立派な作戦。「ロディオン、走っていって損害がどのくらいか聞いてこい。味方の兵が陣地に戻っていたら、五分間砲撃を強化しろ」　彼は身を屈め、一人の兵士の外套の下でパイプに火をつけた。「敵の損害のほうが大きいこと請け合いだ……。君がいま目にした非常攻撃はブロックハウス〔ドイツ軍要塞〕に打撃を与えたこと間違いなしだ……」　彼のパイプの火はすっかり消えていた。彼は出もしない煙を吸い込むと、唇を丸めてそれを吐き出した……。「さてと、今夜はちょっとした癲癇の発作が起こったってとこだ。戻るとしよう……」　束の間立ち昇る戦火と砲声、それも徐々に弱まり、戦闘は終わろうとしていた。再び闇が雪原を筋模様に覆い、やがてすっかり覆った。

何も起こらなかった。《某時から某時、局所的、間歇的砲火が認められた……》ヴォスコフは地図に肘をつき、また蝋人形さながらウトウトする。百四時間目の警戒態勢、しかもほとんど睡眠なしだ！　今はただ眠ることだけが彼の欲望だ。新鮮で生暖かい藁の中に、ストーブで温まった農家で、芝生の上に腹ばいで、塹壕の板ベッドに、身を横たえる、どこでであろうと身を横たえること！　心の裡《うち》で、睡眠という奇跡の予兆が始まりつつあった、田園のお祭りが始まる、輪になった子供たちの歌う歌が聞こえてくる……。「ああ」と彼は言った。その表情は陶酔のそれから苦痛に満ちた嫌悪のそれに変わった。「電話をこっちにくれ……」フォントフ大佐が電話で問い合わせる。「いいえ、彼らは戻ってません、何の通報もありません、大佐殿……」時間が、異様で残忍な時間が流れる。ダリアはむっとする待避壕と待避塹壕と果てしない真っ暗な空間の間を行ったり来たりする。ダリアはそこで大佐と出くわした。彼はその間、例の注射を打ってきたところだった。生理的衰弱から彼を守ってくれる注射を。（これほどまでに人は自分の肉体器官に依存しているとは、屈辱的なことだ！）「ああ、君か。外の冷たい空気を吸ってるのかね。気持ちいいだろう、えっ？あのちょっとしたお祭り騒ぎは見たかね？　うまく行ったよ……。作戦は計画通りに進んだ……。わが兵士たちは戻ってくる」ダリアは彼が若々しい足取りで、ごつい杖にすがりながら、何人かの部下を従えて姿を消した後になって始めて、彼に反駁すべきだったと気づいた。ダリアは悔しさのあまり、両手を虚空でよじらせた。

捕虜を一人連れて、四人の兵士が帰還した。パトキンはウクライナ人のチュウリックが死んだと報告した。「俺は彼のところまで這っていった、彼の頭を触ってみた、俺の指が彼の脳漿にめり込んだ……。一瞬後、彼の乗っていた氷が裏返った。シドロフ、あのヴォロネジのトラクター整備工は見たところ何ともなかったが、腰に弾丸を何発もくらっていた。担架兵に運ばれていったが……。ライフェルト、いい奴だったが彼も死んだろう、俺たちを渡そうとして敵の銃火を一身に引き受けたんだ……。機雷の爆発に呑み込まれた、と思う」ドイツ人の血を引くあの印刷工は、何度も殺されたわけだ。「捕虜として一人の下士官を連れてきた、もう一人は河で溺れてしまった……」「パトキン、よくやった！」と大佐が元気よく言った。（まるで汚い歯をした中国の仮面のようだった）「さあ、休んでくれ。捕虜をここに連れてこい」任務は果たされたわけだ。大佐は右膝のリュウマチの痛みを堪《こら》えていた。

捕虜はしっかりした足取りで入ってきた。白マントとウクライナ人チュウリックの毛皮の服（すぐにそれとわかった）を脱ぐと、下級階級章のついたヴェアーマハトの色あせた制服姿が現れた。両手を縛られ、二十五歳位、ブロンドの髪、張り出した額、ちょび髭、瞬く目。

「武器は持ってないのだろう？　縄を解きなさい」と大佐は命じた。

大佐の両脇に置かれたランプが彼を下から照らし出していた。捕虜は気をつけの姿勢をとった。ヴォスコフがその後ろに控えていた。ダリアはメモ帳を手に座り、尋問の通訳に備えた。フォントフ大佐が言った。

「姓名、階級、専門、部隊を言いたまえ」

捕虜は迷わず、静かにはっきりと答えた。

「君の部隊はいつからネヴァ河に配置されてるのか？」

ダリアは捕虜が立ったままぐらついているのがわかった。ダリアが通訳する間、彼は目を瞬き、奇妙な目つきで彼女をにらんだ。と、何か呟きながら大佐の方に身をぐらつかせた。

「何と言ったんだ、少尉？　もう一度言ってくれたまえ」

彼はか細い声で繰り返した。

「こんな茶番はやめにしましょう。自分の立場は心得てます」

「なに？　何を言いたいんだね？」

「失礼しました……」

彼は弱々しく頭を振った。

大佐は言った。

「気分でも悪いのかね？　具合が悪いのか？」

「気分は良好です、コミッサール〔ドイツ語では憲兵隊隊長〕殿。ありがとうございます」

彼は鍾乳石のような氷が光っている、丸天井の濡れた丸太の方に顔を挙げた。顔にはかすかに笑みが浮かんでいる、その青い目はうつろで、煙にかすんでいるようだ。突然彼の両肘がびくっと動き、その激しさにヴォスコフ司令官とモンゴル人兵士が跳び上がって彼を抑え込もうとする。大佐は手の平でテーブルを激しく叩いた。

「びくついているのか、なにを恐れているのか訊いてくれ。われわれは捕虜協定にのっとり、捕虜を大切に扱うと言ってやれ……」

ダリアはその若者に近づき目を覗き込んだ。彼女の方がびくっとした。彼は中毒患者のような澄み切った青い目をしていた。顔をしかめたまま、やっとのことこう言った。

「もう一度言ってくれ。頭ががんがんするんだ……。いいや、怖がってなんかいません、まったく。どうして僕をだまくらかそうとするんです？　なぜ外国語で話すんです？　おかしいじゃないですか。逮捕されるのは覚悟してました。党と総統に対し大きな過ちを犯しました。それは認めるにやぶさかではありません。」

彼は頭をのけぞらした。喉仏が、まるでナイフで喉を掻っ切ってくれと言わんばかりに、軍服の襟から突き出た。ヴォスコフ司令官が彼の顔にコップの冷水を浴びせた。それで我に返ったのか、彼は顔を両手でぬぐうと言った。「ありがとうございます、上官殿……。ああ、さっぱりした……」

「君はナチスかね？」

〈誰もが〈いいえ〉と答えるのが相場だ〉

「ヤー、ヘール・オフィツイアー、ハイル・ヒトラー！〈はい、上官殿、ヒトラー万歳〉」

彼は右腕を伸ばし、直立不動の姿勢でこう言った。

「自分の立場がわかっているのか訊いてくれ」

「わかっております。自分はいかなる寛大な処置も求めないと憲兵隊隊長殿にお伝えください。悪いのはクラウス・ヒーマン、ハインリッヒ・シトナー、ヴェーネル・ビダーマン……」

ダリアは急いでそれらの名前を書き留める。「部隊は？」そのあと、ダリアは唖然たる思いで通訳した。

「クラウス・ヒーマンは敵無線を傍受して、ステッティン〔ドイツ国境に近いポーランドの町〕から送ってきました。シトナーが兵站部のタイプライターでそれを複写し……、ビダーマンがその四枚を自分に渡し、自分は上官に届けるためそれを装備の中に隠し……。確かに自分は懲罰に値するかもしれませんが、自分の義務は果たしましたので……」

ヴォスコフは彼の肩に拳固を一発見舞った。彼は怒って振り向いたが取り押さえられた。「水を掛けてください、はやく……」彼は瞬きもせずに顔面にそれを浴びた。と、馬鹿笑いをはじめた。

フォントフ大佐は拳銃の撃鉄を起こすと、それをテーブルに置いた。

「そんなつまらんお芝居を止めんと、脳をぶち抜くぞ、と言ってやれ」

だが捕虜は笑い続け、聞こうとしない。拳銃の方に屈み込むよう言われても、不思議そうにじっと見るだけだ。「これはわたしのものではありません」と彼は言った。ダリアは彼に言った。「いいこと、よく聞いて。あなたは捕虜なの。わたしをしっかり見て。ちゃんと見える？　大佐に顔を向けなさい」　大佐という単語が彼の興奮を醒ましたようだった。彼はフォントフに顎を引いた顔を静かに向けた。「大佐は自分にこう言いました……」捕虜は穏やかに答えた、顎をわずかに震わしながら。「銃殺？　自分は無罪です……。あなたにそんな権利はありません……。自分は自分の過ちを償いました。タイサドノ、ワタシハアナタノメイレイニシタガッタマデデス……」

彼は何かを思い出したのか、額に皺を寄せた。「捕虜？　わからない……」電話が鳴り、東の陣地の某地点に対して正確な砲撃が始まったと告げた……。それは攻撃の前触れかもしれない、大隊は情報と弾薬を至急求めた。師団は急襲の成果を、捕虜の数と質を問い合わせてきた……。氷の結晶と砂粒がテーブルに雹のように降りかかった。爆発で地面が揺さぶられ、激しく振動していた。ヴォスコフは待避壕の入り口に駆け寄ろうとして、近くにあったランプを倒した。明かりは半減し人影がうごめいた。フォントフ大佐はじっと電話手に眼を注いだままだった。下ぶくれの電話手は「第七哨所、返答がありません、線が切断されたものと思われます……」と繰り返していた。「黙れ！」と大佐が一喝した。薄明かりの中に彼の弱々しげな、引きつった顔が半分だけ浮かんでいた。そのひげはうごめく人影に溶け込んでいた。「シトキンはどこだ？」と、大佐は馬鹿でかい声で訊いた（因みに、シトキンは参謀本部長だ）。誰も答えなかった。捕虜が言った。

「シトナーは昨晩逮捕されました」

ダリアはそのまま通訳した。

「何だと?」と、攻撃目標になっている大隊の兵力、使える弾薬の量、第七哨所の気がかりな無返答、師団の激しい苛立ちのことで頭がいっぱいになって、動転したフォントフは言った。「何だと? シトキンが逮捕されただと?」「違います、シトナーです」「どこのシトナーだ?」地面がまた揺れた、と大きな沈黙がその後に続いた。フォントフは自分の拳銃と捕虜のうつろな目を見た。捕虜は腕を抑えられたまま微笑んでいる。ダリアは通訳した、

「大佐殿に自分は不死身だと伝えてください。不死身というのは恐ろしいことです……。不死身であることを後悔してます……」

「彼は気が狂ってます」と顔面蒼白になったダリアが呟いた。

大佐も自分がおかしくなっていると感じていた。「奴を黙らせろ」と、拳銃をケースに収めつつ彼が命じた。「奴のお芝居はなかなかのものだ。ともかく奴を黙らせろ……」捕虜はわけのわからぬことをぶつぶつドイツ語で呟いていた。頭に毛布をかぶせられたが、彼はその中でもなにやら喚いていた。何人かの兵がやっと彼を黙らせた。壕の中はその場で地団駄踏む足音でしばし満たされた。とうとう捕虜は革帯で縛られ、雪の中に投げ出された……。「シトキンは重傷を負った……。しばらくわしが彼の代役を務める……」ヴォスコフ司令官の無精ひげや眉毛の先や鼻毛には雪の結晶がきらきら光っていた。「よし」と大佐が言った。「気狂いを師団に送り出せ……」「どの気狂

いをです?」地面が大波に持ち上げられるように揺れた。フォントフは肩をすくめた。「いや、わしが命令するまで戦火を開いてはならん……」と言うフォントフの声をダリアは聞いた。ダリアはつめたい、揺れる地面を両手で探りながら待避壕から出た。こんな風に人は墓から出るんだわ。突然青白い闇の中に薄黒い雪ぼこりがゆっくりと巻き上がった……。こんな風に人は底知れぬ墓に入っていくんだ。

将校クラブは居心地の良くない、ただの小さな部屋だったが、暖房が効き、樅のツリーと赤い帯飾りが飾られていた。暖炉の上に置かれた〈指導者たち〉の胸像は単なる色褪せた石膏でしかなかった。その脇に置かれた、もっと小さな胸像、不朽の詩人プーシキンの胸像は、脂で黒ずんでいたものの、ずっと夢想を誘うものだった。無聊をかこつ将校たちはここにやってきては街に落ちる爆弾の音を聞きながらチェッカー〔西洋碁〕に興じていた。ダリアはテーブルの上の雑誌を手にとった。『新世界』、『星』、『十月』、どれも表紙が欠けていたが、それはともかく、版型、紙質、薄れた小活字、中身はどの雑誌も同じだった。まるで行軍中の部隊みたいなもの。洗い更した軍服姿で一様に見えるが、目を凝らしてみれば、それなりに千差万別、同じ顔はひとつとしてない。そこには確固たる人間がしぶとく生きている、群れの中にあって登録番号で扱われながらも個として生き続けている、おそらくそれこそが真の力になるに違いない……。人間、個としての人間こそが軍隊の力をなす原子……。この戦争にとって必要なのは動員され、よく訓練された魂、忍耐をこととする軍を支える集団的魂なのだ。詩人や小説家の空想は、したがって、軍服を羽織り、命令に服従しなくてはならない。とはいえ、各人は己の皺が寄った顔を、あるいは硬直した顔を持ちつづけつつ、各人各様に闘わなくてはならない。合理的社会とはいえ、危機に瀕した場合には、人間は時々刻々の任務に集中しなくてはならないのだ。何もかもがいつでも生きているというわけには行かない、何もかもが語られるというわけには行かない……。こうした催眠状態が武器となるなら、われわれを強め、われわれに勝利をもたらす手段となるなら、よし、それを利用しようではないか！　もしかしたら、忍耐、意思、服従、犠牲、犠牲を乗り越え生き続けようとする我武者羅な思い、そういったものを説く催眠的、陶酔的文学こそ理想なのかもしれない。作家は、現代の戦争においては、遠い昔部族の戦士の勇気を鼓舞し、神託を味方につけ、太鼓の鈍いしゃがれた音の下で、共同幻想を引き起こした、呪術師の役割を果たしている……。〈国家〉という大頭脳は、人の魂を攻撃だの退却だのといった試練にあらかじめ備える役割を作家に指定し、作家はまた魔法装置の前に座るつもりでタイプライターの前に座っているのだ……。

文学が心理的戦略、戦時経済、物資補給、負傷者看護、重傷者の社会復帰といった緊要課題に応える組織的便法とは無縁なものだ、とはダリアには考えられなかった。少なくも、救急車、隔離施設、病院に収容された人命や看護婦の任務に関する小説なり小詩集なりがあってしかるべきだ。ある女性小説家は敵の残忍行為、味方の気高い憎悪の深さを描いていた。と思うと、彼女は愛情という特異な方策を駆使し、数ページにわたって読者を感涙させていた。そこでは、無数の大砲と探照灯がモスクワの夜空に大々的勝利を告げる中、ある妻が顔と身体に重傷を負った夫をいとおしむ場面が描かれていた。その妻は顔が潰れ手足を失った夫をしかと抱きしめ、こう呟くのだった。「この勝利をもたらしたのはあなたよ！　ほら、勝利を告げる無数の大砲があなたを讃えて鳴り響いているわ！　あなたは救い主よ！」重傷者の妻たちを励ますには上出来な小説。

ダリアはこんな妻にもなれるような気がした、いや、なりたいと願った。でも盲目になり、ピンク色の縫合痕だらけの顔をし、松葉杖をついたクリムの姿を想像することは彼女には耐えがたかった。そんな姿より、むしろ死んでくれたほうがいい！　むしろ樅の若木が植わった墓の方がいい、墓の前に、あるいは墓もない地平線を前に、物思いに沈む自分の姿の方が……。クリム、あなたを愛しているからこそ！

ダリアはその作家にも自分にも落胆して、ページをめくった。『英雄的子供たち』とも題すべき脚本に目を通した。パリで『恐るべき子供たち』という題の芝居を見たことを思い出した。あれはエゴイストで邪悪な子供たちだった。『恐るべき親たち』というのもあったっけ。きっと、その同じ子供たちが歳をとり、一層エゴと邪悪さを募らせ、しかも体験というやつに気力までも殺がれた姿だったっけ。『甘やかされた子供たち』のことを書いた小説を読まなかったっけ？　統制下の文学はそれよりはましかもしれない、少なくもそこに描かれる子供たちは健全だ……。詩的な言葉で書かれたこの上出来な戯曲には、十二歳の少女ジーナが登場していた。栗色の髪を三つ編みにした彼女は、何とかクラスのリーダーになろうと廃墟と化した家の中でせっせと宿題をやっている、というのも《兄さんは侵略者と戦っているのよ、だからわたしはこうしてわたしなりに戦うのよ、ママ！》警報が鳴り渡るたびに、ジーナはノートを閉じ、戦火で焼かれずに済むように床下の地面の中にそれを隠すのだった。また彼女は級友と別の義務、死の影を帯びた空の下で哨兵を補佐する仕事のことで言い合う。《イリーナ、あなたのクラスはもう三人の生徒を失ったわ、それなのにわたしのクラスは無傷なの……》ダリアの胸になんともいえぬ苛立ちが生まれ、一幕の最後をすっ飛ばした。二幕の半ばで、少年ヴァニアは語る、ナチスの拷問を受けたが大声など出さなかった、奴らを軽蔑し、憎み、その憎しみを力に変え、生きて奴らをやっつけてやると心に誓い、祖国の〈指導者〉にそう約束する、《僕は何もいわなかったぞ。脱走してやったぞ！》《僕はね》と十三歳のゾエが答える。《鞭打たれたんだ、奴らは僕の唇を焼いた、ほら、跡が残ってるだろ、でも何も言わなかった……。村が焼け、空が焼け、僕もまた、焼け……》それから子供たちは歌を歌う。《祖国は僕らを愛してる、僕らも祖国を愛そう……》トシアは、将来教師になりたい、だって知識欲に飢えた何百万という人たちが待ってるんですもの、と言う……。

ダリアはその雑誌を藁の上に投げ出した。ランプは弱い光を放っていた。沁み出した水が土壁を伝っていた。何人かの兵士が毛皮にくるまって眠っていた。ひげ面の電話手が小声で言った。「紙を大事にしてくれよ。湿ったらことだぜ。タバコを巻くにはこれしきゃないんだから」ダリアは雑誌を拾い上げ、ランプのそばの踏み台に置いた。「お子さんはいるの？」とダリアはひげ面に訊いた。「三人」と弾んだ声が答えた。「いい子たちさ！　どうしているかな」「こんなこと聞いてごめんなさいね」とダリアは言った。「なに、噂をしようがしまいが、神様はその気がありゃ、あの子たちを守ってくれるさ……」

　こんな戯曲を書いたのは誰だろう、実際の子供たちを見たこともないどこかの作家？　ロシアの子供たちはそりゃ英雄的だわ、でも、こんな風にじゃない。英雄的子供たちは舞台の台詞みたいなことは絶対言わない。なぜ本当の勇気を語らないの、やむを得ずとはいえ、本当の勇気を振るわなくてはならない状況に陥っているとき、なぜ偽りの勇気をでっち上げるの？　その作家はアンナ・ロバノーヴァという名前だった。

　記憶が鮮明によみがえった。五十五歳、見事な白髪、悲しげだがエネルギッシュな四角い顔、ロバノーヴァはモスクワの作家組合会館に住んでいた。当時彼女は自由に発言していた。数日間逮捕されたこともあった。東シベリアのヤクート地方の徒刑場、勿論昔の徒刑場だが、を書いた小説で有名だった。その優れた小説は率直さゆえに人の心をつかんだ。一九〇七年ごろを舞台にしたもので、時代を過去に設定するという、よく知られたトリックを使っていた。こんなお仕着せの英雄主義を振りかざすなんて、あの誠実さはどこに行ってしまったのだろうか？　ダリアは翌日問い合わせた。あの作家はこの攻囲された街に住んでいた。なるほど、勇気を語る権利があるわけだ……。他の多くの作家は中国国境のアルマ・アタ〔現カザフ共和国の首都〕に身を避けてしまっていたのだから！　それも指令で。指令を手に入れさえすればいいんだ。あそこでは、りんごの木が花を結ぶのをのどかに眺めながら、立派な戦時の芝居を書いてるんだから……。

ダリアは帰宅、と言ってもクリムの家、に帰る前に、旧バセイナイア街にある一軒の古い家に入った。ここはドストエフスキーの時代から文学者が好んで住んだところだった。四角い中庭でごみ混じりの雪を掻き寄せていた少年がC階段を指差して、「四階の右手のドアです。ええ、いますよ、めったに外出しませんから……」と教えてくれた。ダリアがクッキーをひとつ渡すと少年は驚いたような目を向けた。少年はそれを服の中に隠した。ダリアは半ば開いたドアを通り、本棚に囲まれた玄関ホールに入った。本棚の本は下に落ち、積み重なり、見捨てられ、埃に塗れ、おそらくはストーブにくべられて十分の一にまで減っているようだった。顔色の悪い男が、咳き込みながらひとつのドアを指差した。建物は堆肥の匂いがしたが、どこかでミシンの音がしていた。廊下の隅には焜炉に火が入っていて、その上に鍋がのっていた。ダリアは左側のドアをノックした。「どうぞ」部屋の天井は煙ですすけていた。あの暗殺された狂王、パーヴェル一世時代の立派なマホガニーの家具はぼろ衣、開いた本、食べ物のかすで覆われていた。作家、アンナ・ロバノーヴァは一層皺が増え、髪も白くなり、まったく縮んだ老婆になっていたが、ベッドに横になり、カーペットにくるまり、グレーのウールの手袋をはめた手に装丁された本を持っていた。

「おや、どなた?」

ダリアは言った。

「おそらく覚えておいでと思いますが……。何年か前にお会いしました……。もしよろしければ、これを……」

つやのない白髪の老嬢の目が子供っぽい貪婪さに輝いた。ダリアはナイトテーブルの上の酒の小瓶、灰皿、燃え残りの蝋燭を片付けると、幾つかのクッキー、一箱のタバコ、アメリカ製ヴィタミン剤の入った小瓶を置いた。

「ありがとう」とアンナ・ロバノーヴァは微笑を浮かべて言った。「足が駄目でね。栄養不良（初期のね）、寒さ、おわかりね。あなたは軍の方？　思い出せないわ」

「思い出してください。モスクワのイラリオノフのお宅で何度かお会いしてます。ご一緒したのは……」

ダリアは言葉を切った。ある名前が言い出せない、生きているとも死んだとも知れない人の名、どんなことがあっても口に出してはいけない名前。生者からも死者からも抹消されたD。「そう」もどかしそうに目を瞬きながら作家が言った。「会ったかもしれないわね……。わたし、イラリオノフとはそれほど親しくなかったの……」

ダリアは軽い口調で尋ねた。

「彼のものはここずっと何も読んでませんわ……。あまり本を読む時間がないものですから……。

彼の文体が好きでした……。ちょっと変わった文体ですわね、イラリオノフって？　今どうしてるかご存知ですか？」

警戒心が老嬢の顔をゆがめた。その視線は刺すようだったが何かを隠していた。あまりに異様な顔に、ダリアはこれ以上イラリオノフのことを口にしてはならないと悟った。アンナ・ロバノーヴァが言った。

「彼のことはここ何年も何も聞いてません……。彼には全然興味がなかったの。彼の文体を評価するなんておかしいわ。あれは気取った、反動的文体……。そう、反革命的よ」

沈黙が二人の間に垂れ込めた。ダリアにはわかった、もうイラリオノフはいない、彼自身も彼の作品も消えてしまった、記憶からその名が抹消されてしまった。もう辞去したものだろうか？　でもこのままでは気がかりを残してしまう。

「最近、前線であなたの『英雄的子供たち』を読みましたわ……」

「それはわたしのものではありません」

「失礼、あなたの『赤軍の子供たち』と申し上げるつもりが……」

作家は何も答えなかった。その沈黙は、もう出ていけ！　何も言うな、用心してなにが悪い！と言っているように思われた。

「あれは力作ですわ……」とダリアは嘘をついた。

老嬢はじっと正面を見つめた。口の周りの肉が皺だらけだった。鷲鼻は相変わらず肉付きがよかったが、それはむくみによるものだった。口は縫い合わせた傷のようだった。全体としては気高いプロフィールだが、心痛と執拗な苦痛のため醜くなっていた。アンナ・ロバノーヴァは手袋をはずし、くるまっていたカーペットの下から煙草を取り出すと火をつけ、鼻から煙を噴きだした。やがて、渋々というように、切り出した。

「そうは思わないわ。わたしの『赤軍の子供たち』は不出来、完全な失敗作よ。あんな子供たちを見たことがあって？」

「でも、肝心なエピソードは本物だと思いました……」とダリアは呟くように言った。

「資料に基づく真実性は文学的創造とは別物よ……。わたしの作品に関する『文芸』誌の論文を読んだ？　ボチュキンはこてんぱんに叩き、ピメン＝パシュコフは糞味噌にやっつけたわ。そんなとこ。編集部にあてたわたしの公開書簡は読んでないわよね。彼らの批判はまったく的を射ていると書いてやったの。あれは何の価値もないアジテーション作品。主観的には良心的、客観的には唾棄すべきもの」

ダリアは笑い出したくなった、が、ロバノーヴァの苦渋に満ちた真剣な顔が彼女を制した。

「作家というのは自分の失敗作をそうと認めることのできる職人でなくてはいけないの」

「……今どんなものに取り組んでらっしゃいます？」話題を変えようと、ダリアは訊いた。

「ウールの手袋をはめ、関節が腫れ上がっていちゃ、なかなか書けなくて……。一八一二年のベレジナ川攻防戦の小説を準備しているの……。いまどきの子供のことはもうわからない。わたしの子供たちは別の時代に大きくなった……」

「お子さんたち、どうなさってます？」（ダリアは訊いてはいけない事を訊いてしまったと思った）

「息子はスモレンスクで戦死しました……。娘や孫たちは消息が知れません……」

ドアの後ろでか細い声が叫んだ。「アニュシュカおばさん！　スープがふいてるよ」「焜炉の火を消して……」と作家は厳しい口調で答えた。ダリアは申し出た。

「食事のお手伝いをいたしましょうか？　何かお役に立ちたいんですが……」

「何もしてくださらなくて結構。ちゃんとやってますから」

「わたしは参謀部のある部門で働いています……。もし避難なさるのでしたら便宜は図れると思いますが……。もっと気候が穏やかなところへ……」

「いいえ。この街を離れたくありません、本も原稿もあることですし」

「わかりました……」

「いいえ、あなたにはわかりっこありません……。（老作家は急に語調を和らげた）あなた、まだまだお若いわ」

話し合うことは何も、まったく何もない。部屋は一切の消滅を表わしていた。ロバノーヴァは緩んだ歯茎で空を噛んでいた。彼女が言った。

「近頃は新聞を読んでないの。わずらわしくてね。わたしたち、持ちこたえると思って？」

「わたしたちは助かるにきまってます。彼らは絶対レニングラードを奪えません」

ロバノーヴァはダリアの言葉に耳を傾けていたが、その目は訝《いぶか》しげだった。嘘をつくもんじゃない。わたしは何でも知ってるんだ、嘘は見抜けるし、嫌いだ、くたばるにしろ生き残るにしろ、慰めも励ましも欲しくない、掛け値なしの本当のとこが知りたいんだ！　ロバノーヴァは満足したに違いなかった、同意の徴に何度かうなずいたのだから。

「そうなるといいんですけどね」と、やがて彼女は歪んだ微笑を浮かべながら言った。「あなたの脳みそは小鳥のそれじゃないはず……。革命以来、女性はずいぶん成熟したわ……。さて、もうお行きなさい。わたし、疲れたわ」

ダリアは羊皮の制服のコートのボタンを掛け直しながら立ち上がった。「それじゃ、何もお入用ではないんですね？　わたしで何かできることはありませんか？」「いいえ、何も。お訪ねくださってありがとう……。駄作も良いお客さんを運んできてくれるのね……。ありがたいこと……。偉大な、本物の文学が生まれるのは、後のこと」

わたしたちより後……。

ダリアは優しく訊いた。

「おいくつですか?」

「六十二……。でも、あと五年は仕事をするつもり……。作家は良い配給を受けてるの……。公平なことよ。頭脳の持ち主は守らなくちゃ……」

おかしなことに、ダリアはイラリオノフのことを、Dのこと(パリの葉巻色にくすぶるカフェの中での)を、多くの死んでいった作家のことを思った。だが、それらの名を出してはならない。殺された人たち、死んだ人たちよりも不幸な人たち。

「本当の文学、恐怖も嘘もない……」と彼女は呟いた。

老嬢のやつれた顔に恐怖に似たものが浮かんだ。彼女はまるで公衆に話し掛けるように、調子を変えて言った。

「われわれ作家組合の戦時下での仕事は賞賛に値するものだと評価しています……。わたしたちは絶えず〈党〉と〈党書記〉の行動方針に従って、作品に取り組んでいます」

ダリアはゆっくり首を振って同意した。臆した微笑を浮かべた。そして、

「また伺ってもよろしいでしょうか?」

「ご勝手に……。でも、わざわざおいでにならなくて結構。きっとすべきことがいろいろおありでしょうから。廊下にいる子供にスープを持ってくるよう言ってちょうだい」

朝、マフムードフ参謀とちょっと変わったやり取りがあった。ピンク色の象牙でできたような頭蓋骨をしたこの太っちょは、礼儀正しく、冷淡なくせに愛想が良く、堂々とした男だ。「君は結婚しているのかね?」「はい、そうです」「わたしにはわかっていたが、君の書類には書いてなかった。これは叱責に値する。この課の協力者は、結婚の許可を要請し、また身分上の変更を報告する義務がある……。だが君の夫は下級幹部の中では抜群な男だ。よかったな。君は自分の過去を彼に知らせたのかね?」「いいえ」「そうか」彼はダリアの顔をじっと見た。「服務規程をいまさら言うまでもないだろうが……」「その必要はありません、参謀殿」ダリアは彼を正面に見据えた。「よろしい、行ってよろしい」

ダリアは終日事務所で過ごした。遠くないところに砲弾数発が落ちてきた。黄昏時、ダリアは家路についた。いわれのないことだと思いながらもなんとなく不安で、遠回りをした。凍りついたネヴァ河は川幅が広がったように見えた。氷の上に引かれた線のような小道を、蟻のように小さく、ずんぐりした不透明な人影がゆっくり行き来していた。人に踏み固められた雪は黒ずんでいた。何もかも、緩慢で、低く垂れ込め、静かで、白くかつ汚れていた。時折響く爆発音もまたそうだった。

白いネヴァ河すれすれに建つ帝政時代の城砦の、高い金色の尖塔も光ってなかった。氷に掘った穴の周囲で、時折、女の集団がゆっくりと立ち働いていた。そのうちの何人かは蒼っぽい水の入ったブリキ缶やバケツをよろめきながら運んでいた。その水面には霧氷の針が無数浮いていた。空は果てしない広がりの上方に、黄色くまた青味がかって広がっていた。ダリアはもう考える力もない、自分の考えがこの空の色に溶け込み粉々になっていく、重苦しい考えを圧し止めなくては、と気付いた……。そう、イラリオノフは死んだんだ、つまらない男だが豊かな才能を持った男……。サーシャは彼をこう評していたっけ――《人としては軽蔑すべき奴だ、実体のない奴さ、しかもやたら俗人、銀行に口座は持つ、食餌療法には凝る……。作家としては、おそらく偉大であろう、が、植物的人間の見事な寄生虫だ……。人間にこだわり続けるあまり、努めて卑劣であろうとしている。その時その時のイデオロギーの要請にしたがって、注文どおりの小説を書く専門家にでもなりたいのだろう。見事に書いているよ。でもそこにこそ悲劇の因があるんだ。植物的市民の寄生虫たるこの作家は、そうした市民よりずっと賢く、勇気もある。無謀で、感傷的で歪んだ才能とも言うべきものを発揮することもある、官憲は自分のことなどこれっぽちもわかっちゃいないと自負するほどにね。当局の方針に沿った彼の著書にも、表向きの従順な主題とは違ったものを感じさせる何か隠れた生とも言うべきものが一筋、微妙に流れているんだ……。文芸局の官僚どもは髪をかきむしっているさ。彼らはわれらがイラリオノフに二十五ヵ所ほど文の訂正を求める、すると彼はそれに応じる、ところがどっこい、しこたま酒を飲んだ上でのことだ。その結果、これまで誰も見たことがないような、検閲官にもわけがわからんような、奇妙な文が残るってわけさ……。検閲官の方が彼を恐れているんだ。これまで何人もの、歴戦の検閲官の経歴に傷をつけたんだからね。イラリオノフの方もビビっている、だから、気を紛らすために酒をのむ。そして酔った彼は、終身流刑にされて当然なことを口にする。酔いが醒めると、ごく平凡な、ごく卑劣な作品を書く、誰がなんと言おうが、同僚が、教義宣伝の熱意に欠けている、現実をわかっていない、現状をもっと讃美すべきだと非難しようが、お構いなしさ。友人たちは彼に握手を求めたものかどうか迷っている、でも彼が政治の主流を擁護している以上、彼とのいざこざは望ましくない。ある宴会の後、僕は友人として彼に〝なんて嫌な芝居をしてるんだ、君は！〟と言ってやった。彼は、老人になると誰でも下司野郎になるものさ、と呟きながら、目に涙を浮かべた……。二人とも酔っていたがね》

ダリアはイラリオノフのことをしっかり思い出そうとしたが駄目だった。卑しい顔、円錐形の額、あたかも俺に身を売れといわんばかりに女性を見つめる肥満体が朧に浮かぶだけだった。でもいい身なりをしていた。消された人たちのことをいまさら思い出したってしょうがない、彼らは今でも頑張っている、お互いに声を掛けあい支えあっている、いつでもわたしたちのところに駆けつけてくる。あまりに大勢の人たち、あまりに生き生き現前する人たち。ひとたび心に棲み付いたら、もう決して追い出せない彼ら、彼らは、わたしたちの眠りを追い払い、整然たる考えを乱し、行きたくないところに導いていく。彼らのうちの数人こそがこの街を、わたしたちの土地を、血を、思想を、多くの生者以上に守ってくれたのかもしれない。今なおわたしたちを護ってくれている。彼らの魂はいつも現前している。未来に対するわたしたちの希望、その種を播いてくれたのは彼らなのだ……。

《わたしは唯物論的歴史解釈をちゃんとしているのかな》とダリアは自問した。マルクスの次の文を思い出した時、ダリアはうれしかった、《死んでいった数世代の伝統は、生きている者たちの頭脳に悪夢のように重くのしかかっている……》『ブリュメール十八日』にあったたっけ。その伝統が悪夢のように重くのしかかっている限り、それはまた大きな心地よい光となって行く手を照らしてくれる……。その証拠に、マルクス自身の伝統が……。これは意識の神秘だ……。サーシャはパリのあのカフェでこのことについてどう言っていたっけ。

《……何百万という死者はもうこの世にいない、この街にいまだ生きている人の三分の一は既に半ば死んだも同然。クリムのような人たちもいなくなった、でもわたしたちは助かっている、戦況は停滞を脱し、ゆっくりとだが好転している、ナチスは疲れきり、アメリカ製の機械が威力を発揮している……》

《でも、わたしたちはどんな状態で助かるのだろうか？　どんな魂を持って、どんな力を身に付けて？　輝かしい力としてか、はたまた執拗な悪夢としてか？　こんなことを問うこと自体裏切りだ。

でも、こうした問いを問わずにはいられない。苦悶は自ら諦めたときのみ人生を裏切る。苦悶は神聖な忠告なのだ。奈落に気をつけろ、自分がどうなるか注意しろ！　わたしたちがどんな悪夢を生きているか、わたしたちの微弱な力にどんな闇が潜んでいるか、知っているのはわたしたちだけだ。わたしたちが持ちうる唯一の希望は、死者たちの中から、すなわち今は亡き彼らの思想と銃殺されたイデオローグの中からよみがえるという希望に他ならないことを知っているのはわたしたちだけなのだ……。だからこそ、誰も多くは語らない。クリムはほとんど語らない。ロバノーヴァは沈黙するためにしか語らない。マフムードフはまったく語らない。フォントフ大佐は自分にしか語らない。ポタポフ大尉は教えるためにしか、それも滅多に語らない。語ること、それは希望を見据えての仕事なのだ。力尽きた人はこの仕事の無用さを知っている。最後の最後の希望はこの仕事を必要としないだろう。苦悶と飢えの中では、息を抑え、沈黙を守ることによって、より一層理解し合えるのだ、それにこの方が賢明なのだ》

階段を上りながら、ダリアはクリムに身を寄せたくなった。クリムの筋肉と神経ならどんな問題にも対処し、言葉もなくそれらを解決してくれる……。踊り場にずんぐりした人影があった。黒い服、白いウールの裏がついた耳覆いを折り上げた、黒い毛皮の縁なし帽。その影はよろよろ近づくと咳払いをし、こう言った。

「確か、ダリアさんですね？　クリムの代理で来ました」

何があったのか？　急病？　戦死？（さっき、西のほうで爆撃があった……）逮捕された？　出動？　いずれにしろ何も聞いてない……。ダリアは、不幸に襲われる時いつもそうなのだが、冷静だった。

「そうよ、なにかしら？」

「彼は今晩帰って来ません……。数日間帰れません……」

「帰るのはいつ？」

「彼にもわかりません……。多分二ヵ月、うまくいけば」

暗い踊り場は穴の底のように思えた。

「任務命令で？」

兵士はためらった。

「そういうことにしておきましょう……。われわれはいつでも任務を帯びてますから……」

「危険な任務？」

「とり立てて危険というわけでは……」

「わたしに何か言づては？　何かあなたに頼まなくって？」

「他言無用ということで……。いずれ手紙を書くと思います、しばらくしたら……。あなたのことは決して忘れないとのことです」

「……何か悪いことが起きたんじゃないでしょうね？」

「そんなことはありません。では、これで」

何もかも秘密なんだ。戦士の死も、軍の損失を明かさないために、後方に不安を起こさないために（こうして秘密にすること自体、十分不安を掻き立てているのに）。逮捕も、既に逮捕におびえている人をおびえさせないために。処刑も、なぜなら処刑を隠すほうが人間的だし、しょっちゅう処刑を公表したら政治的に得策ではないから。軍務、戦闘任務も、なぜなら敵の目や耳がいたるところにあるかもしれないし、敵はわれわれのうちに、緊張の緩みに潜んでいるのだから。考えることも、なぜなら考えることは、どこへ行くか、なにを求めるかわからず、疑念、ためらい、疑問、思いつき、夢想の迷路の中に不意に落とし込む抑えがたい力だから。有効で、規律ある思考、技術的思考ならよろしいというわけ。でもそんな思考と、無政府主義的、不規律で、神経症的で、予見不能な思考とどうやって見分けるの？　不安におびえる妹に非難と秘密のマントを投げかける……。そんなこと、できたらなあ！　こんなな警句を遺したあの詩人の言う通りだ。

口を噤《つぐ》め、隠せ、秘密にせよ
お前の感情とお前の考えを

あの詩人は専制政治下に生きていた……。わたしたちは……。

……クリムは戻ってこないだろう、戻ってきたとしても、わたしはもうここにいないだろう。彼もいない、あるいは二人とも生きていない可能性のほうが大きい。同じ水が同じ岸辺に戻ってくることはない。ヘラクレイトスはそう言った……。ヘラクレイトス……。

ダリアは殺伐とした小部屋に入ると、マットの上に身を投げた。汚れた壁は独房を思わせた。これからは兵舎に住もうと思った。天井には数学的記号や男の姿形が浮き出ているような気がした。冷え切ったストーブ、テーブル代わりのトランクの上の黒パンまでが彼女を怯えさせた。これからの日々が怖かった。点々と血のしみがついた雪の上の踏み固められた道のようであるだろう。暗号解読、書類整理、ポタポフ大佐への報告書口述、大部分役立たずな机上仕事のための抽象的戦況図作成、捕虜の尋問の通訳……。捕虜の中にはおしゃべりで、うんざりするほど卑怯で媚びへつらう者がいた。と思うと、絶対に本心を明かさず、嘘をつく、または、つこうとする者もいた。ただし、たいていそれは無駄だった。残念ながら、情報確認の結果、嘘がばれてしまうからだ。恐怖にすくみながらも義務感で毅然としているおかしな捕虜がいた。ソ連軍捕虜を拷問した者や、ロシアの村を焼き払った若い放火犯や、ユダヤ人や子供たちの群れが涙ながらに共同墓穴に向かうのを平然と眺めていた、ピカピカの軍靴をはいた下士官といった類の、憎むべき者たちだった。しかし、そうした憎むべき者たちとは別に、少しは敬意を払いたくなる者たちもいた……。ある者は腹の底からぶつぶつと沸き起こってくる動物的臆病さに駆られて自軍を裏切った。これは人間的だ。またある者は裏切ることに同意する振りをして、信頼を呼び起こそうとしながらも結局信頼を裏切ることになった。三番目は、彼らの殺人の正当性をあくまで主張し、人間性を裏切っていた……。これは今世紀が作り上げた人間だ。わたしたちはこれよりましだろうか？　本当にましだろうか？　考えるのは止めなさい、ダリア！　――クリムは、クリムはずっとまし。彼女は凍りついた虚空に両腕を伸ばした。涙が目尻に滲んだが流れ落ちなかった。その涙が睫毛の縁で冷たかった。

夜と共に寒さは拷問になった。寒さはまだ身体の活動を奪うまでにはなってないが疼くような、眠気を誘うような痛みになった。ダリアは膝を抱えて縮こまり、空腹に耐えていた。血が血管の中で凍りつき、四肢の感覚がなくなり、ゆっくりと降り落ちてくる冷気の膜が氷の岩板になるのではないかと恐れて、身じろぎさえできないような気がしていた。それに、ダリアの身体は、この街の、ネヴァ河の、戦場の深く大きな冷気に溶け込んでいた。彼女の意識の最後の光は、さながら北の雪原に時に華やかに輝きながらも静かに消えてゆく極光のようであった。それは徐々に衰えて行く光だった。黒々した水は海に向かい、凍った水は分厚い氷の下の凍った海に向かって流れていた。氷は頑丈なガラスのよう、その氷の上を誰かが燐光に包まれた夜陰の中を歩いている。あれはわたし、どうして氷の上にいられるの？　そんなに軽いの、身体がなくなっているの？　すると、黒い水のような目を見開いた女の子がやってきて、言う。《あたし、おぼれちゃった、あなたもそう？》ダリアは無形の手を差し伸ばす、手が溺れている女の子の手を捉える、手と手がつながれる、でも何の感覚もない。もう感覚がなくなってしまったのよ、わたしたち。ねえ、もう身体が温まることないのよ……。空が白んできた。銀色の空をバックに、ペトロ・パウロ寺院の尖塔が、聖イサク寺院の丸屋根がくっきりと浮かんでいた。それに、もうひとつ、角張った古い塔が、あれはバルセロナの花の大通り《ランブラ・デ・ラス・フローレス》の近くの、違う、違う、カザフの砂漠にあった小さなモスクだった……。ここはどこなの、ねえ、お嬢ちゃん、わかる？　あたしたち、ここにも、あそこにも、あらゆるところにいるんだ、どこにいたって寒いんだ……。《いいこと、聞くのよ！　もうじき寒くなくなるの》銀色を帯びた白光が勝ちまさり、天頂と交錯した幾千もの青白い火炎を立ち上げていた、そして大砲がリズムを刻んで鳴っていた……。《戦争は終わったの、ねえお嬢ちゃん、わたしたち、勝ったの、勝ったのよ、こんなことってある？》《そうだとも、勝ったんだよ、いとしいダーシャ》とクリムが答えた。彼の剥き出しの胸から温もりが伝ってきた……。でも、クリム、あの子はどこ？　わたしが自分から抜け出したような気がして、長いこと氷の上を歩いていたとき、溺れたと思い込んでいたあの子のことよ。クリムは笑っている。どの子だよ？　僕たちの子かい、ダーシャ？　二人は温もり心地よくなっている。ダーシャも笑う、わたしたちの子ですって！　大きな流れが、黒い流れが氷の下で威嚇に満ちた長い呻きを上げた……。

「眠っていたの？　ごめんなさい、起こしちゃって、許してね。わたし……」

ダーシャは眼を開けた。蝋燭が散らかった部屋の中に燃えていた。古びたウールの布を頭に巻いた女の子がダリアの方に身をかがめていた。あの黒い凍った眼をした、溺れた子？ それは初老の女性だった。誰？

ダリアは自分のピストルを探した。ピストルに触れたとたん、ダリアは現実との接触を取り戻した。

「なんの御用？ あなたはどなた？」

「ごめんなさい……。お隣りの、トロフィモヴァ、エレナ・トロフィモヴァです。ブーダエフ工場に勤めている……」

「御用は？」

「妹が悪いんです、お願い、来ていただけません……」

耳を劈くような雷鳴音が時々夜の闇の中にとどろいた。きっと、リゴヴォ〔ペトログラードの南部郊外。ナチス軍との激戦地〕の辺りに落ちているのだろう。

「言い訳は結構。静かにして。行きますわ……。病気？」

「はい。いえ……、疲れだと思うんですが、ともかく頑張りやで……。工場で班一番の優等生なんです……」

その隣の部屋は、薄ぼんやり光る黒いものだらけの坑道みたいに、雑然としていた。蝋燭が、唇の赤みも失った、蒼ざめた若い顔を照らし出した。その顔にかすかな微笑が浮かんでいる。「返事をしないんです」とエレナ・トロフィモヴァが言った。「死んだみたいですけど、心臓は搏っています。ああ、神様、神様、どうしましょう?」ダリアは蝋燭の火で自分の手を温めた。それから病人の衣服の下を探った。骨だらけの胸にほんのわずかに肉付いた乳房。心臓は乱れがちながらもどうやら脈搏っていた。「大丈夫、失神よ、心配いらないわ」とダリアは苛立って言った。こんな失神ならいくらでもある、氷の上を北極光に向かって、身体を抜けて歩いていくのが本物の失神だろう……。

「少し、火を熾《おこ》していただける?」

「もう薪がないんです……。でも、ブドウ糖入りの暖かい小麦粉粥を作ってあげたんです。そんなに働いちゃ駄目、病気だからと言って二日ぐらい休ませてもらいなさいって、いつも言ってたんです。いつも……。そうだわ、ミトロファノフさんに、もし残ってたら、お湯をもらえるかも、おお、神様!」

「お喋りはいいかげんにして! ミトロファノフだか誰だか知れないけど、さっさとお湯をもらいに行って!」

「妹、死にませんよね? まだ死にませんよね? おお、神様!」

ダリアは厳しい目つきで、黒い水のような忌まわしい彼女の目を睨んだ。

「ええ、まだよ。わたしには心得があるの。いいから、お喋りはよして、お湯をもってらっしゃい」

その間、ダリアの方は、手探りをしながら、瓶に残ったウォッカ、ヴィタミンの入った小瓶、魚の缶詰、粗悪な板チョコのきれっぱし——自分が持っているもののすべてを取りに行った。この人たちは、なんと死を恐れているんだろう。一日でも二日でも長く生きたいと思っているんだ。なぜだろう？　大きな力、人間の生命力、何も人間に限らないが……。わたしたちは死を恐れていない、でも死を覚悟しながらも一日でも長く生きたいと思っていることに変わりはない……。

暗闇で、ダリアは病人の冷たい唇と小さく並んだ力ない歯を指で開き、ウォッカの瓶の口をそこに当て、慎重に注いだ。病人の喉がゴクリと動いた。ダリアはアルコールを手の平にとると、痛ましいほど小さな乳房のついたやせ細った胸をマッサージした。心臓が少し強く搏ちだした。膨れた腹はぬくもりを帯びてきた。手の下で肌がべとついてきた。垢がたまっていた。

エレナ・トロフィモヴァは灯りとブリキ缶に入れたお湯を持ってきた。「どうすればいいんでしょうか？」と従順な声で訊いた。《どっちみち死ぬ、でも今じゃあない》とダリアは思った。「まあ、ありがとうございます」と、従順な声が言った。「意識を取り戻しましたわ、おお、神様！」この《おお、神様》がダリアを苛立たせていた。ダリアはウォッカの最後の一滴をお湯に注ぐとエレナに言った。「お飲みなさい」

「おや、わしもほしいな、わしも介抱して欲しいんじゃ」と、それとなく皮肉っぽい、低い男の声が言った。見ると、四十代の、あるいは六十代とも見える腰の曲がった大男が入ってきていた。毛皮の縁ナチス帽をかぶり、つづれ織りのカーテン地で作った不細工なウプランド〔袖口の広い外套〕を着ている。がたがた震えているがその目は皓々と輝いている。無精ひげが眼窩まで顔を黒く覆っている。トロフィモヴァが彼を紹介した。「ミトロファノフ、靴工場の一級技師……、労働英雄……」

「英雄、英雄、か」と、ミトロファノフは病人の方に屈み込みながらぶつぶつ呟いた。「妹さん、英雄になろうなんて気を捨てちまわないと、くたばっちまうぞ。そんなのはなんの足しにもならん。二人に言ってやんなさい、くたばっちゃいけん、生き続けることじゃ。勝利を得るのは、死人じゃなく、生きているものなんじゃ……」

　彼は横たわった娘に優しく話しかけた。

「さあ、タマルカ、タマロチカ、おめめを開けてごらん、わしがわかるかね？」

　病人が身動きした。

「ええ、アニシーメ・サヴィッチ、気分が良くなったわ……。一体どうしたの？　遅刻しないかしら？　わたし、三番組なの……」

「そんなことはどうでもいい」と、ミトロファノフは顔を曇らせながら言った。「みんな、あんたがどんな娘だかわかってるさ。横になってなさい、何も心配はいらん……」

　ダリアは魚の缶詰を開ける。「あの子に食べさせて、いいこと、全部よ。ええ、なんだかんだ言わないで。それに、この錠剤を日に六つ飲ませて。わかった?」彼女は高飛車に、傲慢とも思える口調で言った。何しろ物欲しげな視線が脂ののった白身魚に集中していたのだから。「いいわ、わたしが自分で食べさせる……」「その方が確かだ」とミトロファノフが皮肉をこめて言った。「座って、タマルカ、食べて……」娘は言われるままにした、が、ほんのわずかしか食べられなかった。「駄目です、吐き気がしちゃって……」「いいわ、残りはみんなで分けなさい」とダリアは命じた。ダリアはチョコレートのかけらをタマルカの歯の間に差し込んだ。「わしは腹などすいとらん」とミトロファノフが言った。彼はニヤニヤしていた。

「単なる疲労でしょう?」とダリアは病人に笑いかけながら訊いた。

「そうとも」と、得たりとばかりにミトロファノフが言った。「街中がこうなんじゃ。あなたはどちらからいらしったかな、市民《シトワィエンヌ》?」

「カザフスタン」と、こう素直に答えるのは規則違反かもと思いながら、ダリアは答えた。

「砂、駱駝、それに蛇」と、ミトロファノフはコメントした。「わしもあそこに行きたいもんじゃ」

その言葉には悪意と好意が混じっていた。彼には山賊のような狡賢さが感じられた。彼はウィンクを送った。「軍の魚は悪くはない……。わしも革命記念日に一缶もらったことがある」

なにを盗めるか、金属片や皮の端切れでなにを作れるか、ナイフの刃や針がマーケットの広場で、群がる兵士たちの間でどのように交換されるかを心得ている、悪賢い老労働者といった風情があった。それでも、英雄であることに変わりはない、生産を肩に担っている労働英雄。彼はダリアを廊下の暗闇に連れ出した。

「愚かな姉妹なんじゃよ」と彼は言った。「考え方を変えんままだと、あと二月もしたらお陀仏だろうに。妹のほうは班長で、仕事を休むどころか、休みの日にもノルマを果たすためだとか言って志願して働いているんじゃ。姉のほうはそれほどくたばってはいない、なにせ手や頭をどう使ったものかわからんお人だから。彼女も大して食わんのじゃ、ただし方々の台所を掃除しては、野菜屑という野菜屑を残らず持ってくることはあるがね……。あの姉妹にもうこんなことは止めるように言ってくだされ、わしが、労働英雄のわしがそう言ってるんじゃ……。防衛のためには身を粉にして働かなくちゃならん、でも本当に身を粉にしちゃならん。誰もかもがすっかりくたばっちまったら、戦争に勝てんだろうに？　戦術と戦略、という奴さね、そうだろ？　わしの考えは間違ってるかね、シトワィエンヌ？」

ダリアは、元気でちゃんとした食事をとっていることを恥じて、小声で言った。

「そうですとも。でもどうしたら？」

「いろいろと術《て》はある」と、ミトロファノフは言った。「プロレタリア階級はそれがわかっている。いろんな術がなかったら、彼らはとっくにくたばってるさ。だが、さしあたって何ができるものか、わしにも本当のところわからん。さてと、わしに今できることは七十分ほど眠ることじゃて。

お休み、シトワィエンヌ」

ダリアは自室に戻ると天窓をふさいでいた袋布を外した。暁前の闇には夜明けを告げる兆候は何もなかった。腹の底にきりきりと刺しこむのは、肉の中に霧状に広がる空腹だ。存在の底に刺し込むような渇き、それは孤独だ。空腹と孤独、それは死の二本の触手だ。わたしも死のうとしてるんだ、ほとんど苦しみも悲しみもなく。この家には働き者が一杯、みんな、今死のうとしている。こんな家だらけの、この攻囲された街、それも半ば死んでいる。半ば死んだものたちの恐るべき力！もしいつか勝利したら、それはこれら半ば死んだものたちの勝利だろう……。ミトロファノフのような人たちがもう一度生き延びるのだろう。彼らは今度は、不思議な優しさにあふれ、想像もつかない知恵にあふれた、容赦ない者、粗野な者、残忍な者となろう……。彼らはおそらく氷河時代の原始人のように、生きるために闘うとはいかなるものか肌で感じた者となろう。お体裁などとは無縁な文明人の進取的頭脳を持つであろう。大災厄を生き延びた人々——彼らは単純な英雄的行動は共同体的エゴイズムと一体になったときにのみ人を救済するということを知っている——の熱気と友愛を何より必要とするであろう。わたしたちは、自分自身に対する、また世界に対するこの大きな活力をどうしようとしているのか？　梃子にしようとしているのか、はたまた頭蓋骨を打ち砕く斧にしようとしているのか？

こうした疑問はサーシャの影と結びついていた。次の日、事務所に出て、鱈腹食べ、勲章を身につけ、流された血の重さを計算し、犠牲者（飢え、寒さ、戦渦による）予想の一覧表を作り、こうした仕事を平然とこなし、生きた言葉を一言も発しない軍人たちに囲まれて過ごすのかと思うと、ダリアはムカッとした。《ああ、わたしは銃殺された人々の世代なんだ、適応できない世代なんだ！》と、ダリアは苦々しく思った。《敵の背後、雪に覆われた森の中で闘うパルチザン部隊の情報機関に配属換えしてもらおうかしら？　おわかれね、クリム。戦争が終わったらね、クリム。死後にね、クリム》

するると、真っ白な雪にすっぽり覆われ、形の定かならぬ木立の下から、クリムが姿をあらわした。《こっちへこいよ、いま火を熾してやるから》と、クリムが言う。《二人で温まろう……。明日はまた人殺しをはじめるんだ、この大地を、人間を、生命を愛してるんだからな。さあ、おいで。君を愛してる……》《あたしを愛しちゃ駄目》と、ダリアは厚い眠気の中で答える。《あたしは半ば死んだ人。そうじゃないわ、クリム、あたしを愛して……。あたしは半ば死んだ人》見事な尾を持ち、何もかも見通しているといった小さな瞳をした狼の子が、緑の尖葉をつけた樅の枝の間からじっと彼女をうかがっていた。その枝は、紅いリボンをつけて棺の上に載せるそれのようだった。

ヴィクトル・セルジュ略伝

＊ジャン・リエール氏作成の年表を元に、同氏監修のVictor Serge, *Mémoires d'un révolutionnaire et autres écrits politiques 1908-1947*, Robert Laffont, 2001.などから適宜付加して訳者が作成した。
＊小説名の後の数字は作品発表の年を示す。

一八九〇

一二月三〇日　ベルギー、ブリュッセルに生まれる。本名ヴィクトル・ナポレオン・ルヴォヴィチ・キバルチッチ。父親はレオン・イヴァノヴィチ・キバルチッチ(キエフ生まれ)、母親はヴェラ・ミカイロヴナ・ポデレヴスカヤ(ニジニ＝ノフゴロッド生まれ)、ともに政治亡命者。父親は〈人民の意志〉党シンパ。一八八一年三月のアレクサンドル二世暗殺事件で、遠縁に当たるニコライ・キバルチッチが検挙されるにおよび、ジュネーヴに亡命。母親も社会主義者で、ペテルブルクの市民生活を捨てジュネーヴに出る。ハーバート・スペンサー流の実証主義者であり、地質学、自然科学、医学に多大の興味を持つ父親は母とともに「日々の糧と良い図書館を求めて」、ロンドン、パリ、スイス、ベルギーなどを渡り歩く。その間、定職はなく、新聞売り、薬剤師、個人教師、復習教師などをしながら、プロレタリア化した知識人として不安定で貧しい生活を送る。

セルジュはこうした貧困生活の中で生まれ、育つ。

一九〇一―一九〇四

一九〇一年、弟ラウール、栄養失調と肺炎のため九歳で死ぬ。その死はセルジュに意識的に執拗に生き延びる決意を固めさせるとともに、社会や人生に対する深い心的影響を与える。

父親がブリュッセル大学解剖学研究所助手の定職を得た一九〇四年からの一年間を除き、学校へは行かず、父親(学校教育を体制への組みこみ過程として嫌悪する）の指導のもと、自然科学、歴史、地理など基礎学力を独学で身につける。その後も博物館、図書館で独学。また母親の影響で文学にも親しみ、シェイクスピア、モリエール、レールモントフ、チェホフなどの作品を読みこむ。「考えよ、闘え、飢えよ」そして「反抗せよ」をスローガンとするようになる。

一九〇五

両親離別（母親は一九〇七年肺炎で死去。父親は再婚するも、セルジュはほとんど訪れなかった）。自活を始める。写真師見習い（一日一〇時間労働）をはじめ、給仕、製図工、暖房技師、植字工など様々な職業を経験しながら独立生活をその後も維持。

ギュスターヴ・エルヴェ（反戦主義ジャーナリスト）の思想に共鳴。〈イクセル社会主義青年隊〉（イクセルはブリュッセル北東部の地名）に参加。間もなくその書記になる。街頭での反戦活動。『ル・コンスクリ』紙（フランス社会党により年一回発行）に寄稿。

一九〇六

社会主義青年隊ブリュッセル連盟内にエルヴェ派反議会主義左翼を結成。ベルギー労働党の大会に参加。ベルギーによるコンゴ併合を同党が承認したことに反対し、「コンゴをコンゴ人へ」をスローガンに同党を離れる。アナキスト、サンディカリストと共に〈GRB〉（ブリュッセル革命グループ）を設立。このグループで、レーモン・カルマン（のちにボノ事件の犯人の一人）と知り合う。

一九〇七―一九〇九

法律の勉強を始める。クロポトキンの『若者に与う』に感銘し、法律をあきらめ、アナキスト運動に向かう。仕事を転々として窮乏生活。ボワフォールの絶対自由主義コロニーに入り、印刷工見習い。アナキスト系の新聞・雑誌に寄稿。ベルギーでの活動を通じて知り合った人々との友情をはぐくみ、文筆活動の意義を感じ、少数派の立場を守りながらも大勢の人々にアッピールすることの大切さを肝に銘じる。

一九〇九

六月　ベルギーを離れる(あるいは追放される)。リールなどフランス北部で写真師、炭鉱夫をしながら、夏の終わりにパリにでる。パリ東部のベルヴィルで機械製図工として働きながら、『ラナルシー(アナーキー)』誌(一九〇五年、アルベール・リベルタッドが創刊)に寄稿(ル・レティフ、ラルフ、ヨル、ル・マスクの筆名で。一九一二年まで)。同じくリベルタッドが創設した〈コズリー・ポピュレール〉(民衆講演・談話会)に参加。〈ラ・リーブル・ルシェルシェ〉という社会学研究グループを結成。ロシア語を教えたり、ロシア人出版者のもとで翻訳などして生活を立てる。徐々に個人主義的アナキスムに傾く。

一〇月　フランシスコ・フェレール追悼デモ。

一九一〇

一九一二年一月まで、約四〇回の講演・談話を行う。エルネスト・アルマン(一八七二―一九六二。救世軍活動から、キリスト教派アナキストになる。次いで個人主義的アナキストとして活動)の『レール・ヌーヴェル(新時代)』に寄稿。「民衆、労働者個々人の精神的自立なくしては、新しい社会は生まれえない」と確信するようになる。

一九一一

アンドレ・ルーロ(通称ロリュロ、一九〇八年リベルタッドの死後、『ラナルシー』誌を主宰)の後を継ぎ、リレット・メトルジャンとともに同誌を主宰。本拠がロマンヴィルからベルヴィルに移る。ベルギー時代からの親友であるレーモン・カルマン、エドゥアール・カルーイ、〈ラ・リーブル・ルシェルシェ〉以来の友であるオクターヴ・ガルニエ、ルネ・ヴァレ、アンドレ・スーディらがその本拠に出入りする。彼らの「科学的」傾向のアナキスム(意識的エゴイズム、経済重視の非合法主義)と対立。

一二月二一日　ジュール・ボノ(無法主義アナキスト)を中心にカルマン、ガルニエ、カルーイらが〈悲劇的強盗団〉を結成し、強盗襲撃事件を起こす。一連の「ボノ事件」の始まり。

一九一一―一三

アルツィバーシェフなどロシア人作家の作品を代訳。

一九一二

一―二月　ボノ強盗団の行動を批判しながらも、彼らを擁護する扇情的論文（例えば、個人所有を非難）を『ラナルシー』誌に発表。

一月末　『ラナルシー』誌本部の家宅捜査。拳銃二丁発見される（セルジュは関知せず）。尋問を受け、逮捕され、犯人隠匿罪で告訴され、サンテ刑務所に投獄される（一三ヵ月の拘留）。

二月　裁判。強盗団の「頭脳」として告訴される。「外国人であり、アナキストであり、警察の犬になろうとしなかったという、三つの罪」を負うことになる。五年の禁固刑および五年の滞在禁止（リレットは無罪放免）。

二月二七日　ガルニエによる警官殺人事件。ジャン・ドゥ・ボエら逮捕さる。

三月二五日　ボノ団による運転手殺人及び車強奪。次いで銀行強盗（三人死亡）。スーディ逮捕。セルジュは警察への協力を拒否し、共犯とみなされる。

四月　カルーイ逮捕（獄中で自殺）、カルマン逮捕（のちにギロチン刑）。

ボノ、セルジュの尋問に当たった警視を殺害。

四月二八日　銃撃戦の後、ボノとデュボワ死亡。

五月一四日　ガルニエ、ヴァレ攻囲され、銃撃戦の後、死亡。

一九一二―一六

サンテ刑務所、ついでムラン刑務所に収監。夜間は独房、日中は一〇時間の強制労働（印刷、組版、校正）というオーブラン・システムの監獄生活。テーヌ、スペンサーを読む。諸外国語を習得。

一九一五

四月　リレット・メトルジャンと結婚（面会を得るため）。

この間の獄中生活とバルセロナから戻った後の強制収容所の経験が、**『獄中の人々』**一九二八（二七―二八年執筆）の舞台となる。

一九一六

五月二四日　国外追放令下る。

一九一七

一月三一日　刑罰免除なきまま、釈放される。パリに一〇日間いて、国外追放となる。バルセロナに向け出国。

バルセロナでは植字工として働きながら、ヴィクトル・セルジュの筆名を使い、スペイン・アナキスト系の誌紙に論文、エッセーを発表。「アナキストは個人主義的であると同時に革命的でなくてはならない。すなわち、各人が新しい人間になると同時に階級闘争に参加しなくてはならない」。絶対自由主義者であると同時に革命的サンディカリスムのリーダーであるサルバドール・セギと知り合う。ロシア革命の間もない出現に大きな期待を寄せる。

七月　七月一九日のバルセロナ蜂起の準備に加わる。蜂起の失敗。逮捕されるも釈放される。

この間の経験が『**われらが力の誕生**』一九三一（二九―三〇年執筆）の舞台となる。

ロシア領事館からロシア招集兵用通行許可証を入手（ケレンスキーは亡命者やその子息たちが旗下に参じるよう呼びかけていた）。ひそかにパリに戻る。

一〇月二日　追放令と滞在禁止令違反の廉で逮捕される。フルーリ・アン・ビエール強制収容所（一八年三月まで）、次いでプレシニエ収容所に入れられる（一八年四月―一九年一月まで）。

過酷な収容所生活を送るも、勉学と闘争を続け、連帯を組織。ロシア人―ユダヤ人革命グループのメンバーとなる。新生ロシアへの希望を表明。

一九一九

一月二六日　ロシア―フランスの協定により、ロシア在留フランス軍事使節団将校との捕虜交換として、ソ連に向け出発。ダンケルクで乗船し、コペンハーゲンを経由し、北海、バルト海を経てフィンランドへ。船上でルサコフ一家に出会う（のちにその娘リウバと結婚）。装甲列車でフィンランドを横断し、白軍攻囲下のペトログラードへ。さらにモスクワにいたり、またペトログラードに戻る。

一月—四月　「ロシア革命の精神」を『ル・リベルテール』紙に発表。
三月　コミンテルン（共産主義インターナショナル、第三インターナショナル）成立。
四月　コミンテルン出版部創設にあたり、フランス語版主任編集長となる。同時にジノヴィエフの秘書として働く。
フランス人グループ（P・パスカル、J・サドゥール、M・ボディ、M・パリジャニヌ、H・ギルボーら）と親交。白軍の攻勢激化に応じて、第二地区に動員される。次いで、参謀部市民局担当。
五月　ロシア共産党に入党。アナキスムからマルキスムへの「長く困難な」発展をたどることになる。またアナキスム陣営から非難を浴びることになる。「私は変わることなく、断固として反権威主義者だ。だがいまは、菜食主義者だからといってアナキストだと信じていられるような時代ではない」「今日なすべきは、闘争のあらゆる必要手段——組織、暴力の使用、革命的独裁——を受け入れ、広い共産主義運動の渦中にとどまることだ」と弁明。
この間、三月の白軍第一次総攻撃開始、一〇月にはデニキン軍オリョール占領、ユーデニッチ軍ペトログラード郊外まで占領など、反革命軍の攻勢が勢いを得て、ペトログラードは陥落の危機にさらされ、革命の挫折も危惧される状態となる。この状況が『**勝ち取った街——一九一九年ペトログラード**』一九三二（三〇—三二年執筆）の舞台となっている。

一九二〇
外務委員会事務局員となる。トロツキー「テロリスムとコミュニスム」を翻訳。
六月一五日　長男ヴラジミール・アレクサンドル（ヴラディ）誕生。

一九二〇—二一
コミンテルン第二回、第三回大会に参加。ジャック、クララ・メニール夫妻、マグドレーヌ・マルクス（のちにパズ）、フランセスコ・ゲッツィ、リシアン・ローラ、アルフレッド・ロスメル、ヴォリス・スヴァリーヌ、マルセル・オリヴィエ、アンドレス・ニンらと知り合う。フランスの左翼系諸紙誌に様々な筆名で、ソヴィエトの現状に関する記事を多数投稿。

一九二一―二三

中欧宣伝部主任となる。一九二一年末―二二年末までベルリン滞在。

小冊子『内戦の間』、『アナキストとロシア革命』発表。

一九二三―二五

ベルリン次いでウィーン滞在。二三年秋のドイツ革命失敗を目の当たりにする。「ドイツ・ノート」発表。コミンテルンの機関紙『コレスポンダンス・アンテルナシオナル』のフランス語版担当。

小冊子『危機の街』発表。

一九二四年一月二一日　レーニン死去。

一九二五

ベラ・クンと対立し、年末、レニングラード(一九二四年にペトログラードから改名)に呼び返される。

ソ連市民権獲得。反対派との繋がり強まる。「レーニン全集」のP・パスカルとの共訳開始。

一九二〇年代、フランスの紙誌(とくに『クラルテ』)に、ロシアにおけるプロレタリア文化の問題や革命後の文学運動に関する数多くの記事を発表。

一九二七

中国問題に関する分析を『クラルテ』、ついで『ラ・リュッテ・ドゥ・クラス』に発表。反スターリン的傾向を強める。パズ夫妻主宰の反体制的雑誌『コントル・ル・クーラン』に協力。

九月　アンリ・バルビュスに会う。

左翼反対派(トロツキー、プレオブラジェンスキー、ジノヴィエフ、ラデック)に接近。

一一月　革命一〇周年記念式典。パナイット・イストラーティ、ニコス・カザンザキスと出会い、親交を結ぶ。イストラーティはその後、セルジュの窮状の実態を知り、セルジュ擁護に奔走する。

一九二八

一月半ば　分派活動の廉で、党を除名される。ルサコフ一家およびセルジュに対する迫害。

四月二三日　家宅捜査を受け、最初の逮捕（三六日間収監）。

迫害の中、フランスでのセルジュ擁護の声を支えに、寄稿を続ける。M・マルチネ、H・プーライユ、パズ夫妻、メニール夫妻、Ch・プリニエ、イストラーティなどとの文通が大きな支えとなる。

この最初の逮捕・投獄から釈放された後、病気で死線をさまよう日々を送り、回復後に作家としての使命を強く意識する。

フランスで、〈ファシスムと白色テロの犠牲者擁護委員会〉のメンバー約二〇名がセルジュ救済の請願書を提出。セルジュの立場は一層不安定になり、監視下に置かれる。

一二月　ルサコフ事件（イストラーティの奔走）

一九二九

イストラーティの『ヴェル・ロートル・フラム』のために「ソヴィエト一九二九」を書く

一九三〇

妻リウバの最初の神経発作。

一九三一

短編「白海」執筆。

一九三二

亡命許可を申請するも却下される。フランスでは再度セルジュ釈放運動が高まる（ジョルジュ・デュアメル、レオン・ベルト、マルセル・マルチネ、シャルル・ヴィルドラック、ヴィクトル・マルグリット、リュック・デュルタン、ポール・シニャック、ジャン＝リシャール・ブロックなどを中心に）。短編「サン・バルナベ袋小路」執筆。

一九三三

三月八日　再び秘密裏に逮捕される。裁判もなしにウラルのオレンブルクに三年の刑期で流刑される（六月八日オレンブルク着)。
P・パスカルとその妻(リウバの妹)がパリに帰着。〈セルジュのフランス帰国を促進する会〉がM・パズの主唱で結成される。
三月二五日　『ラ・レヴォリュシオン・プロレタリエヌ』誌にセルジュの真情が発表される。いまのソ連は権力に酔いしれた、特権階級が支配する、全体主義国家そのものにほかならず、「私は現下の流れに抗して、十月革命の理念、原理、精神を救おうとする人々に共鳴する」。
四月　義妹アニータ逮捕される。
六月　セルジュ釈放運動高まる(H・プーライユは駐パリソ連大使にセルジュのフランス帰国を要請する書簡を送る。M・パズら、報道機関を通じてセルジュ帰還のキャンペーン)。
ルサコフ一家への迫害強まる。

一九三四

八月一七日—九月一日　モスクワでソヴィエト作家会議開催(アラゴン、ポール・ニザン、アンドレ・マルロー、J-R・ブロックら参加)。
九月中旬　リウバ、レニングラードの精神病院に入院。
一二月　レニングラードの党指導者キーロフ暗殺される。

一九三五

二月二八日　長女ジャニーヌ誕生。
三月末　ブリュッセルに〈ロシアにおける反プロレタリア的弾圧に抗議する国際会議〉結成される。
六月二一日—二五日　〈AEAR〉(革命的作家・芸術家協会。その主体は共産党系)主催で〈文化擁護国際作家大会〉がパリで開かれる。セルジュ救済の声は封じられるが、議長団(ジッド、マルロー)の計らいでガエタノ・サルヴェミーニ、マグドレーヌ・パズ、シャルル・プリニエが発言を許される。
六月二二日—七月　ロマン・ロラン、ソ連旅行。七月二八日、スターリンと会見(セルジュ釈放を訴える。スターリン同意)。
九月　ゴリキー、スターリンの決定をロランに確約。
一〇月　シャルル・プリニエ、セルジュのヴィザをベルギー政府に求めるも拒否される。エミール・ヴァンデルヴェルド（ベルギーの政治家）の尽力で、三年の滞在許可が許される。

一九三六

四月一二日　セルジュ釈放され、オレンブルクを出発。

一六日　ソ連から追放（セルジュの革命下での功績など抹消される。また彼の原稿など私有物はすべて没収される）。

一七日　ブリュッセル着（妻及び二人の子と共に）。

五月　『エスプリ』誌にM・パズとジッドに宛てた二通の書簡発表。

八月一九日―二四日　第一回モスクワ裁判（ジノヴィエフ、カーメネフ、エヴドキモフ処刑）。その分析と告発を発表。「一六名の銃殺者」発表。

一九三七

二月　第二回モスクワ裁判（一月二三―三〇日）の分析と告発を発表し、ジャック・サドゥールや国際的スターリニスム誌紙から非難を浴びる。

五月　フランス滞在を許される（パリ郊外）。

一九三八

三月二日―一三日　第三回モスクワ裁判。その分析と告発の論説を発表。

三六―四〇年の間、スターリニスムと闘い、主としてソ連の官僚制、全体主義を告発する論説約二百をフランス、ベルギーの各誌に発表。スターリン下のソ連批判のほか、スペイン、ドイツ、オーストリアに関するもの、ファシスム、反ユダヤ主義に対する批判、国際的連帯を訴えるもの、芸術、文化に関するものなど多岐にわたる文筆活動。一時トロツキー及び彼の第四インター設立に近づくも、主にアナキストの評価をめぐる意見の相違から、またセクタリズムへの嫌悪から、徐々に離れ、「クロンシュタットの水兵反乱」をめぐる意見対立から三八年に決定的に断裂する。

また、ソ連での囚人、流刑囚の生活を舞台にした小説『**世紀の真夜中にありて**』一九三九、官僚制とそれが招く悲劇を描いた小説『**トゥーラエフ事件**』一九四八（三八—四二年執筆）を構想、執筆開始。

一九三九

第二次大戦始まる（スペイン内戦、ナチスのポーランド侵攻）。

一九四〇

六月一〇日　ファシスムの侵攻を逃れ、パリを離れる。妻リウバは精神病院に、長女は親友に託す。ヴラディと三七年に知り合った愛人L・セジュルネ（のちにメキシコ考古学者）を伴う。

六月一四日　パリ陥落

七月—八月　南フランスに向け逃避行。

九月　マルセイユに着く。一九四一年三月まで、マルセイユ郊外の〈エール＝ベル〉（アメリカ人ヴァリアン・フライを中心にした〈知識人救済アメリカ委員会〉が運営する一時滞在施設）に、ついで市内の小ホテルに滞在。

一九四一

三月二五日　ヴァリアン・フライとその組織の尽力で、カピテーヌ・ポール＝ルメルル号にヴラディと共に乗船（アンドレ・ブルトン、クロード・レヴィ＝ストロース、アンドレ・マッソンらも同船）。アナキスト、コミュニストの前歴があるため、アメリカは移民ヴィザの発給を拒否。メキシコ政府（カルデナス大統領）が受け入れを受諾し、ドミニカ、キューバ、マルチニック島経由でメキシコ、メキシコ市に到着（九月）。娘とL・セジュルネは六ヵ月後に合流。

六月　ドイツ軍、対ソ攻撃開始

一九四二—四四

メキシコ共産党とソ連大使館は反スターリン派に対する敵意をあらわにする。セルジュに対する告発が続く。死の危険を感じることも。亡命者の安全を保証すべきと主張。イタリア、スペインの亡命者の生活改善に取り組む。小説『**最後の時**』一九四六（一九三九年からナチスドイツ軍のソ連侵攻までを背景にした反体制革命派たちの運命が主題、四三―四五年執筆）、短編「地震」を執筆。

一九四三

二月　『一革命家の回想』擱筆（一九五一年にスイユ社より刊行）。

一九四五―四七

ラテンアメリカ諸国、英米の各誌に論説発表。小説『**仮借なき時代**』一九七一（四六年執筆）

一九四七

一〇月　V・パジェスとの最後のインタヴュで「絶対自由主義の精神を持ち、人間の顔をした社会主義」への忠誠を表明。

一一月一七日　詩「手」を手渡すため、ヴラディのところに向かう途中、心臓発作のためタクシー内で急死。スペイン人同志ゴルキンが葬儀を行い、メキシコ市フランス人墓地に埋葬。後、共同墓地に移される。

書誌（文学作品に限定）

小説

『獄中の人々』 *Les Hommes dans la Prison* (Paris, Rieder, 1930.)

『われらが力の誕生』 *Naissance de notre Force* (Paris, Rieder, 1931.)

『勝ち取った街』 *Ville conquise* (Paris, Rieder, 1932.), (Lausanne, Rencontres, 1932. *Prix Rencontre), (Paris, Climats, 2011.)

『世紀の真夜中にありて』 *S'il est minuit dans le siècle* (Paris, Grasset, 1939, 1971.), (Paris, Hachette ‹Le livre de poche›, 1976.)

『トゥーラエフ事件』 *L'Affaire Toulaev* (Paris, Le Seuil, 1948.), (Paris, Hachette ‹Le livre de poche›, 1978.)

『革命家たち』 *Les Révolutionnaires Romans* (Paris, Le Seuil, 1967, 1980.)（以上五作品を収録した小説集）

『最後の時』 *Les Derniers Temps* (Montréal, L'Arbre, 1946.), (Paris, Grasset, 1951.)

『仮借なき時代』 *Les Années sans pardon* (Paris, Maspero ‹voix›, 1976.), (Marseille, Agone, 2011.)

短編集

『熱帯と極北』 *Le Tropique et le Nord* (Paris, Maspero ‹voix›, 1972.)（短編四編収録）

詩集

『砂漠の中の一つの焚火のために』 *Pour un brasier dans un désert: poèmes* (Paris, Maspero ‹voix›, 1972.), (Paris, Type-Type, Plein Chant, 1998. poèmes établis et annotés par Jean Rière)

【著者】ヴィクトル・セルジュ（Victor Serge）

1890年、亡命ロシア人の両親のもとブリュッセル（ベルギー）に生まれる。10代の頃より自活しながらさまざまな社会運動に身を投じ、社会主義系、アナキスム系の新聞、雑誌に寄稿。1909年にパリに移る。その後、「ボノ事件」に連坐して約5年間収監。国外追放となり向かったバルセロナで「バルセロナ蜂起」に加わるも失敗、逮捕。再びパリに戻って収監され、1919年に捕虜交換のかたちで革命下のロシアに移動する。ソヴィエト政権下では共産党員として国際的に活動するも、次第にスターリンとの対立を深め、1928年に党を除名、苛酷な弾圧にさらされる。主にフランスの作家たちによるセルジュ釈放運動が実り、1936年ソ連を出国。ブリュッセル、パリなどを拠点にスターリニスムを告発する論考を多数発表する。1941年、ファシスムの侵攻を逃れてメキシコに亡命。同地で1947年に心臓発作により死去した。1928年にスターリン政権の弾圧により収監された後、本格的に小説の執筆を始め、自らの波乱に満ちた経験に基づく作品を多数発表。近年、フランスや米国でその評論集や小説が相次いで再刊され、再評価の動きが高まっている。小説の邦訳として、本書と『勝ち取った街　一九一九年ペトログラード』（角山元保訳、現代企画室、2013年）がある。

【訳者】角山元保（かくやま・もとやす）

1939年東京生まれ。東京外国語大学フランス科卒業。東京都立大学大学院人文科学研究科（仏文学専攻）修士課程修了。同博士課程満期退学。元早稲田大学教授（教育学部、2005年退職）。訳書にV. セルジュ『革命元年』（共訳、二見書房、1971年）、J. ジョッホ『小さな赤いビー玉』（ホンヤク出版社、1977年）、J. ジョッホ『アンナとその楽団』（文化出版局、1985年）、J. ポミエ『内なる光景』（共訳、法政大学出版局、1987年）、J. ボテロ『神の誕生』（ヨルダン社、1998年）などがある。V. セルジュ関係論文に「ヴィクトル・セルジュ研究覚書（Ⅰ）——ヴィクトル・セルジュ事件をめぐって」（1980年）、「同（Ⅱ）——ムラン刑務所からペトログラード入りまで」（1988年）、「同（Ⅲ）——いくつかの初期詩編をめぐって」（1995年）（それぞれ『早稲田大学教育学部学術研究—外国語・外国文学編』第29号、第37号、第43号に所収）がある。

仮借なき時代（上）

発　行　2014年2月10日初版第1刷1000部
定　価　2500円＋税
著　者　ヴィクトル・セルジュ
訳　者　角山元保
装　丁　上浦智宏（ubusuna）
発行者　北川フラム
発行所　現代企画室
東京都渋谷区桜丘町15-8-204
Tel. 03-3461-5082 Fax 03-3461-5083
e-mail: gendai@jca.apc.org
http://www.jca.apc.org/gendai/
印刷所　シナノ印刷株式会社

ISBN978-4-7738-1401-9 C0097 Y2500E

現代企画室の本

＊価格は税抜き表示

勝ち取った街
一九一九年ペトログラード

ヴィクトル・セルジュ著／角山元保訳　二五〇〇円

革命二年目のペトログラード。権力による正当な歴史が語り得なかった「ロシア革命最大の危機」の真実を、攻囲された街に生きる人びとの視点から照射する。声なき群衆が紡ぐイストワール。

道標
ロシア革命批判論文集1

ブルガーコフほか著／長縄光男・御子柴道夫監訳　三三〇〇円

レーニンが「自由主義的裏切りの百科全書」と呼んだ本書は、一九〇五年革命後の反動期に、革命・国家・知識人・民衆の意味を問いつめる真摯な思索の書である。

深き淵より
ロシア革命批判論文集2

ベルジャーエフほか著／長縄光男・御子柴道夫監訳　四二〇〇円

誰かの夢を担い、誰かの希望を踏みにじり、誰かの拍手のなかで消えたロシア革命。一九一七年直後に革命批判をなしえた預言者たちの栄光と悲哀がこの書にはある。

サルバドールの朝
鉄環処刑された一アナキスト青年の物語

フランセスク・エスクリバーノ著／潤田純一訳　二二〇〇円

フランコ支配体制末期の一九七四年のバルセロナ。二五歳の政治青年は、なぜ残虐刑によって処刑されたのか？　現代スペイン人の心をなお疼かせる、理不尽な「青春の死」を描く。

仔羊の頭

フランシスコ・アヤラ著／松本健二・丸田千花子訳　二五〇〇円

一九四〇〜五〇年代に書かれながら、スペインではフランコの死後ようやく出版された短編集。スペイン市民戦争の実相を「人びとの心の中の内戦」として、庶民の内省と諦観と後悔の裡に描く。